계간 미스터리

2020 봄여름 특별호 통권 제67호

KB122148

계간 미스터리

2020년 봄여름 특별호

2015년 10월 7일 등록 마포, 바00185

2020년 8월 19일 발행 통권 제67호

발행인   이영은

편집인   김현경

편집장   한이

편집위원   김경해 김재희 김주동 반대인 윤자영 조동신 한수옥 홍성호

디자인   여상우

홍보마케팅   김소망

제작   제이오

인쇄   민언프린텍

발행처   나비클럽

출판등록   2017. 7. 4. 제25100-2017-0000054호

주소   (04031) 서울 마포구 동교로22길 49, 2층

전화   070-7722-3751 팩스 02-6008-3745

이메일   nabiclub17@gmail.com

ISSN 1599-5216

ISBN 979-11-970387-9-2 03810

값 15,000원

표지 그림 ⓒ Jang Koal
The curious hairy ball, 60x72 mixed painting on korean paper 2016

2020 봄여름 특별호를 펴내며/탐정 작가여, 어서어서 나오라!/"탐정 작가여, 어서어서 나오라! 그리하여 우리 조선 문단으로써 하나의 훌륭한 탐정 문단을 가지도록 하라!"

한이
한국추리작가협회 회장

작가가 되는 것은 쉽지 않습니다. 만약 당신이 한국에서 추리소설을 써서 작가가 되려고 마음먹었다면 더 그렇습니다.

때는 2000년 무렵. 추리소설로 한국을, 나아가서는 세계를 놀라게 하겠다고 마음먹은 이십대 청년이 있었습니다. 국내에 번역된 작품에 한해서 누구보다 많은 추리소설을 읽었다고 자부했고 문창과는 문턱도 넘어본 적이 없지만, 딘 쿤츠의 《베스트셀러 소설 이렇게 써라》를 교과서 삼아 수도 없이 밑줄을 긋고 메모를 하며 작가의 꿈을 키운 청년이었습니다.

하지만 추리소설을 아무리 써도 '작가'가 될 수는 없었습니다. 스포츠신문의 호황기에 잠깐 시행하던 신춘문예는 속속 폐지되었고, 추리소설 전문을 표방하며 호기롭게 시작했던 몇몇 잡지들의 신인상 공모는 한두 해도 넘기지 못하고 자금난을 이유로 폐간되고 말았습니다. 세상이 자신을 알아주지 않음을 한탄하던 청년은 십여 가지의 직업을 전전하고 심각한 우울증을 겪기도 하면서, 아마 한국 최초였을 망한 장르소설 강의에서 만난 인연으로 '판타지 작가'가 되기는 했지만, 그토록 바라던 '추리소설 작가'는 되지 못했습니다.

그러다가 2002년 7월 5일에 한국추리작가협회의 주관으로 《계간 미스터리》가 창간되었고, '추리소설가 지망생' 청년은 이수광 선생님의 추천을 받아 단편을 실으며 비로소 '추리소설 작가'가 되었습니다. 그 후 한국에서 추리소설 작가가 되는 길이 하나는 열려 있어야 한다는 취지로 《계간 미스터리》에서 신인상(단편) 공모를 시작하면서 도진기, 박하익, 송시우, 윤자영, 홍성호 등 지금도 활발하게 활동하고 있는 많은 작가들이 배출되었고, 그 맥은 이번 호의 홍정기 '작가'에게까지 이어졌습니다.

순수 비영리단체인 한국추리작가협회에서 통권 67호까지 그 맥을 이어오는 일이 쉽지만은 않았습니다. 출판사가 여러 번 바뀌었고, 자금난으로 합본 발간 해야만 할 때도 있었으며, 정부에서 주는 쥐꼬리만 한 문예지 발간 지원 사업 의 도움을 받기 위해 사활을 걸기도 했습니다. 물론 진지하게 폐간을 고민하던 시기도 여러 번 있었습니다. 하지만 새로운 추리소설 작가를 위한 문을 닫을 수는 없다는 신념으로 2020년 통권 67호까지 버텨왔습니다.

시대는 바뀌었습니다. 인터넷 플랫폼을 통해 누구라도 쉽게 '작가'가 될 수 있 고, 추리소설은 팔리지 않아도 추리기법을 활용하지 않은 콘텐츠를 찾는 건 어 려워졌습니다. 콧대 높던 영미와 프랑스를 비롯한 전 세계에서 한국의 추리소 설을 일부러 찾아보기 시작했습니다. 우스갯소리처럼 지었던 '추리여왕'이란 닉네임이 세계에 알려지고 있습니다.

이제 시대의 변화에 맞추어 《계간 미스터리》도 새로운 도약을 준비합니다. 한 국추리작가협회의 기관지 성격이 강했던 과거를 벗어나 타 장르와의 적극적인 소통, 경쟁력 있는 원소스멀티유즈(OSMU) 콘텐츠의 발굴, 세계를 놀라게 할 진 정한 추리소설 '작가'의 인큐베이터 역할을 수행할 것입니다. 그것이 이번 67 호를 '특별호'라 이름 지은 이유이며, 확 달라진 판형과 디자인으로 우리의 각 오를 다진 이유입니다.

한국 추리소설의 비조 김내성 선생이 생전에 하셨던, 지금도 유효한, 그래서 안타까운, 다음의 구절로 '특별호'의 소회를 마무리하고자 합니다.

"탐정 작가여, 어서어서 나오라! 그리하여 우리 조선 문단으로써 하나의 훌륭 한 탐정 문단을 가지도록 하라!"

신인상

에세이

이슈

리뷰

작가의 방

미스터리 쓰는 법

프로파일링

특집
한국 미스터리 흥행의 재구성

지금 가장 '핫'한 한국의 미스터리 작가, 서미애

인터뷰

인터뷰어 **백휴** 진행·정리 **한이**

서미애

시를 쓰던 대학 시절 스무 살 나이로 신춘문예에 당선이 되었고, 대학 졸업과 동시에 방송 일을 시작했다. 서른 살이 되면서 드라마와 추리소설을 쓰기 시작하여 〈남편을 죽이는 서른 가지 방법〉으로 신춘문예에 당선되었다. 《인형의 정원》, 《잘 자요, 엄마》, 《아린의 시선》, 《당신의 별이 사라지던 밤》 등의 장편과 《반가운 살인자》, 《남편을 죽이는 서른 가지 방법》, 《별의 궤적》 등의 단편집이 있다. 《인형의 정원》으로 2009년 '한국추리문학상 대상'을 수상했다. 현재 《잘 자요, 엄마》가 영화와 드라마로 제작 중이며, 소설 집필과 함께 미니시리즈로 방영될 미스터리 드라마를 준비하고 있다.

《모든 것이 F가 된다》를 쓴 모리 히로시라는 일본의 추리소설가는 이공계 연구자였던 이력답게, 자신이 책을 출간하고, 영상화 판권을 팔고, 인터뷰나 강연을 해서 받은 돈까지 시시콜콜하게 계산해서 《작가의 수지》라는 책까지 펴냈다.

그는 이렇게 말한다.

"직업으로서 소설가라는 위치를 지탱해주는 것은 '그 일을 좋아한다'라는 것만이 아니라 도리어 '좋아하는 일을 할 수 있다'는 자유이며 그 자유를 누리는 데 필요한 환경이다. 그 자유와 환경은 일을 해서 얻는 보수로 실현되는 것이다."

추리소설가 역시 이슬만 먹고 살 수는 없다. 자료 조사를 위한 교통비든, 화난 배우자의 기분을 풀어줄 데이트 비용이든, 초상집 부의금이든, 아무튼 돈이 필요하다. 그래서 대부분의 작가들은—'갓물주'인 일부 작가들을 제외하고—이번에 출간할 작품이 '대박'을 쳐서 그간의 설움을 한 방에 씻어내길 내심 바라는 것이다.

물론 그런 때가 있었다(고 한다). 한국에서 추리소설을 쓰면 최소한 초판 3만 부를 찍고, 주요 일간지에 광고를 싣고, 일부 스타작가들은 한 달 만에 50만 부를 팔아치우던 시절. 하지만 어느새 그런 호황은 왕년의 무용담처럼 아득해졌고, 가장 큰 불효가 대학 졸업하고 소설을 쓴다고, 그것도 추리소설을 쓴다고 나서는 것이라는 우스갯소리까지 생겨났다.

그런데 최근 한국 추리소설의 흥행세가 심상치 않다. 출간작의 영상화 계약이 심심치 않게 이루어지고 있고, 방탄소년단 덕분에 한글 공부 열풍이 분다더니, 추리소설의 본진인 영미권뿐만 아니라 유럽과 남미에서도 한국 추리소설의 번역 출간 붐이 일고 있다. 심지어 프랑스의 한 출판사에서는 'MATIN CALME('조용한 아침'이라는 의미)'란 이름으로 한국 스릴러 소설 전문 브랜드를 론칭하기도 했다.

이런 '한국 미스터리 흥행'의 첨병에 서미애가 있다. 이미 13개국에 《잘 자요, 엄마》의 출판권이 팔렸고, 영국의 드라마 제작사와 계약금만 수억에 이르는 시즌제 영상화 계약까지 맺었다. 출간된 장편추리소설의 대부분이 이미 영상화되었거나 될 예정이고, 단편은 연극·웹툰·라디오 드라마 등으로 쉼 없이 재생산되고 있다.

코로나바이러스감염증19가 기승을 부리고 있는 어느 날, 대학교 앞의 한 밀실에서 부럽고 질투 어린 마음으로 그녀의 성공 비결과 작품 세계에 대해 이야기를 나눴다.

백   최근 《잘 자요, 엄마》가 외국에 활발하게 소개되고 있는 것으로 알고 있는데, 몇 개국에서 번역 출간될 예정인가요?

서   미국, 영국, 프랑스, 독일, 체코, 네덜란드, 러시아, 리투아니아, 스페인, 이탈리아, 인도네시아, 베트남 등 13개국에서 출간될 예정이에요. 2011년에 노블마인에서 초판이 나왔을 때, 프랑크푸르트 도서전에 간단한 줄거리와 함께 100쪽 정도를 번역해서 참가했다고 얘기를 들었어요. 거기서 반응이 좋아서 절반 정도를 번역해 오면 계약을 하겠다고 했는데, 출판사가 여력이 없었는지 흐지부지되고 말았죠. 재작년에 다시 준비해서 프랑크푸르트 도서전에 참가했는데, 독일 출판사에서 2011년부터 눈여겨보고 있었다면서 적극적으로 나서고, 이후 여러 출판사가 경쟁 입찰을 해서 상당한 선인세를 받을 수 있었어요. 그 후 입소문이 나면서 여러 나라에 판권 수출을 하게 되었죠.

백   드라마 계약도 한 것으로 알고 있는데요.

서   〈다운튼 애비〉를 제작한 영국 드라마 제작사 카니발필름과 영상화 판권 계약을 맺었어요. 《잘 자요, 엄마》 2부와 3부가 출간되면 시즌제로 제작될 가능성이 크죠. 원래는 《잘 자요, 엄마》를 3부작으로 낼 생각은 없었어요. 그런데 책이 출간된 후 하영이의 성장이 궁금하다는 독자들의 평이 많이 올라왔고, 저 자신도 궁금해지기 시작하더군요. 엘릭시르에서 재출간을 준비하면서 '하영 연대

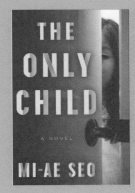

세계 각국에서 출간된 《잘 자요, 엄마》

기' 3부작을 출간하기로 했어요.

백   이미 책이 출간된 영미권이나 프랑스에서의 반응은 어떤가요?

서   영미권에서는 '유니크하다', '마지막까지 쇼킹하다' 등의 반응이 많아요.
프랑스에는 장르 전문 서점들이 많은데, 그중 몇몇 곳에서는 "한국 추리여왕이
라는 이름이 아깝지 않다"는 메모를 함께 붙여두기도 했더군요.

백   섣부른 이야기입니다만, 판매 부수는…….

서   이제 시작이지만, 코로나19가 가장 큰 변수가 될 것 같아요. 특히 유럽
쪽은 봉쇄가 진행되면서 서점들이 다 문을 닫았어요. 생필품만 간신히 구입할
수 있는 상황이라고 하더군요. 프랑스 편집자 피에르와는 긴밀하게 연락을 주고
받는 편인데, 지금 노르망디의 별장에 가 있다고 하더라고요. 사태가 좀 진정이
되고 나서야 정확한 상황을 알 수 있을 것 같아요.

백   작품 얘기로 들어가볼까요? 페르난도 페소아가 "예술은 감정이다"라는
말을 했는데요, 서미애 작가 작품은 대부분 '강렬한 감정'을 표현하고 있거든요.
특히 《잘 자요, 엄마》 같은 경우에는 붓다가 자기 가족을 버리고 출가하는 것 같
은 감정적 강렬함이 있어요. 어디에서 모티브를 얻으셨나요?

서   프랑크푸르트 도서전에 갔을 때 만난 해외 편집자들 몇 명도 어떻게 이
런 충격적인 소재를 생각할 수 있었느냐고 묻기에, 실제 당신들도 알고 있는 사
건에서 모티브를 얻었다고 말해줬어요. 아홉 살에 살인을 하고 법정에 서게 된
'메리 벨' 사건인데, 제가 가장 인상 깊게 봤던 것은 재판정에 가는 엄마의 사진
이었어요. 자기 딸이 살인죄로 재판을 받는데 엄마가 사람들 눈에 띄게 화려하
게 꾸몄어요. 이 엄마한테는 딸의 살인 재판이 사람들의 주목을 받을 수 있는 이
벤트였던 거죠. 저는 그걸 보고 이 모녀 관계가 굉장히 기괴하게 느껴졌어요. 물
론 그녀는 최악의 엄마였죠. 트레일러에 살면서 매춘하는 것을 아이에게 그대로
보여주고, 손님으로 하여금 자기 아이를 건드려보라고 부추기기도 하고, 폭력은
아무렇지도 않게 저지르죠. 폭력, 방치, 학대로 자녀를 양육한 거죠. 그 사건을

보며 생각한 게 '저 아이는 양육 때문에 저렇게 된 건가? 아니면 타고난 건가?' 라는 주제였어요. 그런 여러 가지 것들을 상상하다보니까 이 소설이 나오게 됐어요.

백 《잘 자요, 엄마》나 《인형의 정원》 등 서미애 작가의 작품에 등장하는 연쇄살인범들이나 형사들은 기존의 도덕이나 풍속 같은 에토스로는 해석이 잘 안 되거든요. 그래서 예전에 서미애 작가의 단편들에 대해 평할 때, 서양의 '초자아' 개념을 빌려 오기도 했었죠. 보통 초자아를 '양심'처럼 이상적 자아가 나를 비판하고 독려하는 개념으로 받아들이는데, 사실은 '법과 법의 위반'이라는 개념을 동시에 갖고 있어요. 서미애 작가의 등장인물들 역시 '항상'이라고 할 정도로 '법과 법의 위반'이라는 측면을 보이는데요, 이런 강렬함은 모티브가 된 사건의 잔혹함 때문에 생겨나는 것은 아니라고 봅니다. 어떻게 이런 강렬한 감정에 끌리게 되었나요?

서 최근 진지하게 '나는 왜 추리소설가가 되었지?'를 고민해보고 있는데, 우선적인 결론은 제가 인간의 어두운 본성에 훨씬 더 많이 끌린다는 거예요. 저는 기본적으로 천사를 천사로만 생각하지 않아요. 천사에게도 악마성이 있을 수 있고, 악마에게도 선함이 있을 수 있어요. 그건 저 역시도 마찬가지죠. 제 안에도 좋은 면이 있지만 나쁜 면도 있고, 그것이 남들이 상상하지 못할 정도로 끔찍할 수도 있죠. 일례를 들면, 어린 조카들하고 봄에 진달래 피는 산에 올라가다가 쪼그만 아이들한테 "고모가 여기서 너희를 파묻고 내려가면 엄마 아빠가 뭐라고 할까? 언제쯤 발견할까?" 그런 얘기를 한 적이 있어요. 물론 농담으로 넘겼지만, 누군가는 그 사악한 상상력을 행동으로 옮기는 거죠. 한 번은 거의 실행하기도 했어요.

백 네? 갑자기 살인 고백인가요?

서 제가 중학생 때고 동생이 초등학생 때였는데, 동생이 무슨 일로 욕을 해서 툭탁거리고 있었어요. 그런데 동생이 "죽여봐? 죽여봐?" 이러는 거예요. "내가 못 죽일 줄 알고?" 이러면서 목을 졸랐어요. 제가 목을 조르면서 얼마나 힘을 줬던지 동생의 눈이 확 뒤집히면서 쓰러졌거든요. 조금만 더 힘을 줬으면 저는 동생을 죽인 살인자가 되었을 거예요. 그랬다면 제 인생은 지금과 얼마나 달라졌을까요? 저는 살인자와 평범한 사람을 가르는 경계선이 그렇게 크고 넓다고 생각하지 않아요. 저는 다행히 경계선 안에서 멈췄던 것이고, 어떤 사람들은 그 선을 넘어가는 거죠.

백　　그래서인지 캐릭터들이 상처가 많아요. 건전한 사람이 이혼 정도이고, 폭력을 휘두르는 아버지나 자식을 죽이는 어머니처럼 굉장히 강렬하고 상처가 많은 인물들이 대부분입니다.

서　　어쩌면 제가 평범한 가정을 체험하지 못했기 때문일 수도 있을 거예요. 저희 집이 경상도 집안이고, 아버지는 이북에서 내려오신 분이라 평소에도 살갑게 자식들을 대하는 분이 아니셨어요. 그리고 그 시대 많은 부모들이 그러셨던 것처럼 돈을 벌기 위해 자식들과 떨어져 지내셨죠. 저는 오빠 언니와 목동에서 학교를 다녔고, 부모님은 이문동에서 장사를 하셨어요. 초등학교 3학년 때인가, 엄마 아빠가 보고 싶어서 목동에서 이문동까지 무작정 버스를 타고 찾아간 적이 있었어요. 교통도 좋지 못한 때라 몇 번을 갈아타야 했고, 부모님이 찾아오는 방법을 알려주시지도 않았는데 귀동냥으로 들었던 기억만으로 찾아간 거죠. 그런데 부모님이 제게 "왜 왔냐?"고 하시더군요. 최근에도 심리적으로 힘들 때 어린 시절을 떠올리면 부모님이 저를 방치했다고 느껴지는 순간들이 있어요. 그래서인지 제 주인공들을 보면 대개 애정에 목말라 있어요. 심지어 《잘 자요, 엄마》의 하영도 "아줌마가 엄마였으면 했는데"라고 말하죠.

백　　서미애 작가의 등장인물들은 반복적으로 '목소리'를 듣습니다. 이병도의 경우에는 '노랫가락'으로 표현되기는 하지만요. 이 모티브는 평소에 쓰다보면 저절로 나오는 건가요, 아니면 의식적으로 쓰시는 건가요?

서　　사실 그건 독자의 이해를 돕기 위해 활용하는 장치예요. 흔히 독백으로 표현되는 부분을 객관화시켜서 이야기하는 거죠. 《남편을 죽이는 서른 가지 방법》이 연극으로 각색되었을 때, 무대에 원작에는 없던 내면의 자아를 등장시키는 것을 봤어요. 여주인공이 느끼는 남편에 대한 살의가 표현이 잘 안 되니까, 내면의 그녀를 등장시켜서 계속해서 남편과의 대화에 끼어들게 하는 거죠. '죽

프랑스 서점에 진열된 《잘 자요, 엄마》

이고 싶지? 저 웃는 모습을 봐, 끔찍해!' 이런 식으로 남편에게 증오와 살의를 갖고 있다는 것을 관객이 이해하기 쉽도록 도와주는 거예요. 《잘 자요, 엄마》에서는 비틀즈의 잘 알려지지 않은 곡을 사용했는데, 엄마가 아이를 학대할 때면 매번 그 노래를 부르죠. 천진난만한 곡조와 대비되는 잔혹한 가사가 엄마의 성향을 보여주는 것일 수도 있고, 아이에게는 고통을 당하기 전의 전주곡처럼 긴장감을 불러오는 장치로 사용했어요.

백   저는 그 부분이 《잘 자요, 엄마》의 핵심이라고 봤어요. 연쇄살인범인 이병도가 처음에는 그 노래가 자신을 죽이려는 엄마의 노랫소리라고 느끼고 살인을 해서 들리지 않게 지우려고 합니다. 그러다가 나중에는 그것을 부정하면서 노랫소리는 없었고 그 노래를 상기하기 위해서 살인을 한다고 이야기합니다. 말은 다르지만 행동은 같죠. 아까 말씀드렸던 '초자아' 개념으로 설명하면, '법과 법의 위반'이라는 동전의 양면이 아니라 두 가지 모두 살인이라는 결과를 부르기 때문에 '법의 위반'만 들어와 있는 거죠. 그래서 이병도의 태도를 변증법적으로 설명하기가 굉장히 어렵습니다. 이 부분에 대한 작가의 해석을 듣고 싶어요.

서　　처음에는 아이가 엄마의 통제 안에 있을 수 있어요. 그런데 아이가 성장하면서 엄마가 나에게 교육시켰던 것에 대해서 반발하거나 새로운 규정이나 질서를 깨닫게 되죠. 그러면서 엄마가 해왔던 것에 대해서 거부하고 받아들이지 않게 돼요. 처음 이병도는 엄마의 노랫소리를 듣지 않기 위해서 살인을 했을지 모르지만, 살인이라는 행위를 거듭하면서 엄마의 존재를 지워나가고 자신만의 새로운 질서를 만드는 거죠. 더군다나 이병도는 첫 번째로 엄마를 죽이는데, 천륜을 어기는 가장 큰 죄를 처음부터 짓고 시작하는 거예요. 살인의 경험을 계속해나가면서 '이것은 엄마 때문이야' 하고 자기 변명을 하지만, 어느 순간 엄마의 존재는 자신에게서 희미해졌다는 것을 깨닫게 되는 거죠. 더 이상 엄마의 노랫소리를 침묵시키기 위해서 살인을 하는 것이 아니라, 노랫소리가 살인의 즐거움을 일깨우는 알람이 되어버린 겁니다. 살인을 정당화하기 위한 마지막 변명까지도 버리는 거죠.

백　　그 설명을 들으니까 이병도야말로 연쇄살인범의 발전을 보여주는 케이스라고 할 수 있을 것 같군요. 처음에는 엄마에게 일방적으로 당하는 수세적이고 피학적 쾌감이라고 한다면, 나중에는 잠재적으로 피학적이면서 동시에 가학적으로 변화하는 것이죠. 이처럼 변화하거나 경계가 모호한 인물이 《인형의 정원》에도 등장하는데, 연쇄살인범인 형사죠. 범인과 형사가 다른 카테고리에 속한 것이 아니라, 범죄자가 형사 카테고리 안에 속해 있는 형국인데, 이처럼 법을 위반하는 인물이 법 안에도 있고 법 밖에도 있는 구조가 마음에 듭니다.

서　　그래서 《인형의 정원》에서 주요한 장치로 사용되는 미키마우스가 형사와 범인 모두에게 자극을 주죠. "미키마우스가 강 형사를 보고 윙크를 했다. 살인자, 살인자" 하는 식으로요. 저는 이런 식으로 독자들이 갖고 있는 보편적인 이미지를 뒤집어서 보여주는 것이 즐거워요.

백　　서미애 작가의 장편소설 중 《인형의 정원》, 《잘 자요, 엄마》를 한 계열로 분류하고 《아린의 시선》을 《잘 자요, 엄마》의 변형태로 본다면, 《당신의 별이 사라지던 밤》이 남습니다. 저는 《당신의 별이 사라지던 밤》을 앞의 세 작품과 전혀 다른 작품으로 읽었습니다. 어떤 계기로 이 작품을 쓰시게 된 건가요?

서　　　작품을 집필하던 중에 오빠의 죽음을 겪기는 했지만, 직접적인 모티브가 된 것은 '세월호 사건'이었어요. 무엇보다 충격적이었던 것은 아이들이 수장될 때까지 어른들이 손놓고 있는 걸 직접 생중계로 봤다는 거죠. 저는 그때 '국가라는 것이 뭐지?'라는 생각을 많이 했어요. 그전에도 제가 계속 저항하고 분노하는 국가가 있었지만, 적어도 이 땅에서 사는 것에 대해 이렇게까지 절망하지는 않았어요. 하지만 세월호 사건을 보면서 대한민국이 이렇게까지 망가지는가 하는 생각도 들고, 사회의 법이 결코 우리의 안전을 보장해주지 못한다는 것을 뼈저리게 느끼게 되었죠. 아이들의 죽음은 미래의 죽음이잖아요. 그것이 더 가슴 아프고 충격적이었어요. 그래서 시위라고는 몰랐던 언니와 함께 광장에 나가서 유족들 이야기를 들으며 울기도 했고, 함께 분노하기도 했죠. 그러면서 문득 세상에서 가장 슬픈 남자의 이야기를 써보자는 생각을 했어요. 내가 가장 사랑하는 아이가 죽었는데 이유를 몰라요. 그리고 아무도 그것을 캐내려고 하지도 않고, 오히려 진실을 밝히려는 사람을 핍박하죠. 추리소설의 외피를 쓰고는 있지만, 뭉뚱그려진 우리들의 이야기를 하려고 했어요.

백　　　그래서인지 《당신의 별이 사라지던 밤》에서는 상당히 노골적인 비유들이 등장합니다.

서　　　그렇죠. 분명히 누군가는 책임을 져야 하는데 그들이 오히려 법의 비호를 받고 있는 거죠. 죄를 지어도 법조계의 자식, 돈 많은 집의 자식, 정치권의 자식들은 철저하게 보호를 받고, 평범한 서민의 죽음에 대해서는 아무도 상관하지 않아요. 그 분노를 의인화해서 수정이란 인물을 가져왔던 거고, 하필이면 그때 오빠가 돌아가시면서 개인적인 경험까지 겹쳐지게 된 거예요.

백　　　오빠를 잃은 개인적인 경험 때문인지 《당신의 별이 사라지던 밤》에는 '부재'의 이미지가 계속해서 등장합니다. 대표적인 것이 단편 〈별의 궤적〉에도 등장했던 유성우인데, 존재가 없어진 부재 상태에서 존재의 흔적을 드러내는 거죠. 또 최우진의 딸 수정의 사라짐(부재)과 형사의 수사를 촉발시키는 단서가 '겨울에 입어야 할 외투가 없다(부재)'라는 것도 의미심장해 보입니다. 슬라보예 지젝도 '부재'의 문제를 언급하는데, '프림을 안 넣은 블랙커피'와 '우유를 안 넣은 블랙커피'를 비교하면서 부재를 물질성이라고 설명하죠. 사실 어떤 것이 안 들어갔든 결과는 같은 것인데도, 사상적으로 부재의 개념을 발전시킨 거죠.

서   사실 오빠의 죽음을 겪고 한 일 년 정도 작업을 못했어요. 그러면서 엄마가 느끼는 오빠의 부재와 저나 형제들이 느끼는 부재의 감각이 많이 다르다는 것도 느꼈어요. 그리고 작가라는 존재가 참 잔인하다는 생각도 많이 했어요. 시간이 흐르자 결국 제가 오빠의 부재를 통해 느꼈던 감정들을 글로 표현하고 있더라고요. 물론 우진을 통해서이긴 하지만요. 처음부터 감정적으로 힘든 소재를 잡았는데, 개인적인 경험까지 겹치면서 굉장히 몰입을 많이 한 작품이었어요.

백   제가 김성종, 서미애, 김차애 등 몇몇 한국 추리소설가의 평을 쓰다보니까, 작가는 장편이든 단편이든 무엇인가 반복되는 것이 없으면 작가가 아니라는 생각을 하게 됐어요. 나중에 보니까 마르셀 프루스트도 비슷한 생각을 했던 것 같은데, 어쨌든 작가가 자신의 구조를 발견하면 그것의 변주를 할 뿐이지 두 개를 가질 수는 없다고 생각합니다. 그러니까 그 구조가 세워지면 그것을 반복하는 것이죠. 단, 조건이 있어요. 작품을 쓸 때 진지해야만 해요. 아카가와 지로처럼 많은 작품을 쓰기는 하지만 뭘 쓰려는지 모른 채 시장에만 집중하면 자신만의 구조를 발견하기 어려워요. 그런 이유로 서미애 작가의 작품에 반복해서 등장하는 이미지나 모티브들이 반가운 거죠.

서   저는 그것도 그 작가의 특성인 것 같아요. 일종의 세계관일 수도 있고 직업관일 수도 있겠죠. 만약 제가 생계를 책임져야 할 부양가족이 많고 정말 돈에 신경써야 하는 입장이었다면, 베스트셀러들을 분석해서 어떤 소재가 사람들의 관심을 끌고 팔릴 것인가에 주목했을 수도 있겠죠. 저는 다행히 '내가 밥 한 끼 덜 먹지 뭐' 이렇게 생각하는 사람이었기 때문에 제가 쓰고 싶은 것에 집중할 수 있었던 거죠.

백   그게 묘한 부분이 있어요. 김성종 작가도 돈 때문에 다양한 작품을 써댔죠. 하지만 분석을 해보면 자신만의 것이 나와요. 이름을 밝히기는 그렇지만, 어떤 유명한 분이 끊임없이 불교를 비롯해서 동서양의 온갖 사상을 섭렵하시기는 하는데 '그럼 당신의 생각은 무엇인가?' 하고 묻는다면 답이 없어요. 김우창이나 최인훈 같은 경우에는 자기 생각이 있어요. 틀이 있어서 반복해서 나타납니다. 작가가 자신의 구조를 세우고 거기에서 절대 못 나간다는 것은 아니지만, 그 사람이 세상을 바라보는 메인이 없으면 반복되지 않더군요. 계속 피상적인 것만 나오는 겁니다. 그래서 저는 반복적인 구조가 나타나면 유명과 무명을 떠나서 '작가'라고 생각합니다. 가장 힘든 것이 그런 것들이 없는데 작품평을 써달라고 할 때죠. 입에 발린 말을 쓸 수는 있겠지만, 그런 얘기는 쓰고 싶지 않아서요.

서   앞으로 자신만의 독자적인 색깔을 갖고 있는 좋은 작가들이 더 많이 등장해서, 작품과 비평이 함께 발전해나갔으면 좋겠어요.

백   맞아요. 서양의 경우에는 작품이 나오면 이론과 반응이 즉각적이고 구체적인데, 우리는 그런 면에서 많이 부족하죠. 작품에 대한 논의가 동시대적으로 바로바로 행해질 수 있는 그런 공간이나 지면들이 많이 확보되어야만 합니다. 솔직히 말하자면, 서미애 작가가 최근 여러 나라에 소개되지 않았다면 이런 인터뷰 자리가 마련되었을까 하는 생각도 들어요. 일종의 콤플렉스죠.

서   우리는 늘 외부 평가에 너무 많은 비중을 두는 것 같아요. 외국에서 인정했으니까 '아, 이런 작품이 있었어?' 이렇게 생각하는 것도 웃기지만, 그럼에도 재평가를 받아보고 싶은 마음은 있어요. 말씀하신 것처럼 읽은 독자들은 재밌었다고 얘기하는데, 안 읽은 독자들이 너무 많으니까 작가 입장에서는 솔직히 화가 나죠. 열심히 썼고 스스로도 괜찮은 작품이라고 생각하지만, 아무도 한국 추리소설에 관심을 안 갖고 있기 때문에 그냥 사라지고 마는 작품들이 얼마나 많겠어요. 그런 일이 반복되다보니까 의욕 있었던 작가들도 좌절하고, 추동력을 잃고 떠나버리죠. 그러다보니까 아직까지도 한국 추리문학은 황무지예요.

백   연결되는 맛이 없고 점으로 띄엄띄엄, 긴 징검다리처럼 존재하는 것 같아요.

"좀더 시각화할 수 있는 방향으로
글을 쓸 필요가 있어요. 이전 세대는
평면적으로 문장으로 상상했지만,
지금 세대는 영상을 떠올려요"

서   그렇죠. 역사가 없어요. 역사란 어떤 작가의 이런 작품에 영향을 받아서 새로운 작가 아무개가 나오고 이렇게 연속성이 있어야 하는데, 우리는 어느 날 갑자기 한 작가가 불쑥 튀어나왔다가 잠잠하죠. 그러다가 또 툭 튀어나와요. 그러다보니 체계적인 성장이 없어요.

백   마침 얘기가 나왔으니, 후배 작가들 중에서 눈에 띄거나 재미있게 읽은 작품이 있나요?

서   최근에는 제가 작품 쓰느라고 후배들 책을 거의 못 봤어요. 개인적인 친분이 있어서 책을 갖고 있음에도 못 본 작품들이 많아요. 사실 앞에 한두 챕터 읽다가 덮은 경우도 많고요. 제가 생각하는 추리소설의 첫 장면은 사건이나 주인공의 내면으로 바로 들어가야 하거든요. 그런데 뭔가 장황하고 중언부언하는 설명이 많아서 읽지 않게 되더라고요. 괜찮게 느꼈던 친구는 박하익 작가예요. 《종료되었습니다》는 소개말을 쓰기 위해 어쩔 수 없이 다 읽었는데, 굉장히 강렬하면서 상상력이 풍부했어요. 세상은 이렇게 바뀔 수도 있어, 사법시스템은 이렇게 바뀌어도 되지 않을까 하는 생각을 자극하는 요소가 있어서 좋았어요. 눈여겨보고 있었는데 그 후에도 《선암여고 탐정단》 시리즈 등으로 활발하게 작품 활동을 하고 있더군요.

백　　지루한 첫 장면 때문에 끝까지 못 읽은 작품이 많다고 하셨는데, 후배들에게 집필에 관해 조언한다면 어떤 부분에 대해 말해주고 싶나요?

서　　일단은 처음에 글을 쓸 때, 내용 자체를 입체적으로 썼으면 좋겠어요. 작가의 글쓰기 방식의 차이이기는 한데, 좀더 시각화할 수 있는 방향으로 글을 쓸 필요가 있어요. 이전 세대는 글을 읽고 상상할 때도 논리적이고 평면적으로 상상했어요. 문장으로 상상했죠. 하지만 지금 세대는 영상을 떠올려요. "그는 울고 있었다"라고 얘기하면 우리는 내면적으로 흐느끼는 것을 상상하지만, 지금 세대는 우는 장면을 떠올린다는 거죠. 그렇기 때문에 사건 자체도 달라져야 하고, 사건을 풀어나가는 방식, 등장하는 캐릭터들이 하는 행동도 달라져야 한다는 거예요.

백　　그것은 서미애 작가가 드라마 작업도 많이 했기 때문에 빨리 캐치한 부분이 있지 않나요?

서　　그건 아니에요. 드라마 작업을 한 것이 도움이 되긴 했겠지만, 저는 추리소설을 먼저 썼거든요. 제가 특히 영미권 소설을 많이 읽으면서 느낀 점이 영상적이고 시각적인 작품이 많았어요. 기본적으로 최소한의 분위기를 조성하는 것이 필요한데, 신인들 작품의 경우 그것조차도 안 된 경우가 많았어요. 《아린의 시선》을 예로 들면, 첫 장면에 아린이 경찰서에 가는데 그냥 햇빛 좋은 날 선글라스를 끼고 나풀거리며 가는 것이 아니라, 사람들이 '날씨 진짜 더럽게 음산하네' 하고 느낄 정도로 비바람이 몰아치는 날 가요. 그리고 하필이면 거기에, 비바람에 머리카락이 산발이 된 마녀 같은 여자가 서 있어요. 이런 식으로 뭔가 작품의 분위기를 선명하게 보여주면서 시작할 필요가 있다는 거죠.

백　　김성종 선생 작품이 생각나네요. 그분 작품도 등장인물이 거리를 걷더라도 항상 크리스마스이브라든지, 눈이 온다든지, 뭔가 엑조틱한 분위기를 연출하죠. 반면에 마쓰모토 세이초는 별 특별할 것 없는 걸 묘사하는데도 필력으로 술술 읽히게 만드는 힘이 있더군요.

서   그건 말 그대로 마쓰모토 세이초 같은 대가의 방식이구요. 신인이 어설프게 흉내내다가는 설명만 장황하게 늘어놓게 될 가능성이 크죠. 작품의 분위기는 초반에 만들어줘야 되는 거고, 그 이후에는 설명이 되어버려요. 서두에 확실하게 분위기와 배경을 잡아두면, 후반부에는 사건과 인물에 집중할 수 있어요.

백   어떤 작가라고 말하지는 않겠습니다만, 서두의 분위기와 몰입은 좋은데 미스터리를 해결하는 부분에서 자꾸 등장인물이 자기 입으로 실토하게 하는 것이 보였어요. 분위기에 치중하다보니까 추리 과정이 맥이 빠진다고나 할까요? 그럼에도 불구하고 장면 자체의 몰입은 참 좋았어요. 물론 사건을 추론하는 인물의 추리 과정과 몰입이 결합되면 좋은데, 둘 중 하나를 택할 수밖에 없다면 서미애 작가는 어떤 쪽을 택하겠어요?

서   아마 몰입을 택할 것 같아요. 사실 제가 후반부에 가서 굳이 전후 사건은 이렇게 돼서 전말을 이렇다 하고 해석이 필요한 글을 쓰는 사람은 아니잖아요? 제 작품은 등장인물들이 서로가 어떤 행동을 함으로써, 그 행동들이 부딪혀서 최종적인 어떤 상황을 맞이하는 작품이기 때문에 전통적인 방식의 추리소설이라고 하기보다는 미스터리 스릴러라고 하는 게 더 맞을 거예요. 그러니까 저에게 왜 트릭이 없는가, 반전이 없는가 하고 묻는다면 맞지 않죠. 제게는 인간의 감정이 미스터리고, 그리고 그것을 통해서 지금 벌어지고 있는 상황이 스릴러라고 할 수 있으니까요.

백   어떤 방식으로 작업하시나요?

서   다른 작가들은 루틴이 있다고 하는데 저는 그런 건 없어요. 매번 다른 것 같아요. 저는 시간을 정해놓고 강박적으로 작업하는 스타일이 아니어서 흘러가는 대로 작업해요. 어느 때는 밤에 집중이 잘돼서 쓰기도 하고, 그러다 갑자기 밤에 자고 아침에 일어나기도 하죠. 그럼 또 아침부터 작업하기도 하고. 다만 제가 쓰고 싶은가 그렇지 않은가의 차이지, 시간대에 크게 구애받지는 않아요.

"제게는
인간의 감정이 미스터리고,
그리고 그것을 통해서
지금 벌어지고 있는 상황이
스릴러라고 할 수 있어요"

백   드라마 작업도 병행하고 있으니까, 소설 작업 하다가 드라마 의뢰가 들어와서 그쪽 작업을 하면 리듬이 깨지지 않나요? 어떤 때는 소설을 제쳐둘 수도 있겠지만, 스케줄상 두 가지를 동시에 작업해야 할 때도 있을 텐데 그런 경우에 부담이 되지 않을까요?

서   부담이 많죠. 그전에는 빨리 돌아오고 집중할 수 있었는데, 요즘은 다시 집중하는 데 걸리는 시간이 점점 더 길어지는 것 같아요. 전에는 집필 초반에 토끼처럼 걷다가 후반에 가면 호랑이처럼 속도가 빨라졌는데, 지금은 달팽이 걸음으로 느릿느릿 가고 있어요. 특히 이번 《잘 자요, 엄마 2》가 그렇네요.

백   소재 때문인가요?

서   어느 정도는 그렇죠. 《잘 자요, 엄마》도 이병도 이야기와 하영의 이야기가 선경을 교집합으로 해서 섞이죠. 이번 작품은 조금 더 발전해서 선경과 남편의 세계와 하영과 하영의 친구들의 세계가 얽혀요. 두 세계를 섞어서 이야기하기가 상당히 힘이 드네요. 그래서 아우트라인은 잡았지만, 아우트라인대로 가기에는 불쑥불쑥 튀어나와 해결해야 할 장애물도 많고, 두 세계 가운데 엔딩을 어디로 잡아야 할지도 계속해서 고민하고 있어요. 그리고 3부에서 풀어야 할 것들의 씨앗도 미리 심어둬야 하니까 여러모로 생각할 것이 많죠. 이런 경우가 아니라면 장편은 보통 일 년에서 일 년 반 정도 걸리는 것 같아요. 단편은 소재만 잡아놓으면 그 소재를 어떻게 풀어나가야 할지 등장인물 몇과 사건은 정해져 있기 때문에 그렇게 오래 걸리지는 않아요. 열흘에서 보름 정도면 초고가 나오고 수정하면 이십 일 정도 걸려요.

백   앞으로의 작업 스케줄은 어떻게 되나요?

서   곧 《잘 자요, 엄마 2》를 탈고할 것 같아요. 그러면 올해나 내년 초에 책이 나오겠죠. 그사이에 계약된 드라마를 잠깐 써야 하는데, 한 일이 년 정도 갈 거 같아요. 길면 삼 년 정도 걸리고요. 소설은 제 마음대로 할 수 있는데 드라마는 편성이 돼서 방영이 돼야 끝나는 거니까, 그 부분은 상황을 봐야 알 수 있어요. 그리고 그사이에 하영 이야기와는 별개로 새로운 신작을 하나 쓸 거예요. 이미 시놉시스는 다 나와서 한국 편집진과 에이전시에 먼저 보여줬는데 재밌다고하네요. 역시 가족 안의 문제와 사회적인 문제가 결합되어 있는 그런 이야기가될 거예요. 향후 삼사 년의 집필 스케줄은 이렇게 흘러갈 것 같아요.

백   꽉 찬 스케줄이 부럽습니다. 마지막으로 독자들에게 하고 싶은 말이 있으신가요?

서   작가는 작품이 전부죠. 《잘 자요, 엄마 2》를 잘 마무리하는 것이 저의 최대 관심사고, 새로운 작품 즐겁게 읽어달라는 말이 하고 싶은 말의 전부예요.

COREAN CHICK

...a série fredonnent les Beatles et les petites filles jouent avec les couteaux. Help!

...yeong,
...criminologue,
...autorisée à
...rer un terrible
...iller dans
...oir de la mort.
...ce de Séoul
...e ainsi obtenir

des informations sur les nombreux meurtres de femmes qu'il a commis. Rapidement, le criminel endurci semble baisser la garde et commence à se confier à la jeune femme, lui avouant entre autres tuer en fredonnant le refrain de "Maxwell's Silver Hammer". Au même moment, le mari de Seonkyeong lui demande de prendre avec eux la fille qu'il a eue lors

d'un premier mariage. La mère de la fillette s'est suicidée et ses grands-parents viennent de périr dans un incendie. À peine arrivée chez Seonkyeong, l'enfant, très perturbée, manifeste une hostilité et une violence pour le moins préoccupantes...
On connaît déjà depuis longtemps l'efficacité du cinéma coréen – de Old Boy à Parasite, en passant par Memories of Murder.

On découvre auj...
notamment grâc...
maison d'éditio...
Calme) tout ent...
au genre, un re...
tout aussi incis...
fascinant, à l'...
ce Bonne nuit...
premier vole...
trilogie glaça...
adaptée à l'é...
Le Silence d...
passé au b...
sur un air...

《잘 자요, 엄마》프랑스판 편집자 피에르 비쇼(Pierre Bisiou)

내가 서미애 작가를 처음 만난 것은 프랑크푸르트 도서전 만찬장에서였다. 그곳은 한국 추리소설가는 말할 것도 없거니와 세계 각지에서 비즈니스를 목적으로 찾아온 출판업자들, 에이전트들, 번역가들로 붐볐다. 밤이 깊어져 하나둘 자리를 뜨자 주최 측에 대한 축하와 계약 성사를 위한 대화로 분주하던 떠들썩함이 잦아들며 조용해졌다. 서미애 작가는 끝까지 남아 차분하면서도 태평스럽게 이 모든 광경을 지켜보고 있었다. 흡사 고양이 같은 눈으로 바라보았기에, 나는 그녀가 오늘의 이 장면을 기억에 고이 간직해두었다가 언젠가 자신이 앞으로 쓰게 될 소설에 등장시키게 되리라는 것을 믿어 의심치 않았다. 상상컨대, 그녀는 신중하게 관찰하고 모든 것을 꿰뚫듯이 바라본 뒤 숙소로 돌아가서는, 묻어둔 악행과 숨겨둔 범죄, 이를테면 인간 영혼의 어두운 심연을 드러내기 위해 드디어 보란듯이 카드패를 뒤집을 것이다. 바로 작가의 이런 점에 매료되어 나는 출판을 결정했고, 또한 이것이 전 지구적 성공의 열쇠이기도 할 것이다. 작가 서미애는 밤의 고양이다. 인간 영혼의 어둠을 통해 세상을 바라본다.

I first met SEO Mi-ae at a dinner at the Frankfurt Book Fair. There were Korean Mystery writers, many publishers from around the world, agents too, translators. Over the course of the night, a certain chaos settled. But not for SEO Mi-ae, who stayed there, calm and peaceful; she was watching. I told myself that one day this scene could appear in one of her novels, because SEO Mi-ae is like a cat. Discreet, she observes, she sees everything and then, back home, she reveals the underside of the cards, the hidden vices, the hidden crimes, the abysses of the human soul. So that's why I publish SEO Mi-ae and why she is so successful all over the world, she is a cat and her eyes see through the darkness of the human soul.

한국 미스터리 흥행의 어제와 오늘

한이

만여 권의 책을 읽고서야 아는 것이 없다는 것을 깨달은 둔재(鈍才). 많은 직업을 거쳐서 작가가 되었고, 여러 부캐로 다양한 글을 쓰고 있다. '한국추리문학상 황금펜상'을 수상했고, 2019년부터 제8대 한국추리작가협회 회장으로 활동하고 있다.

할리우드 영화 〈어벤져스: 엔드 게임〉이 파죽지세로 전 세계 박스오피스를 석권하고 있을 때, 이웃나라 일본에서는 뜻밖의 소식이 들려왔다. 약물로 초등학생의 몸이 된 지 25년이 지났어도 여전히 그대로인, 에도가와 코난의 활약을 담은 극장판 애니메이션 〈명탐정 코난: 감청의 권〉이 〈어벤져스〉를 누르고 박스오피스 1위를 차지했다는 것이다. 해당 작품은 일본 개봉 이틀 만에 114만 명이 관람하는 기록을 세웠고, 한국의 추리작가들은 부러운 마음으로 입맛을 다셔야만 했다.

생각해보면, 저 우울한 천재 에드거 앨런 포가 추리소설의 시작을 알리는 기념비적인 작품들, 〈모르그 가의 살인〉, 〈마리 로제의 비밀〉, 〈도둑맞은 편지〉를 쓴 이후로 추리소설은 격변하는 시대와 함께 다양한 하위 장르를 창출하면서 변화해왔다. 그러나 영미권의 눈부신 발전, 아니 이웃한 일본의 경우와 비교해도 한국의 추리소설은 열악한 환경 속에서 악전고투하고 있다는 느낌을 지울 수 없다. 이에 간략하게나마 한국 추리소설의 역사, 나아가서는 추리 서사를 활용하는 다양한 콘텐츠들의 흥행 성적을 되짚어보고, 앞으로의 미래를 점쳐보고자 한다.

한국 창작 추리소설의 시작이라고 하면 이해조가 '정탐소설(偵探小說)'을 표제로 내세워 1908년 12월 4일부터 1909년 2월 12일까지 〈제국신문〉 1면에 49회 연재했던 《쌍옥적》을 최초로 본다. 여주인공들의 논리적이지 못한 어리숙함과 신파를 벗어나지 못한 이야기 전개가 걸리기는 하지만, 추리소설의 기본 요소인 '범죄-수사-해결'을 모두 담고 있다. 그 뒤를 잇는 것이 1920년 〈조선일보〉에 연재된 《박쥐우산》이다. 《박쥐우산》은 1막을 황만수 살인사건 현장에 대한 묘사부터 시작하면서, 변동식과 오창걸 두 정탐이 진범을 잡기 위해 벌이는 활약을 그리고 있어서 상당히 서구의 추리소설에 근접한 전개 방식을 보이고 있다.

그 후 창작 추리소설이라고 이름 붙일 만한 작품은 독립운동가인 박병호가 불교잡지 〈취산보림〉 제4호(1920.7)부터 호관산인(濠觀散人)이란 필명으로 연재한 《혈가사》를 거쳐, 1925년 방정환의 《동생을 차즈려》, 그리고 1934년에 나온 채만식의 《염마》 정도밖에 없다. 이 사실만 보고 당대에 추리소설이 인기가 없었을 것이라고 생각한다면 오산이다. 창작 추리소설의 빈자리를 번역·번안 추리소설이 채우고 있었다.

정탐소설, 탐정기담, 탐정소설 등의 장르 명칭이 병행된 추리소설은 신문 연재소설을 중심으로 번역·번안되어 소개되었다. 1910년대 당시 〈매일신보〉의 연파주임으로 있던 이상협은 '신문의 귀재'라 불릴 정도로 신문 편집에 뛰어난 인물로, 대중의 기호를 파악하는 데 능숙했다. 그는 1914년 최고의 인기를 누린 번안 소설 《정부원》을 기획했고, 뒤이어 《해왕성》을 잇따라 흥행시켰다. 1918년에 〈태서문예신보〉는 해몽생이 코난 도일의 〈세 학생의 모임〉을 번안한 것을 〈충복〉이란 제목으로 실었다. 이때 신문에 연재된 작품들은 일본의 번안 소설 작가인 구로이와 루이코의 번안 작품을 재번역한 것이 대부분이었다.

1920년대로 접어들면서 번안 '탐정소설'들은 신문을 벗어나 〈학생계〉, 〈청년〉, 〈동명〉 등 계몽성을 담당하던 잡지에 실리면서, 지식인 청년이나 학생들처럼 일정수준 이상의 독서력을 갖춘 독자들을 위한 지적인 작품이라는 점이 강조되었다.

하지만 정작 탐정소설을 번역 창작하던 작가들은 자신들이 탐정소설 작가로 알려지는 것에 대해 부정적이었고 가급적 숨기려고 하였다. 1920년대 번안 추리소설을 발표한 작가들에 양주동, 이하윤, 김환태, 김광섭, 이헌구, 김유정, 이석훈, 안회남,

방인근 등이 있었으나 추리소설을 값싼 오락물로 취급하던 세간의 인식 때문에 본명이 아니라 해몽생, 피피생, 봄바람, 북극성, 붉은빛, 하인리 등 정체불명의 이름을 사용하였다.

당시 작가들의 이중적인 태도는 서동산이란 필명으로 〈조선일보〉에 《염마》를 발표한 채만식의 글에서 여실히 드러난다. 그는 자신의 탐정소설 《염마》에서 작중인물의 입을 빌려 이렇게 말한다.

"그따우 탐정소설이니 대중문예니 또 소위 계급문예니 하는 것들은 문예 축에도 못 끼우는 것이야. …… 나 날탕패나 문단에서 낙오된 찌스레기들이 할 수 없으니까 그거나 가지리쓰꾸하지."

한국 추리소설계가 진정한 '작가'를 갖게 된 것은 김내성에 이르러서였다.

아인(雅人) 김내성은 1909년 평안남도 대동군 남곳면 월내리에서 출생했고, 일본 유학 중인 1935년, 잡지 〈프로필〉의 현상모집에 〈타원형의 거울〉이 당선되면서 등단한다. 이후 1936년에 귀국하여 1939년 〈조선일보〉에 한국 최초의 장편 추리소설 《마인》을 연재하면서 진정한 한국 추리소설의 비조(鼻祖)가 된다. 연재가 끝나고 12월에 출간된 《마인》은 6,000부 이상의 판매고를 올린다. (심훈의 《상록수》 판매고가 1만 부 정도인 것과 비교해도 상당한 베스트셀러라 할 수 있다.) 《마인》의 대중적인 인기를 짐작케 하는 일면이 출간 횟수인데, 자료에 따르면 1948년 '해왕사', 1968년 '진문출판사', 1983년 '삼성문화사', 1986년 '영한문화사'에서 출간되었고, 2009년 김내성 탄생 100주년 기념으로 '판타스틱'에서 재출간되었다. 그 외에도 다양한 군소 출판사에서 출간되었을 가능성까지 생각해보면 대단한 생명력이 아닐 수 없다.

무엇보다 김내성은 자신을 '탐정소설가'로 명확히 규정하고 글을 쓴 최초의 작가였고, 다양한 글을 통해 추리소설의 역사와 개념, 작법 등에 대해 고민한 바를 풀어놓았다. 일례로 '탐정소설의 본질적 요건'이란 글에서 그는 자신이 생각하는 추리소설에 대해 이렇게 말한다.

"탐정소설의 본질은 '엉?' 하고 놀라는 마음이고, '헉!' 하고 놀라는 마음이며, '으음!' 하고 고개를 끄덕이는 마음의 심리적 작용이다. 그렇다면 이들 '엉?', '헉!', '으음!'이라는 심리 작용에 따라 생기는 것은 무엇인가? 그것은 현실적 분위기로부터 낭만적 분위기에로의 비약적 순간인 것이다."

하지만 전쟁 상황으로 치닫던 시대는 김내성이 정통 추리소설만 써서 살아남을 수 있을 정도로 만만한 때가 아니었다. 중일전쟁 이후 일본 국내에서 같은 국민들끼리의 살상사건을 그린다는 이유로 추리전문 잡지가 폐간되고, 에도가와 란포의 전 작품이 발행 금지되었을 정도였다. 김내성도 일본에 의해 국제질서가 회복되는 친일적인 아동물이나 스파이물을 쓰며 명맥을 유지했다. 그 때문이었는지 해방 이후 김내성은 추리소설보다는 연애를 중심으로 한 대중소설로 방향을 바꿔서 《쌍무지개 뜨는 언덕》, 《청춘극장》, 《인생화보》, 《실낙원의 별》과 같은 작품들을 발표했다. 1950년대 당시 각 신문사의 캐치프레이즈가 "김내성을 잡아라!"일 정도로 대중적인 인기를 끌었지만, 한국 추리소설계는 든든한 버팀목을 잃게 되었다.

1950~1960년대는 분단과 한국전쟁으로 어수선했고, 이는 김내성이라는 기둥 하나로 간신히 명맥을 유지해오던 추리소설계에 치명타를 안겨주었다. 새로운 창작 추리소설은 찾아보기 어려웠고, 1930년대에 딱지본 소설로 유통되었던 소설들이 '탐정소설', '탐정비극', '연애탐정 의리소설' 등의 부제를 달고 다시 출간되었다. 당시 세창서관에서 재출간된 소설들로는 《혈루의 미인》, 《악마의 루》, 《열정의 루》, 《사랑은 원수》 등이 있다. 모두 부제만 바꾸었을 뿐 밝혀진 작가도 없고 서사도 빈약한, 전혀 추리소설답지 않은 소설들이었다. 그나마 나만식, 서남손, 허문녕, 백일완

등이 자신의 이름을 걸고 추리소설을 발표했지만, 개인의 복수나 성적인 코드가 강조된 작품들로 추리소설적인 재미는 떨어지는 작품들이었다.

1960년대에는 해방 전에 발표되었던 번안 소설을 우리식의 지명과 이름으로 고쳐서 다시 출간하기도 했는데, 김내성의 대표 탐정인 유불란(劉不亂)을 변형한 필명을 사용한 천불란(千不亂)이 대표적이다. 그는 《너를 노린다》, 《독살과 복수》, 《너는 내 손에 죽는다》, 《원한의 복수》, 《지옥녀》, 《무덤에서 나온 복수귀》 등의 작품을 출간했는데, 대부분 창작이 아니라 재번안 작품이었다.

이 시기에 눈에 띄는 작가는 방인근인데, 《원한의 복수》, 《국보와 괴적》, 《괴사체》 등의 작품에서 탐정 캐릭터인 '장비호'를 등장시켜 사건을 해결한다. 순수 창작이었다는 점과 한국적 현실에 맞춘 추리소설이었다는 점에서 높이 살 만하지만, 추리소설의 위상을 높였다고 보기는 어렵다.

오히려 이 시기의 영화는 추리적 기법을 적극적으로 활용하며 대중의 인기를 끌었다. 〈운명의 손〉, 〈자유전선〉 등의 작품들은 전쟁이나 스파이 활동을 소재로 활용하였고, 〈다이알 112를 돌려라〉, 〈안개 낀 거리〉, 〈마의 계단〉, 〈아스팔트〉, 〈국제금괴사건〉, 〈암살자〉 등은 밀수, 조직폭력배 간의 암투, 국제적인 음모와 반공 이데올로기를 주로 그리면서 많은 관객을 끌어모았다.

1970년대에 들어서면서 상황은 비로소 달라진다. 이는 김성종이라는 걸출한 작가의 탄생을 목도하면서 시작되었다. 그는 1969년 조선일보사의 신춘문예 소설 공모에 〈경찰관〉으로 당선된 후, 1974년 한국일보 창간 20주년 기념 장편소설 현상 공모에 《최후의 증인》이 당선되면서 이름을 알리기 시작한다. 이 작품은 형사 오병호가 사건을 해결하는 과정을 통해서 전쟁의 참상과 개인의 비극을 그리고 있어, 애국심과 민족주의에 물들어 있던 여타의 작품들과는 격을 달리하고 있다. 또한 1980년에 이두용 감독, 그리고 하명중, 정윤희, 최불암 주연으로 동명의 영화가 만들어졌고, 2001년에 배창호 감독에 의해 〈흑수선〉으로 리메이크되면서 상업적인 성공도 거두었다.

이후 김성종은 《슬픈 살인》, 《아름다운 밀회》, 《피아노 살인》, 《백색인간》, 《제5열》, 《제5의 사나이》, 《국제열차 살인사건》 등을 연이어 발표하면서 한국 추리소설계를 대표하는 작가가 되었고, 상업적인 측면에서도 가장 큰 성공을 거두었다. 하지만 공이 있으면 과도 있는 법. 과도한 성적 묘사와 자극적인 소재는 한국 추리소설을 끝까지 따라다니며 폄하하게 만드는 단초가 되었다.

1980년대는 한국 추리소설계가 처음으로 맞은 황금기라고 할 수 있을 것이다. 정권을 장악한 신군부는 국민들의 눈을 돌리기 위해서 프로야구를 창단하고, 각종 스포츠신문을 창간했다. 추리소설은 각 신문의 연재소설 지면을 차지하면서 대중의 관심을 끌었다. 1983년 한국추리작가협회가 창설되고, 1985년 한국추리문학상이 제정되어 수상자를 배출하기 시작한 때도 이 시기이다.

본명과 필명으로 몇 개의 신문에 동시에 작품을 연재하던 김성종을 필두로 현재훈, 이상우, 노원, 유우제, 정건섭 등이 다양한 작품을 발표하면서 한국 추리소설의 양적·질적 수준이 높아졌다. 현재훈은 불교적인 색채가 짙은 작품들을 발표했는데 《절벽》으로 제1회 한국추리문학상 대상을 수상하는 영예를 안았다. 기자 출신인 이상우는 《불새, 밤에 죽다》, 《악녀 두 번 살다》, 《여자는 눈으로 승부한다》 등의 작품을 연이어 발표하는데, 《악녀 두 번 살다》는 50만 부 이상의 판매고를 올렸다. 중앙정보부 7국장을 지냈던 특이한 이력의 노원은 트릭 위주의 퍼즐 미스터리인 《비상계단의 여자》, 《화려한 외출》만이 아니라 남북 간의 첩보 활동을 다룬 《야간 항로》, 《3호 청사》 등의 정통 스파이 소설을 쓰기도 했다. 유우제는 월간 〈소설문학〉의 '제1회

천만원 고료 장편 추리소설 공모'에 《죽음의 세레나데》가 당선되면서 데뷔하였고, 이후 《밤》, 《불새의 미로》 등의 작품을 발표했는데, 가장 문학적인 추리소설을 지향한 작가로 기억된다. 정건섭은 《덫》, 《5시간 30분》의 정통 추리소설, 일종의 하드보일드인 《호수에 지다》, 액션 스릴러인 《죽음의 천사》 시리즈 등 다양한 스타일을 시도했다.

이어진 10년 동안, 새로운 작가들이 대거 등장한다. 이수광, 백휴, 권경희, 김차애, 임사라, 서미애, 황세연, 정석화 등이 그들이다. 이들은 장편과 단편에서 활발하게 활동하면서 1990년대 초반까지 한국 추리소설계를 풍성하게 하는 데 기여했으나, 선정성 논란과 식상한 전개에 등을 돌린 독자들의 역풍을 이겨내기에는 역부족이었다. 한국추리문학상은 여러 해 동안 대상작을 내지 못했고, 스포츠신문에서 시행하던 추리소설 신춘문예는 소문도 없이 사라졌다. 야심차게 창간했던 추리전문 잡지들의 상황도 마찬가지였다. 〈추리문학〉, 〈미스터리 매거진〉은 통권 10호를 넘기지 못하고 폐간되었다.

그 후 한국 추리소설은 계속된 암흑기에 있었다. 짧은 황금기에 비해 암흑기는 너무나 길고 혹독했다. 국내 작가들은 안팎으로 싸워야만 했다. 안으로는 한국의 추리소설은 선정적이고 뻔하다는 선입견, 밖으로는 유수의 추리문학상을 수상하거나 엄청난 판매고를 올려 일차적으로 검증된 번역 작품들과의 경쟁이다. 1990년대 후반부터 지금까지 한 해에만 수백 권씩 쏟아져 나오는 영미권과 일본의 추리소설들로 눈이 높아질 대로 높아진 독자들을 만족시키기란 쉽지 않은 일이었다. 독자의 눈에 맞는 수준 높은 작품을 쓰기 위해서는 최소한의 집필시간이 보장되어야 하는데, 점점 낮아지는 판매고는 인세 하락으로 이어졌고, 수많은 태작을 양산하거나 다른 직업을 전전해야 했다. 100만 부를 팔기 위해서 1만 부짜리 작품 100권을 쓰면 된다던 어떤 작가는 1,000부짜리 1,000권을 써야 하는 상황에 절망하며 출판사에 취직했다. 그사이 2004년에 140만 원 정도 하던 히가시노 게이고의 선인세가 10년 사이에 3억 원이 되는 기현상을 핏발 선 눈으로 목격하기도 했다.

변화의 조짐이 나타난 것은 2000년대 중반부터였다. 김탁환의 《방각본 살인사건》과 비슷한 시기에 출간된 이정명의 《뿌리 깊은 나무》, 김재희의 《훈민정음 살인사건》 등이 '팩션(faction)'이란 이름을 걸고 성공을 거두었다. 물론 세계적으로 팩션 열풍을 일으킨 댄 브라운의 《다 빈치 코드》도 빼놓을 수 없을 것이다. 더 고무적인 것은 단순히 소설의 성공에 그치지 않고 드라마나 영화의 성공으로 이어졌다는 것이다. 특히 이정명은 《뿌리 깊은 나무》만이 아니라 후속작인 《바람의 화원》까지 연속으로 드라마화되면서 이름을 알렸다.

이와 같은 추리기법의 다양한 변용은 텔레비전에 갇혀 있던 드라마가 넷플릭스와 같은 온라인 동영상 스트리밍 서비스를 만나면서 폭발적으로 수요가 급증했다. 이미 2000년대 초반부터 '어둠의 경로'를 통해 추리기법이 극대화된 미드와 일드를 즐겼던 젊은 영상세대는, 가족끼리 지지고 볶는 김수현 식의 드라마에 만족할 수 없었다. 그들은 추리기법이 활용된 〈히트〉, 〈시그널〉, 〈마왕〉, 〈싸인〉, 〈추적자〉, 〈투윅스〉 등의 드라마에 열광했고, 케이블방송국들은 앞다투어 추리 드라마를 제작 방영하고 있다. JTBC와 OCN에서 각각 방영한 박하익 원작의 〈선암여고 탐정단〉, 송시우 원작의 〈달리는 조사관〉 등이 이에 해당한다.

이러한 변화의 바람은 점점 거세지고 있다. 최근 출간된 국내 추리소설 다수가 영상화 계약을 맺었고, 다양한 부가판권 계약도 이루어지고 있다. 또한 해외출판 계약도 심심치 않게 맺어지고 있다. 도진기, 김재희, 송시우 등이 대만과 프랑스에 판권을 수출했고, 서미애의 작품은 미국과 이탈리아, 인도네시아를 비롯한 13개국에서 번역 출간될 예정이다. 코로나19 사태로 인해 추이를 지켜봐야겠지만, 한국의 '추리 여왕'이 세계 미스터리의 여왕으로 등극하는 모습을 목격할지도 모른다는 기대감이 든다.

앞으로도 추리소설에 대한, 추리기법에 대한 수요는 점점 더 커질 것이다. 이 변화의 바람을 긍정적으로 부풀릴 것인지, 아니면 그저 한때의 일장춘몽으로 만들 것인지는 작가들에게 달려 있다. 여전히 한국 추리소설에 덧씌워진 선정성, 식상함, 소재의 빈곤과 같은 부정적 이미지를 깨트리지 못한다면, 담 밖에서 남의 집 잔치를 구경하는 신세를 벗어나지 못할 것이다. 지금 참신하고 독창적인 신인작가가, 독자들의 명치에 묵직한 한 방을 날려줄 중견작가가, 한계를 깨부수고 새롭게 도전하는 원로작가가 간절히 필요한 까닭이 여기에 있다.

참고자료

—《조선의 탐정을 탐정하다》, 최애순, 소명출판
—《대중, 비속한 취미 '추리'에 빠지다》, 오혜진, 소명출판
— 추리와 연애, 과학과 윤리: 장편소설로 본 김내성의 작품세계, 이영미, 〈대중서사연구〉 제21호, 2009. 6.
— '근대적 지식인 되기'를 향한 욕망의 서사: 김내성 추리소설에 나타난 탐정 유불란의 정체, 최승연, 〈대중서사연구〉 제21호, 2009. 6.
— 〈딱지본 표지화의 이미지 연구 : 대중성 획득 방법을 중심으로〉, 이은주, 홍익대학교 대학원, 2017
— 〈한국 근대 추리소설 연구〉, 이현직, 단국대학교 대학원, 2013
— 〈한국 '추리소설' 연구〉, 김보람, 덕성여자대학교 대학원, 2007

김범석

2012년 〈찰리 채플린 죽이기〉로 '계간 미스터리 신인상'을 받아 등단했다. 발표한
단편 미스터리로는 〈죽마고우〉, 〈챔피언〉, 〈골목의 살인미수 사건〉, 〈왕산장 사건〉,
〈역할분담살인의 진실〉 등이 있으며, 리디북스에서 출간한 《한국추리중단편선》에
실린 〈일각관의 악몽〉, 〈오스트랄로의 가을〉, KBS 〈라디오독서실〉에서 라디오 드
라마로 만들어진 〈저주받은 흉가의 탄생, 혹은 종말〉, 제1회 '노블엔진 단편제'에서
금상을 수상한 〈휴릴라 사태〉 등이 있다. 현재 웹소설 연재를 준비 중이다.

범인은 한 명이다

1

2020년 6월 5일. 금요일 오전 10시 30분.

화창한 여름에, 인터넷방송인연합 '부기즈' 소속의 여섯 명은 무인도로 왔다.

"안녕하십니까, 형님들! 누나들! 지금 언덕 위의 폐교까지 업힐! 뛰어서 올라가보겠습니다!"

최승산은 고해상도 카메라를 장착한 스틱형 짐벌을 든 채 언덕을 뛰어올라갔다. 헬스 유튜버답게 짐벌을 움켜쥔 팔뚝 근육이 선명했다. 햇빛을 역광으로 받아 달리는 최승산의 모습은 그리스 조각상이 횃불을 들고 언덕을 뛰어오르는 것처럼 보였다.

"제가 가장 먼저 폐교 전경을 실시간으로 보여드리겠습니, 악!"

오두방정 떨던 최승산이 실수로 넘어졌다. 카메라에만 신경을 쓰다 넘어져서 언덕 아래로 한 바퀴 굴렀다. 뒤따라 오르던 노근형이 그 광경을 찍으면서 낄낄 웃었다. 그는 BB건 서바이벌게임 방송으로 유명한 유튜버다.

"풉! 오두방정 떨다 구르는 우리 승산 씨. 크크! 꼴불견 지리구요. 썸네일 각 오졌구요."

노근형은 핑거그립을 장착한 앙증맞은 액션캠으로 최승산의 모습을 집요하게 찍었다.

"야씨, 찍지 마! 너, 너도 여기서 한 번 굴러."

"웃기시네. 야, 가까이 오지 마. 야!"

넘어졌던 최승산과 도망치는 노근형은 서로 티격태격하면서 서로의 모습을 찍었다. 나중에 두 사람의 시점에서 편집하면 재밌는 영상이 나올 것 같다.

"훗, 어린애 같긴."

심재은이 웃으며 성큼성큼 언덕을 올라갔다. 그녀는 우리 여섯 명 중 유일하게 얼굴을 드러내고 활동하는 유튜버가 아니다. 여섯 명 중 편집자 겸 PD 역할이다. 그녀 또한 이번 특집 방송 촬영을 위해 이곳저곳을 스마트폰 카메라로 촬영하며 올라갔다.

"아! 보입니다! 여러분!"

"이게 소안초등학교입니다! 크으! 폐교라고 해서 무서울 줄 알았는데 되게 아기자기하네요."

노근형과 최승산이 호들갑스럽게 큰소리로 떠들며 촬영하는 소리가 들려왔다.

'소안초등학교.'

지금은 아무도 살지 않는 무인도 '소안도'의 폐교다. 언덕 위의 폐교 부지 전체와 딸려 있는 교사용 관사를, 내 오랜 친구이자 우리들의 리더인 정의도가 통째로 매입했다.

"생각보다 깨끗하더라고. 바로 얼마 전에 폐교한 곳이거든."

내 느린 발걸음에 맞춰 함께 오르던 정의도가 자랑하듯 말했다. 아무리 정의도가 비트코인으로 대박을 친 유튜버라지만, 폐교를 통째로 사다니 솔직히 놀랐다.

"나도 비트코인 하는 건데."

나는 이마의 땀을 손수건으로 닦으며 부러워했다.

"야, 내 섬이 네 섬이지, 뭘 부러워하냐?"

정의도는 나와 눈을 맞추며 씩 웃었다. 반년 만에 구독자 55만을 만들어낸 미소다. 내 친구지만 솔직히 너무 잘생겼다.

"소안도는 무인도인 데다가 정기 배편이 없어서 폐교 부지 전체라고 해도 별로 안 비싸. 놀러오고 싶으면 언제든 말해, 친구."

정의도는 내 어깨를 툭 친 다음 성큼성큼 올라갔다.

내 뒤에서는 짜증 섞인 목소리가 울려 퍼졌다.

"겁나 가파르네. 야! 정의도! 선착장에서 가깝다며!"

김지수가 짜증을 부렸다. 아이돌 댄스커버 영상으로 떠서, 전체 구독자 중 외국인 구독자가 절반 이상이라고 한다. 하지만 까칠한 성격 때문에 댓글창에는 김지수 인성 어쩌고 하는 댓글이 꽤 많다.

"야, 하동수! 와서 이것 좀 들어줘. 무거워. 빨리. 빨랑빨랑."

김지수는 내게 짐을 떠넘겼다.

"치, 노근형한테 들어달라고 하지……."

"지금 뭐라고 했어?"

"아, 아냐. *끄응*……."

"그렇게 무거워? 덩치는 커가지고선."

"내 덩치는 최승산과 달리 전부 살이니까."

"풉. 그것도 그러네."

나는 먹방 유튜버였다. 하지만 업로드를 삼 개월째 하지 않았다. 그런데도 채널 망했냐는 댓글조차 없을 정도로 구독자 수가 적다. 먹방 유튜버로 구독자를 모으려면 다양한 음식을 많이, 재미있게, 더럽지 않게 먹어야 한다. 나는 많이 먹을 줄은 아는데, 재미가 있거나 깔끔하게 먹진 않았다. 그래서 구독자가 영 붙지 않았다.

정말 슬프고 부끄러운 건, 정의도가 나를 자기 채널에서 여러 번 푸시해줬다는 점이다. 유명 유튜버가 친구 채널을 홍보해주는 걸 보통 푸시해준다고 하는데, 정의도의 도움에도 불구하고 구독자 수는 변함이 없다. 노근형, 최승산, 김지수 같은 애들은 그런 나를 은근히, 혹은 대놓고 비웃을 뿐 딱히 도와주진 않았다.

'다이어트나 하자.'

그게 내가 내린 결론이었다. 이번 특집 방송 일정의 마지막 날, 각자 개인 다짐을 카메라에 녹화하는 시간을 갖기로 정했다. 그때 다이어트 유튜버로 전향한다고 발표해야지.

"아, 다 올라왔다······."

언덕 위의 학교가 눈앞에 펼쳐졌다. 페인트칠 벗겨진 본관, 크게 구
멍 뚫린 옥상의 펜스, 어째선지 일부 무너진 담장 등 전형적인 폐교의
모습이었다. 햇빛 아래에서 보면 아기자기한 맛이 남아 있지만, 해가
지면 무척 무섭게 느껴질 것만 같다. 우린 이곳에서 며칠간 머물러야
한다. 땀에 흠뻑 젖은 몸에 소름이 오소소 돋았다.

2

우리는 소안초등학교 뒤편 단층 관사에 자리를 잡았다. 관사는 학교
에서 뒤쪽으로 10미터 떨어진 곳에 있었는데, 그 10미터가 약간 가파른
오르막길이었다.

상아색으로 페인트칠된 관사는 겉으로 봐서는 썩 깨끗했다. 다만 외
딴 섬의 낡은 관사라 그런지 주방과 화장실은 공용이었고, 사람이 걸어
다닐 때마다 건물 전체에 발소리가 울려 퍼졌다. 천장에는 빗물 흐른
흔적과 방수용 페인트를 덧칠한 자국이 서로 엉켜 있었다. 건물 안에
들어와 보니 낡은 흔적이 눈에 들어왔다.

이인실로 쓰기 적당한 방은 본래 네 개였으나 그중 하나는 빈 박스와
이불 따위로 가득한 쓰지 않는 방이었기에, 방 세 개를 두 사람씩 나눠
쓰기로 했다. 노근형과 최승산이 입구에서 가까운 방, 나와 정의도가
중간방, 김지수와 심재은이 공용주방에서 가까운 가장 안쪽 방에 자리

를 잡았다.

　방은 깔끔했고, 중학교 수련회 가서 썼던 방이랑 묘하게 느낌이 비슷했다. 붙박이장 안에는 이불이 몇 채 있었는데, 소안초등학교 비품 스티커가 붙어 있지만 비닐 포장은 아직 뜯지 않은 채였다.

　"말했잖아. 전부 다 갖춰져 있다고."

　정의도는 출발 전부터 그 이야기만 열 번 정도 했었다.

　"원래는 폐교 처분이 내려지면 남아 있는 비품에 대해 일괄적인 비품조사를 한다고 해. 그리고 사용 가능한 비품은 물품관리표에 올린 뒤 정리해서 다른 학교나 보육원, 노양원 같은 곳에 보내는 게 일반적이라나봐."

　"어? 그럼 이불이나 주방용품 같은 비품들은 왜 잔뜩 남은 거야?"

　"외딴 섬이라 그런 거 아닐까? 폐교 결정은 최근에 내려졌지만, 꽤 이전부터 사실상 방치됐었다고 들었어. 그래서 전수조사가 미뤄지다 누락이 되었을 수 있겠지. 아니면 배를 보내서 운반하는 비용이 커서 포기한 것일 수도 있고."

　"그렇구나……."

　각자의 방에 짐을 풀고, 공용주방에 모여 다 함께 비프카레를 만들었다. 비프카레에 닭가슴살을 추가로 넣느냐 마느냐를 가지고 노근형과 최승산은 또 티격태격했다.

　그리고 식사를 하며 오늘 일정에 대해 이야기했다.

　"오늘 오후는 개인 활동으로 섬 탐험 시간을 갖자. 하지만 관사 뒤편의 뒷길은 낭떠러지처럼 가파르니까 그쪽은 가급적 가지 말고. 그다음

모여서 저녁식사를 일찍 하고 바로 담력 테스트 특집으로 폐교 탐험 들어갈 거야. 폐교 탐험이 이번 특집 방송의 꽃이니까 각자 카메라 점검 확실히 하고, 충전도 미리미리 해둬. 말 안 해도 다 알지?"

정의도가 확인 차 말하자 심재은이 손을 들었다.

"나도 꼭 해야 돼? 내가 하면 재미없을 텐데."

"재은아, 또 그 얘기야? 섬에 오기 전에 이야기했잖아. 다 같이 하기로."

"나는 편집 담당이잖아. 팀 결성할 때 그렇게 하기로 했으면서."

"야야, 심재은. 그러니까 이번 특집 때 꼭 참가해야지. 원래 편집자, 에디터, 이런 쿨한 인간이 골탕을 좀 먹어줘야 한다니깐?"

정의도가 설득하자 다들 맞장구를 쳤다.

"맞아. 요즘은 PD나 그런 사람이 출연을 해야 조회수가 올라가."

내가 한마디 거들자 심재은은 내 쪽으로 빙긋 웃어줬다. 왠지 나에게만 차갑게 느껴지는 미소다.

"야, 하동수. 왜 밥 안 먹냐? 팍팍 먹지?"

최승산이 물었다.

"배를 타고 와서 그런가 식욕이 별로 없어서. 배에서는 괜찮았는데 내리니까 조금 어지럽네."

"저런, 멀미약 미리 먹지 그랬어."

정의도가 자상하게 말했다.

"아."

약 하니까 생각났다. 깜빡 잊을 뻔했네.

"난 잠깐 화장실…….."

조용히 말하고 일어났다. 김지수는 날 보며 인상을 찡그렸고, 노근형은 히죽 웃으며 "응, 즐똥" 하고 말했다.

나는 터벅터벅 화장실에 들어갔다. 주방 맞은편이 화장실이었다. 배관상의 이유 때문인지 벽을 사이에 두고 맞닿는 구조였다.

"휴우…….."

좌변기에 앉아 한숨 돌리고, 주머니에 든 파란 약을 꺼냈다. 연예인들이 먹는다는 광고로 유명한 살 빼는 약이다. 달칵, 약을 하나 뜯어낸 뒤 침을 모아서 꿀꺽 삼켰다. 그러고 나와서 세면대 거울 앞에 섰는데, 벽 너머 주방 쪽에서 목소리가 웅웅거리며 들려왔다.

"어휴, 저 뚱땡이 녀석. 자리 겁나 차지하네."

최승산이 의자 미는 소리를 내며 투덜거렸다.

"왜 그래? 자꾸 동수한테."

정의도가 불편한 기색을 드러내자 최승산은 입을 다물었다.

"걔는 인간적으로 땀을 너무 흘려. 아, 찝찝해. 아까 가방 들어달라고 했는데, 기름땀으로 범벅을 해놨더라."

김지수는 최승산과 함께 덩달아 흉을 봤다. 그러자 노근형도 피식 웃으며 거들었다.

"부작용일 수도 있지."

"부작용? 무슨 소리야, 그게?"

심재은이 흥미를 보였다.

"살 빼는 약 말이야. 그게 신진대사를 강제로 활성화시켜서 살을 빼는 거라며? 그럼 호흡이 가쁘고 땀도 막 많이 흘리고 하는 거지."

"잠깐, 하동수가 살 빼는 약을 먹는다고?"

심재은이 비웃음 섞인 소리로 되물었다. 호응이 있자 노근형은 킬킬 웃었다.

"저번에 봤어. 식사 때마다 중간에 꼭 자리에서 뜨는 게 이상하잖아? 그래서 보니까 약을 슬쩍 챙기더라고. 인터넷으로 찾아보니까 그 약은 꼭 식사 도중에 먹어야 한다더라."

"동수가 먹는 게 살 빼는 약인 줄 네가 어떻게 알아? 건강이 안 좋은 가보지. 뭐 약 먹는 것까지 캐내려고 그래?"

정의도가 노근형을 향해 한마디 던졌지만, 노근형은 "아니, 아니" 하면서 말을 이었다.

"내가 봤어. 연예인들이 먹는 걸로 유명한 살 빼는 약이었어. 겁나 꼬박꼬박 챙겨 먹더라."

"꺄하하! 대박이다, 대박."

늘 쿨한 태도를 견지하던 심재은이 손뼉까지 치며 웃었다. 내가 약 먹는 게 그토록 웃긴 걸까.

"웃긴다. 자기 외모에 달관한 척하더니만."

최승산이 말했다. 두 달 전이었던가? 최승산은 나에게 자기 헬스 방송에 출연해달라고 거듭 요청한 적이 있었다. 최승산과 외모로 대비되고 비웃음받는 게 싫어서 "난 내 외모에 달관했어"라는 식으로 둘러대고 거절을 했다. 그때 딱 한 번 말한 걸 가지고 계속 빈정거린다.

"그치? 최승산 너도 느꼈냐?"

노근형이 동조하듯 말하고, 최승산과 손뼉을 마주치는 소리를 냈다.

"살 빼는 약을 먹어서 저렇게 뚱보인 거면, 약 안 먹을 때는 도대체 뭐임? 크크."

"야, 그만해. 안 그래도 요즘 동수 힘들다. 같은 팀원끼리 뒷담화 같은 걸 까고 그래?"

정의도가 조금 노기 띤 목소리로 말했지만 소용없었다. 최승산은 말 나온 김에 작심발언을 해야겠다는 듯이 목소리에 힘을 줬다.

"야, 정의도. 너야 옛날부터 그 녀석 친구였으니까 그렇다 쳐도, 까놓고 말해서 하동수 그 새끼는 방송인 체질이 아니야. 언제까지 부기즈에 끼워줄 거야?"

최승산의 말에 다들 "맞아, 맞아" 한다.

"하동수가 미운 게 아니라, 늘 음침하고 조용한 게 우리 팀 분위기랑 안 맞아서 그래."

노근형이 말했다. 그러자 김지수가 맞장구를 쳤다.

"말수가 적다 아니다를 떠나서, 음…… 가령 여기 있는 재은이도 말수가 적지만 그래도 분위기를 다운시키는 타입은 아니잖아? 근데 동수 걔는 그게 아니란 말이지. 꼭 어렸을 때 무슨 학대라도 받고 자란 사람처럼……."

"그만해!"

정의도가 버럭 소리쳤다.

"……"

다들 놀란 것 같다. 화장실에서 엿듣던 내가 가장 놀랐다.

"너희들, 동수 놀리지 마라. 내가 방금 말했지? 그 녀석 요즘 힘들다고."

"도대체 뭐가 힘든 건데? 우리가 하동수한테 뭐라 그러면 맨날 요즘 힘들다고 하더라? 궁금하네. 썰 한번 풀어봐라."

최승산이 요구했다. 거기까지 들은 나는 화장실 문을 세게 열었다. 그러자 저편의 주방 쪽이 얼른 조용히 하는 기색이 느껴졌다. 나는 속이 안 좋은 척하며 배를 문질렀다.

"어우, 뱃멀미가 늦게 도나봐. 나, 방에 들어가서 낮잠 좀 잘게. 좀 쉬어야지……."

나는 식기를 정리한 뒤 정의도와 함께 쓰는 중간방으로 들어갔다.

3

정의도와 나는 어릴 적부터 친구였다. 특히 고등학교에 들어가고 나서부터 무척 친해졌다. 하지만 나는 내게 늘 잘해주는 정의도를 보며 마음 한쪽이 무거웠다. 정의도는 잘생기고 공부도 잘했는데, 난 아니었다. 그래서 나한테 잘해주는 정의도에게 늘 빚지고 사는 기분이었던 것이다.

그러던 어느 날, 정의도가 일진에게 찍혀서 끌려가 맞을 상황에 처했다. 너무 잘생긴 탓에 일진의 여자친구랑 썸을 탔다나? 진위는 모르지만 정의도가 위험에 처한 것만은 사실이었다.

'구하러 가자.'

물론 내가 일진 놈들과 싸워서 이길 리가 없었다. 그저 나와 친구가 되어준 정의도를 위해 마음의 빚을 청산한다는 일념으로 간 것이다.

가자마자 죽도록 맞았다. 그리고 거기서 상상도 한 적 없는 끔찍한 수모를 당했다. 남자가 남자를 재미 삼아 성폭행하는 놈들이 있다는 걸 처음 알았다. 그리고 고통이 극에 달한 순간이 오면 내 정신이 붕괴되면서 제삼자의 시선에서 고통받는 자신을 관찰하게 된다는 것도 알게 되었다.

그 끔찍한 괴로움이 끝나고, 일진 놈들은 떠났다. 그리고 붙잡혀 있던 정의도가 무릎걸음으로 와서 울었다.

"미안해, 동수야. 정말 미안해."

정의도는 계속 사과했다. 내가 멋대로 찾아와서 끔찍하고 꼴사나운 모습만 보여줬건만, 정의도는 진심으로 내게 미안해했다. 정의도는 내게 맹세했다.

"무조건, 앞으로 무슨 일이 일어나건 나는 무조건 네 편이다, 하동수."

정신적 외상으로 몇 주 동안 학교에 빠진 나는 다른 학교로 전학을 갔다. 정의도는 나를 따라서 전학을 왔다. 정의도는 진심으로 내게 맹세를 한 것이다.

그 뒤로 우린 더 친해졌다. 내가 힘들고 괴로울 때면 정의도는 언제나 내 편이 되어주었다.

하지만…… 슬슬 그것도 한계구나 싶었다.

정의도가 아니라, 내가 한계였다.

"헉, 컥, 쿨럭!"

나는 가슴 통증과 함께 눈을 떴다. 심장이 미친 듯이 뛰었고, 혈압 때문인지 눈알이 튀어나올 것 같았다. 온몸에 식은땀이, 아니 뜨거운 땀이 미친듯이 흘렀다.

얼른 몸을 이부자리에서 일으키고 호흡을 진정시켰다. 다이어트약 부작용인지, 아니면 괴로운 옛날 꿈을 꿔서 그런 것인지는 모르겠다.

십 분쯤 가만히 앉아서 쉬자 땀이 식고 호흡이 진정됐다. 시간을 확인해보니 오후 2시였다. 한 시간 조금 넘게 잔 것 같은데…….

"꺄아아아악!"

섬 전체에 울려 퍼지는 비명소리. 놀라서 뛰쳐나가 보니, 주방에서 혼자 연습장에 뭔가를 정리하며 담배를 피우던 정의도가 자리에서 벌떡 일어났다.

"동수야! 괜찮아?"

정의도가 내 눈을 뚫어져라 쳐다보며 물었다.

"난 괜찮아. 그보다 방금 비명소리가…….''

"분명 여자 목소리였어. 김지수 아니면 심재은이야!"

정의도가 뛰쳐나갔다. 나도 뒤따라 달려갔는데, 숨이 차서 빨리 가지 못했다.

나는 가장 늦게, 범행 현장이 내려다보이는 관사 뒤편의 뒷길에 도착했다. 언덕 아래가 보이는 가파른 곳에서 울고 있는 김지수와, 김지수를 위로하는 노근형, 그리고 망연자실한 표정의 정의도와, 화를 내고 있는 최승산의 모습이 보였다.

그리고 심재은의 시체는 언덕 아래에 있었다.

"심재은……!"

심재은은 머리가 터져 죽었다. 머리 옆에는 커다란 돌이 있었다. 폐교 담장 일부가 무너져 있었는데, 그중 방치되어 있던 큼직한 돌덩이가 흉기로 이용된 것이다. 그녀는 담배를 피우다 죽었는지, 손가락 사이에는 피우던 담배가 그대로 남아 있었다.

"흑, 흐흑."

김지수가 연신 흐느꼈다. 방금 비명을 지른 건 김지수였던 모양이다. 심재은은 비명을 지르지도 못하고 즉사했을 것이다.

"진정해, 지수야. 진정해."

노근형은 카메라 앞에서 촐싹대던 때와 달리 침착한 어조로 김지수를 위로했다.

"이건, 살인이야."

정의도가 단언했다. 무너진 담벼락 근처에 있던 커다란 돌이 멋대로 굴러갔을 리가 없다. 누군가가 일부러 담벼락까지 가서 돌을 들고와 던진 것이다.

"경, 경찰. 경찰에 신고해야지. 다들 진정하고……."

내가 말하자 최승산이 나를 노려봤다.

"와이파이도 안 되고 통화도 안 돼! 우리가 시도를 안 해봤을 거 같냐!"

그 말에 나는 고개를 숙였고, 아래쪽을 살펴보던 정의도는 무겁게 입을 열었다.

"일단 다들 여기서 기다려. 최승산, 나랑 같이 내려가서 심재은의 시…… 시체 좀 확인해보자."

"뭐? 경찰 올 때까지 가까이 가면 안 되는 거 아냐?"

"경찰이 오려면 며칠은 있어야 돼."

정의도의 말이 맞다. 배는 6월 8일, 즉 다음주 월요일 오전 9시에야 온다. 그래야 배를 타고 본토로 돌아가고, 그제야 경찰에 신고가 가능하다.

"우리 카메라로 시신과 현장 사진이라도 찍고 안 쓰는 이불로 덮어두자."

정의도가 말한 순간, 노근형이 벌떡 일어났다.

"어, 맞다! 카메라! 카메라가 있었지!"

노근형이 언덕 아래의 심재은을 가리키며 침을 튀겼다. 김지수가 눈물 젖은 눈으로 노근형을 바라봤다. 믿을 수 없다는 눈빛이다.

"노근형, 설마 지금 방송용 카메라로 심재은 시체를 찍자는 거야? 설마 방송 삼아서?"

"그게 아니라! 재은이도 스마트폰 카메라가 있잖아! 죽기 전에 범인을 찍었을지도 몰라!"

"아!"

그러고보니 그랬다. 심재은은 편집 담당이지만, 그녀도 이번에는 개인 스마트폰 카메라로 이곳저곳을 촬영했다. 그녀가 죽기 전까지 카메라로 촬영하고 있었다면 카메라에 범인의 단서가 찍혔을지 모른다.

"가보자."

카메라를 지닌 최승산, 정의도, 노근형은 언덕 아래로 신중하게 내려갔다. 나와 김지수는 시신을 덮어줄 만한 이불을 챙겨 들고 언덕 아래로 내려갔다.

"읍."

김지수는 언덕 뒷길을 내려가다 차마 못 보겠다는 듯이 다시 언덕 위로 올라왔다. 나도 언덕 위에서 심재은의 시체를 봤을 때와 달리 호흡이 가빠졌다.

"그, 카메라는 어떻게 됐어?"

내가 묻자 다들 고개를 가로저었다.

"몸에 지니고 있었지만, 딱히 찍은 건 없더라."

노근형이 말했다. 대답하면서도 액션캠으로 심재은의 시신을 집요하게 촬영하고 있었다. 정의도는 불편한 표정이었지만, 최승산은 "여기, 머리를 중심으로 찍어" 하고 지시했다.

"흉기는 이 돌이 확실한 거 같고, 일격에 죽었어."

"우리가 아까 서 있던 언덕 위에서 아래로 내리찍듯이 돌을 던진 거겠지?"

"문제는 범인이 누구냐, 라는 건데……."

순간 분위기가 스산해졌다.

"나, 난 아니야."

나는 허둥지둥 손을 내저었다.

"난 여태 혼자 자고 있었어. 그러니까 난 범인이 아니야."

"누가 뭐래? 쯧."

최승산은 혀를 차고는 이불로 시신을 덮어줬다.

"일단 관사로 돌아가자."

김지수, 노근형, 최승산, 정의도, 그리고 나는 뜨거운 커피를 마시며 마음을 진정시켰다. 그리고 관사에 설치된 유선전화기로 112를 눌러봤지만 전화는 연결되지 않았다.

"전기와 수도는 되는데 전화 통화만 안 되다니. 설마 범인이 계획적으로……?"

김지수가 히스테릭한 표정으로 입을 열자 정의도가 고개를 저었다.

"네가 생각하는 그런 거 아니다. 폐교했을 때부터 그랬어."

전기요금과 수도요금은 정의도가 냈다고 한다. 하지만 전화는 폐교 과정에서 해지했고, 인터넷 통신망 관련 장비도 통신사에서 철거해 갔다고 한다.

"전기와 수도는 내가 얼마 전에 다시 신청해서 연결된 거고, 통신은 원래 안 되는 곳이라는 거다."

"기왕 하는 거 전화도 다시 연결하지 그랬어!"

김지수가 짜증을 부렸다. 그러자 정의도도 같이 짜증을 냈다.

"네가 돈 줄 거냐? 그리고 무인도 콘셉트 방송인데 인터넷이 되면? 쉬는 시간에 너희들 다 스마트폰만 만지작거릴 거잖아!"

"워우! 진정해, 진정."

노근형이 중간에 끼어서 말리는데, 묘하게 김지수를 감싸는 듯한 자세였다.

"자, 정리해보자. 일단 전화도 안 돼. 그리고 배는 다음주 월요일에 와. 그럼 우리가 가장 먼저 해야 할 건……."

최승산은 좌중을 쓰윽 둘러봤다.

"누가 범인인지 찾아내는 거겠지. 자수할 사람?"

물론 아무도 손을 들지 않았다. 하지만 다들 눈빛에는 의심이 가득했다.

"후, 자수할 리가 없지. 그럼 좋아. 알리바이 조사 시작."

점심식사를 마치고 약 한 시간 정도 지난 뒤 심재은이 죽었으므로, 점심식사 이후 한 시간 동안의 알리바이만 조사하면 되는 상황이었다.

나, 하동수는 혼자 중간방에서 낮잠을 잤다. 알리바이를 입증해줄 사람은 없다.

정의도는 혼자 주방 식탁에 남아 담배를 입에 문 채 일정 점검, 식량 재고 확인 등을 하며 연습장에 뭔가를 끄적였다고 한다. 알리바이를 입증해줄 사람은 없지만 담배를 여러 대 피운 흔적은 있었다.

최승산은 입구에서 가까운 방에 혼자 남아서 이전에 찍어둔 헬스 관련 영상을 노트북으로 편집했다. 편집 흔적과 저장 기록이 있었지만, 한 시간 내내 편집만 하고 있었다는 걸 입증해주기에는 다소 부족했다.

김지수와 노근형은 담력 테스트를 대비해서 함께 폐교 본관의 1층을 둘러보았다. 두 대의 액션캠을 들고 장난을 치며 서로를 찍은 영상이 확인되었다. 서로의 알리바이를 증언해준 셈이기도 하다.

"알리바이가 없는 건 하동수와 정의도, 두 사람뿐인가."

최승산이 말했다. 그러자 정의도가 피식 웃었다.

"최승산, 너도 알리바이는 없어."

"무슨 소리야! 노트북으로 동영상 편집하고 있었다니깐."

"그거야 편집을 미리 집에서 해온 뒤 아주 조금만 더 편집해서 다시 저장한 것일 수도 있잖아? 그런 식으로 편집한 척 흔적을 남길 수도 있지."

"……."

"게다가 나는 알리바이가 있어."

정의도가 주방 식탁을 가리켰다. 재떨이 대용으로 쓴 종이컵에 담배 꽁초가 한가득 있었다.

"보다시피 나는 필터 끝까지 피우는 스타일이라서. 게다가 타액에는 DNA가 남으니까 이건 조작의 여지가 별로 없어. 전부 내가 피운 거야."

정의도는 자신 있다는 듯이 비닐팩에 종이컵과 담배꽁초를 담아서 보존시켰다.

"저기, 나도……."

"응? 하동수, 넌 담배 안 피우잖아."

"아니, 그게 아니라……."

나는 더듬거리는 말투로 나 자신을 변호했다.

"나, 낮잠 자면서 악몽을 꾸느라 땀을 잔뜩 흘렸거든. 이부자리에 땀 흘린 흔적 성분을 검사하면 내 알리바이도 입증되지 않나?"

"너희들은 그딴 게 무슨 알리바이야! 담배꽁초야말로 미리 준비하면 되는 거고! 땀이야 다른 식으로도 흘릴 수 있는 거잖아!"

최승산이 발칵 화를 냈다. 평소 카메라 앞에서 형님들 누나들 할 때 와는 완전 딴 목소리다.

"알리바이 없는 건 하동수랑 정의도, 너희 둘뿐이야! 어떻게 생각해? 너희는?"

최승산이 김지수와 노근형을 노려봤다. 알리바이가 가장 확실한 건 김지수와 노근형뿐이었다. 폐교에 미리 와서 촬영을 해두는 건 불가능에 가깝고, 설령 그렇게 해도 모든 디지털 동영상 촬영에는 촬영 날짜가 기록으로 남는다.

"나, 난 잘 모르겠어."

김지수는 기권했다.

"지금 갑자기 든 생각인데, 우리 중에 살인자가 정말 있을까?"

노근형이 다른 방향의 의견을 냈다.

"우리 중에 심재은을 죽일 만한 이유가 있는 사람? 애초에 우린 심재은한테 원한도 없고, 까놓고 말해서 특집 영상 편집자를 죽일 이유가 뭔데?"

한마디로 마땅한 동기가 없다는 것이다. 그 사실을 지적하자 열을 내던 최승산도 주춤했다.

"노근형, 네가 하고 싶은 말이 뭐야?"

"무인도에 우리 말고 다른 미친 살인마가 있다는 거지."

노근형은 그 말을 하더니 주방의 서랍을 열었다. 그리고 식칼이며 프라이팬 같은 걸 식탁에 와르르 쏟았다.

"미친 살인마를 사냥하러 가자."

노근형은 어느새 액션캠을 들고 있었고, 카메라를 의식하는 듯이 말했다. 김지수는 그런 노근형을 멋있다는 듯이 바라봤다.

당연한 이야기지만, 이 섬은 무인도였다. 아무리 섬을 수색해도 우리 말고는 아무도 없었다. 몇 채 안 되는 폐가 따위를 하나씩 들쑤시고 돌아다녔지만 어디에도 수상한 사람은 없었다.

수색은 헛수고였음에도 노근형과 최승산 같은 녀석들은 만족스러운 표정을 지었다.

'방송 분량 대박. 이건 조회수 1위 찍는다.'

그런 표정들을 감추지 못했다. 오직 나와 정의도만이 그런 그들을 혐오스럽게 바라봤다.

4

2020년 6월 6일.

자정을 방금 넘겼다.

우리는 각자 문단속을 철저히 한 뒤 자기로 했다. 가장 안쪽 방에서 혼자 자는 김지수가 위험하지 않을까 걱정했지만, 김지수는 다른 남자들 방에서 함께 자는 것을 거부했다.

"걱정 마. 문이며 창문이며 싹 다 틀어막고 잘 테니까. 그리고 한 가지 더 제안할 게 있는데."

김지수는 모든 무기를 수거한 뒤 자신의 방에 보관하겠다고 했다. 정의도는 호신용 무기를 일인당 하나씩 지니는 게 좋다고 주장했지만, 나머지는 모두 반대를 표했다. 모두가 공평하게 살인무기를 지니는 것보다는 유일한 여자인 김지수에게 맡기고 내일 다시 되돌려 받는 편이 나을 것이라는 게 나머지 사람들의 견해였다.

"하는 수 없지."

정의도는 아쉬움을 뒤로하고 무기를 모두 수거해서 김지수의 방에 옮겼다. 그리고 김지수는 주방의 의자를 여러 개 옮겨달라고 했다.

"문이랑 창문 뒤편에 벽 쌓고 자려고."

우리는 김지수가 방비를 마치는 것을 도와줬다. 범인이 작정하고 뚫고 들어오려면 뚫리겠지만, 소리가 무척 클 것이고 시간을 버는 정도는 되겠지.

"잘 자."

그리고 각자 흩어졌다. 나와 정의도는 중간방에 들어왔다.

"좀 어때?"

정의도가 물었다.

"피곤해서 기절할 것 같아."

나는 그렇게만 말하고 내 이부자리에 누웠다. 정의도는 나와 대화를 좀 나누고 싶어하는 눈치였지만, 내 눈꺼풀은 스르르 감겼다.

몇 시간이나 잠들었을까? 뭔가 위험하다는 것을 감지한 나는 눈을 힘겹게 떴다.

"일어나! 동수야, 일어나!"

정의도가 나를 흔들었다.

"무, 무슨 일이야?"

"여기서 나가야 돼!"

정의도가 내 멱살을 잡아끌었다. 그제야 나는 타는 냄새를 맡았다.

'불이 났구나.'

복도에는 이미 불길이 넘실거렸다. 불길은 안쪽에 있는 주방에서 일어난 모양이다.

"김지수! 지수야!"

노근형이 불구덩이 속으로 뛰어들려 했고, 최승산이 붙잡았다.

"이거 놔!"

노근형과 최승산이 몸싸움을 벌이는 동안 정의도가 안 쓰는 방에 처박혀 있던 소화기를 두 개 찾아내선 하나를 내게 던졌다.

"잠깐, 정의도! 이거 유효기간이 지났는데?"

"지금 그런 걸 신경쓸 때야? 일단 쏴!"

다행히 유효기간이 지난 소화기도 효과는 있었다. 주방에서부터 시작된 불길은 김지수의 방까지 번져나갈 정도로 커졌지만, 다행히 건물 전체가 전소되는 것만은 막을 수 있었다.

하지만 김지수가 의식불명이었다. 그녀의 방이 주방에서 가장 가까웠던 탓에 유독가스를 많이 들이마셨기 때문이다.

김지수의 몸에 생긴 화상이 심각하지 않다는 사실이 그나마 다행이라고 생각할 무렵, 맑은 하늘에 해가 떴다.

우리는 폐교 본관 1층의 양호실로 김지수를 옮겼다. 생각할수록 한심하고 무력감만 느껴진다. 치료할 사람도 약도 없는 상황이었지만 그나마 양호실에 머물게 하는 것이 나을 것 같았다.

심재은의 시체를 집요하게 촬영하던 노근형과 최승산도 서서히 죽어가는 김지수 앞에서는 카메라를 내리고 우울해했다.

노근형과 최승산이 김지수 곁을 지키는 동안 나와 정의도는 불이 난 관사와 학교 본관을 오가며 물자를 옮겼다. 매캐한 연기 냄새로 꽉 찬 관사에 남아 있을 수는 없었으니까.

비교적 깨끗한 꼭대기층 교실을 찾아 식량과 이불, 개인 소지품을 통째로 옮긴 뒤 한숨 돌리려는데, 정의도가 나를 화장실로 불러냈다.

정의도는 주위에 듣는 이가 없다는 걸 확인한 뒤 말했다.

"김지수는 오래 못 버텨."

"그렇겠지……."

김지수를 연기 가득한 방에서 꺼내고, 인공호흡을 하고, 양호실로 옮기는 등 부산을 떨었지만 사실 우리 모두 알고 있었다. 김지수는 다음 주 월요일까지 버틸 수 없다는 것을.

"동수야. 진지하게 대답해줘. 우리 중에 살인범은 반드시 있어. 네 생각에 누가 범인일 것 같아?"

정의도의 눈빛은 그 어느 때보다 진지했다. 내 반응을 살피려는 듯이 노려보는 듯한 시선으로 내 얼굴 구석구석을 훑었다.

나 또한 그런 정의도에게 진지하게 답변했다.

"우리 중에 누구라도 불을 지를 수 있었겠지. 하지만 어제 노근형도 말했듯이 마땅한 살인동기가 없어. 게다가 우리 모두 잠이 든 깊은 새벽에 일어난 일이라 알리바이 확인도 불가능해."

"동기니 알리바이니 하는 것들은 둘째치고 다시 생각해봐. 그냥 우리 중에 정말 살인범이 있다면 누구일까?"

정의도는 논리적인 답변보다는 내 개인적인 견해를, 견해를 말할 때의 내 눈빛과 표정을 확인하고 싶은 것처럼 보였다. 그렇다면 답을 해줘야겠지.

"내 생각에, 일단 나랑 너는 범인이 아니야."

"왜 그렇게 생각해?"

"나는 잠귀가 밝거든. 네가 몰래 일어나서 불을 지르러 나갔다면 내가 듣고 깼겠지."

거짓말이다. 사실 나는 한번 잠들면 아주 깊은 잠을 자는 쪽이다. 하지만 정의도를 안심시키고 싶어서 너랑 나는 확실히 범인이 아니라고 대답한 것이다.

"하, 하하하……."

정의도는 어째선지 어이가 없다는 듯이 웃었다.

"뭐야, 너희들 여기 있었냐?"

어느새 최승산이 다가왔다. 정의도는 얼른 웃음을 그치고 최승산을 돌아봤다.

"음, 지수는 어때?"

"숨은 들이쉬는데, 내뱉을 때 파르르 떨어. 여전히 의식도 없고. 근형이 녀석이 곁에서 이름을 불러주고는 있지만, 지수는 아무런 반응도 없고. 솔직히 위험한 상황이야. 그래서 말인데……."

최승산은 뭔가를 각오한 듯한 표정으로 말했다.

"나는 본토까지 헤엄쳐서 갈 생각이야."

"뭐?!"

"미친 소리 같겠지만 이래 봬도 내가 수영을 좀 할 줄 알거든. 간조 때에 맞춰서 헤엄쳐 갈 거야."

최승산은 어제 출항 전 만조와 간조 시간대를 기억하고 있었다.

"두 번째 간조는 언제인지 모르지만 한밤중일 테니까 위험해. 그러니 잠시 뒤에 바로 간다."

"미쳤어? 바다에서 하는 수영은 수영장에서 하는 거랑 완전 달라! 그러다 너까지 죽어!"

정의도가 말리려 했지만 최승산의 뜻은 확고했다.

"어차피 여기 있어도 다 죽어. 범인이 누군지는 몰라도, 모두 자고 있는 건물에 냅다 불을 지르는 미친놈이야. 지수가 들을까봐 크게 말은 못하지만, 솔직히 지수만 다치고 우리가 타죽지 않은 게 기적이야. 밤이 오면 범인은 또 살인을 시도할 거야. 최대한 빨리 본토로 헤엄쳐 가서 112, 119에 신고해야 돼."

"그건 아는데, 너 바다에서 수영해본 적 있긴 해?"

"전혀 없진 않아. 허락해줘, 정의도."

정의도는 반대하지 못했고, 최승산은 우리를 떠났다. 나와 정의도는 최승산이 정말로 선착장에서 몸을 던져 힘차게 헤엄쳐 가는 모습까지 본 뒤, 다시 언덕을 올라왔다.

그리고 짐승 같은 절규를 들었다. 듣는 사람의 혼이 빠져나갈 것 같은 무서운 절규였다. 소리가 나는 곳으로 달려가니, 양호실에서 노근형이 무릎을 꿇은 채 오열하고 있었다.

"애들아, 지수가 죽었어."

나는 김지수의 눈을 감겨줬다. 외상 없이 심장이 멎은 걸로 보아, 결국 과다한 유독가스 흡입의 후유증을 못 견디고 죽은 게 분명했다.

노근형은 오래도록 울었다. 노근형은 자신이 김지수와 결혼 이야기까지 나눴을 정도로 서로 진지하게 사귀던 사이임을 고백했다. 두 사람이 서로 좋아하는 사이인 줄은 알았지만 설마 결혼까지 고민했을 줄은 몰랐던 나와 정의도는 노근형의 이야기에 조용히 귀를 기울였다.

잠시 뒤, 우리 세 사람은 꼭대기층의 빈 교실에 모여 통조림으로 식사를 하고 다 같이 잘 준비를 했다. 이런 비상사태에 취하면 안 되지만, 노근형이 너무 힘들어했기에 위스키 한 병을 땄다.

"자, 쭉 마시고 깊이 자자."

노근형은 술을 권하는 대로 받아 마셨다. 우리도 노근형이 권하는 술을 많이 받아 마셨다. 생각보다 빠르게 마셔서 반 병 넘게 마셔버렸다.

노근형은 잔을 쥔 채 잠이 들었다.

　나와 정의도는 조금 비틀거리며 문단속을 했다. 교실 문에는 잠금장치가 있어서 외부인이 침입하긴 쉽지 않을 터였다.

　'사실 범인이 내부인일 가능성이 더 높지만.'

　어쩌면 그런 이유로 우린 서로에게 술을 많이 권했는지도 모르겠다. 세 사람 모두 술에 취해 빠르게 잠이 들면 최소한 서로는 의심하고 말 것도 없을 테니까.

　마지막으로, 우리는 최승산이 두고 간 그의 카메라를 삼각대에 장착한 뒤 문가를 향해 켜두었다.

　'범인이 차라리 김지수였다면 좋을 텐데.'

　김지수가 모종의 이유로 심재은을 질투해서 죽이고, 스스로 주방에 불을 질러 자살하려 한 거였다면 얼마나 좋을까? 그럼 우리 중에는 범인이 없는 건데.

　그런 생각을 하며 잠이 들었다.

5

6월 7일 오전 6시경.

누군가가 내 어깨를 흔들었다.

"동수야, 하동수······."

정의도였다. 얼른 몸을 일으켜 보니, 정의도의 얼굴은 사색이 되어 있었다.

"노근형이 사라졌어."

"뭐?"

놀라서 문가를 보니 문이 열려 있었다.

"분명 잠그고 잤는데……?"

놀란 나는 어젯밤 켜두고 잔 삼각대 달린 카메라부터 찾았다. 그 카메라 또한 사라져 있었다.

"노근형이 스스로 문을 열고 나간 것 같아. 카메라도 챙겨가고."

믿을 수가 없었다.

"왜?"

"그건 나도 모르지……."

정의도가 말했지만, 말끝을 흐리는 걸로 보아 짐작 가는 게 있는 모양이다. 하여간 조금 수상해 보였다.

"일단 노근형을 찾아보자."

"저기, 하동수. 그전에 꼭 할말이……."

"어서!"

나는 정의도를 재촉했다.

노근형의 시체는 금방 찾을 수 있었다. 김지수가 죽은 양호실 침대 옆의 바닥에 있었으므로.

노근형의 뒤통수는 둔기에 맞아서 엉망이었다. 범행에 사용된 흉기가 묵직한 삼각대와 연결된 고해상도 카메라였기 때문이다. 부서진 카메라와 삼각대가 바닥에 나뒹굴고 있었다.

'이건 진짜 말이 안 된다. 노근형이 삼각대와 연결된 카메라를 직접 들고 내려왔다면, 그게 왜 범인 손에 쥐어졌단 말인가? 노근형이 범인에게 흉기를 넘겨줬다고?'

이해할 수 없는 상황 때문에 머리가 어지러웠다. 통제력을 잃을 것만 같아서 몸이 부르르 떨렸다.

"동수야, 이제 이 섬에는 너와 나만이 남았어."

정의도가 말했다. 아아, 정의도의 입에서 나올 소리가 너무나 두려웠다.

"아까부터, 아니 심재은이 죽었을 때부터 꼭 하고 싶었던 말이 있어."

"말하지 않아도 알아."

나는 선수 치는 심정으로 말했다.

"범인은, 너지? 정의도?"

"…… 뭐?"

"정의도, 너랑 나는 아픈 과거를 공유하고 있지. 너는 그날 이후로 내게 마음의 빚을 지고 있었을 거야. 그리고…… 김지수, 노근형, 최승산, 심재은은 나를 대놓고 비웃는 친구들이었지. 그래, 그게 네 살인동기였어."

목소리가 떨렸지만 내 입은 멈추지 않았다.

"그래서 너는 무인도에 온 김에, 경찰도 CCTV도 없는 이 섬에 온 김에 녀석들을 죽인 거야. 멸시받던 나를 위해서. 그게 진실이지?"

생각하면 생각할수록 그렇다. 이 폐교 부지를 통째로 매입한 것도,

무인도에서 특집 촬영을 기획한 것도 전부 리더인 정의도가 주도한 일이다. 우리 둘만 살아남은 것도 전부 정의도가 계획한 거라면 오히려 말이 된다. 즉, 정의도가 범인이다.

"말도 안 돼! 동수야, 정신 차려! 진실은……!"

"닥쳐, 정의도! 입 닥치라고, 이 미친놈아!"

나는 놈을 밀치고 도망쳤다.

"하동수!"

놈이 나를 부르는 소리가 들렸지만 나는 계속 도망쳤다.

'도망쳐야 해. 빈집 어디라도 들어가야 한다.'

워낙 좁은 무인도라서 폐가도 그리 많지 않았다. 그래도 수색 중에 봐둔 곳에 일단 숨어야 한다.

'근데 숨어서 뭘 어쩌지? 배는 내일 오전에 오는데?'

꼬박 24시간 정도를 정의도로부터 숨고 도망칠 수 있을까?

"하동수……! 동수야……!"

먼 곳에서 정의도가 울부짖는 소리가 들려왔다. 묘하게 필사적이고 서럽게 들렸다.

"히익."

혐오감을 느낀 나는 폐업한 슈퍼마켓으로 들어갔다. 그리고 나는 크게 놀랐다.

"으악!"

"와악!"

상대도 놀랐다. 상대는 최승산이었다.

"최승산……?"

분명 최승산은 어제 헤엄쳐서 떠났다. 하지만 지금의 최승산은 멋쩍은 얼굴로, 오래전에 망한 슈퍼마켓 구석에서 머리를 긁적였다.

"음, 그게 말이지."

"아니, 지금은 네 설명 들을 시간이 없어. 정의도가 미쳤어!"

"정의도가?"

나는 최승산이 떠난 직후 김지수가 죽었다는 것, 노근형이 아침에 시체로 발견됐다는 것을 빠르게 설명했다.

"노근형을 죽인 흉기는 삼각대 달린 카메라였어. 그건 나, 노근형, 정의도가 모여 잔 교실 안에 있었고, 문은 잠겨 있었어. 네가 어떻게, 어째서 여기 숨어 있는 건지는 모르지만, 너는 학교 밖에 있던 외부인이므로 범인일 수가 없어. 그리고 나 또한 범인이 아니야. 그럼 범인은 정의도지."

"젠장, 도저히 믿기지가 않네. 정의도가 범인이라고? 난 오히려 네가……."

그 순간, 정의도가 슈퍼마켓 안으로 뛰어들어왔다. 나는 기겁해서 펄쩍 뛰었고, 최승산도 주춤했다. 정의도의 눈빛은 그 어느 때보다 험악했고, 뛰어오느라 숨을 헐떡이고 있었으므로.

하지만 정의도는 최승산을 발견하고도 크게 놀란 표정이 아니었다. 오히려 냉소적인 표정에 가까웠다.

"최승산, 잘난 척하면서 섬을 떠난 건 연기였나?"

"그게…… 아냐, 그런 거 아니라고."

"헛소리! 내가 맞혀볼까? 넌 처음부터 본토까지 갈 생각이 없었지? 너도 그게 불가능할 줄 알고 있었던 거야."

"……."

"그래서 너는 폼 잡고 헤엄쳐 간 뒤, 우리가 돌아갈 무렵 다시 헤엄쳐서 섬으로 되돌아왔어. 그리고 텅 빈 민가 중 한 곳에 가서 옷을 말리고 숨은 거야. 폐교에 있는 우리와 거리를 벌려두면, 우리 중에 있을 범인 손에 죽는 걸 피할 수 있을 테니까. 그렇게 하루를 버틴 너는 배가 고파서 먹을 것을 찾아 폐업한 슈퍼마켓에 들어왔고, 내게서 도망치던 하동수와 딱 마주쳤다. 그리고 그 뒤에 내가 온 거고. 이런 상황인 거겠지?"

"쌍……!"

최승산은 버려져 있던 빈 소주병을 들어서 깼다. 그 뾰족한 끝을 정의도에게 겨눴다.

"방금 하동수 말 들어보면 네가 노근형을 죽였다는데, 사실이야?"

"사실일 리가 없잖아."

"그럼 역시 살인동기가 있는 하동수가 범인인가?"

최승산은 뾰족한 끝을 내게 돌렸다. 나는 기겁했다.

"정신 차려, 최승산! 나, 나도 살인동기가 없잖아!"

"하동수, 너도 눈치 없는 새끼는 아니잖아?"

최승산은 내게 한 걸음 다가왔다.

"그동안 우리가 너를 뚱보라고 은근히 멸시했는데, 그걸 마음에 품고 우릴 하나씩 죽이려던 거 아냐? 응? 솔직히 범행동기만 따졌을 때는 네가 제일 수상해."

최승산의 흉기가 점점 더 내게 가까워졌다.

"수, 수상하기로 따지면 너도 수상한데?"

나는 강하게 나갔다. 아니, 적어도 강하게 나가려고 시도는 해봤다.

"본토까지 구원 요청하러 간다고 해놓고 실제로는 여기 숨어 있었잖아? 당장 수상해 보이기로 따지면 거짓말한 네가 제일 수상해!"

"이 뚱보 새끼가 어디서 물타기야? 지가 의심받으니까 괜히 날 걸고 넘어지려고……!"

"물타기를 하는 건 너야, 최승산! 네가 정말 떳떳하다면 왜 숨어 있었던 건데? 솔직히 바닷물에 뛰어들면서까지 우리 모두를 속인 건 너뿐이야! 수상하기로 따지면 너도 만만치 않다고!"

"이 새끼가 진짜!"

최승산이 내게 달려들려 했다. 하지만 그보다 먼저 정의도가 최승산에게 달려들었다.

"악!"

우당탕 소리가 나며 두 사람은 엉겨붙어 격투를 벌였다. 소란을 틈타 나는 다시 도망쳤다.

'도망칠 순 있어. 하지만 숨을 수가 없어.'

섬은 작았고, 폐가에는 더 이상 숨을 수 없다. 길은 하나뿐.

'폐교로 돌아가자.'

약 한 시간 뒤.

정의도는 다시 폐교로 돌아왔다.

"동수야! 여기 있지? 마지막으로 말할게. 제발 나와줘."

정의도 목소리가 들렸다.

"최승산은! 최승산은 어떻게 했어!"

숨은 채로 목소리만 돋우어 물었다.

"최승산은 죽였어. 안심해, 하동수."

정의도의 목소리는 차분했다. 소름이 쫙 끼쳤다. 정의도는 내 목소리를 듣고 내가 숨은 곳을 알아냈다.

"하동수! 꼭대기층에 있지? 거기로 갈게. 무기는 없어. 그냥 진실을 밝히고 싶어서 그래."

"그럼 거기서 말해! 왜 자꾸 날 쫓아오는 건데?!"

"충격적인 진실일 테니까. 그리고…… 진실을 확인하려면, 네 눈을 직접 들여다봐야 한다는 생각이 들어. 그러니 거기 가만히 있어, 하동수."

개소리다. 믿을 수 없다.

나는 내가 숨어 있던 꼭대기층 방송실 문을 박차고 옥상으로 도망쳤다.

"하동수! 어차피 막다른 길이야, 하동수!"

정의도가 복도를 맹렬한 속도로 뛰어서 쫓아왔다. 얼핏 보니 피투성이다. 특히 양손이 새빨갰다. 정의도는 최승산을 맨손으로 죽인 것이다. 나는 허겁지겁 옥상으로 올라가서 옥상 출입구 옆에 숨었다.

"동수야!"

정의도가 옥상으로 올라온 순간.

"와아악!"

나는 짐승처럼 괴성을 지르며 정의도를 밀쳤다. 싸움 실력은 한참 모자라지만, 체중은 내가 훨씬 위다.

"뭐……!"

정의도는 내게 떠밀려 구멍 뚫린 펜스 밖으로 튕겨나갔다.

곧이어 바닥에서 철퍽 소리가 났다.

"아아……!"

나는 오열했다. 내 진정한 친구, 정의도를 결국 내 손으로 죽이고 말았다.

"정의도! 정의도!"

나는 울면서 계단을 뛰어내려갔다. 정의도는 아직 숨이 붙어 있었다. 그는 입을 뻐끔거리며 내게 무언가를 말하려 했다.

"아무 말도 하지 마, 정의도. 미안해, 오, 제기랄, 정의도! 정말 미안해!"

하지만 정의도는 슬픈 표정으로 연신 입술을 움직였다. 나는 입을 다물고 그의 유언을 들었다.

"동수야…… 미안해…… ."

그리고 정의도는 죽었다.

6

전부 다 죽었다.

심재은, 김지수, 노근형, 최승산, 정의도까지. 모두 죽고 말았다.

캄캄한 밤이 찾아왔고, 배는 내일 오전에 온다.

나는 혼자 폐교의 교실에 앉아 망연자실하고 있었다.

'누가 범인인 걸까?'

나는 방금 전까지만 해도 정의도가 틀림없이 범인이라고 믿고 있었다. 물론 지금도 그 생각은 크게 변함이 없다.

하지만 정의도가 죽을 때 남긴 유언은 듣는 사람의 마음을 묘하게 뒤흔들었다.

'어쩌면 정의도가 범인이 아닌 걸까?'

나는 사건을 다시 더듬어보기로 했다. 연습장을 꺼내려던 나는 내 카메라를 꺼냈다. 그리고 삼각대를 세운 뒤 카메라를 켜고 그 앞에 앉았다.

"저는 하동수라고 합니다. 개인방송 6인 연합 부기즈 소속이고요. 이 무인도에는 특집 방송을 준비하기 위해 왔습니다. 그런데……."

갑자기 눈물이 났다. 하지만 진실은 기록되어야 한다는 생각에 올라오는 슬픔을 꾹 참으며 그동안 있었던 일을 모두 이야기했다.

끝없이 이어질 것 같았던 지난 며칠간의 고백은 생각보다 금방 끝났다. 영상을 종료시킨 나는 무척 지쳤기에 기절하듯 잠이 들었다.

독자에의 도전

이 이야기 속 살인사건의 등장인물은 부기즈의 멤버 6인이 전부
다. 즉 김지수, 노근형, 최승산, 정의도, 심재은, 하동수뿐이다.
이 6인 말고 다른 등장인물은 '절대로' 없다.
등장인물 6인 중 김지수, 노근형, 최승산, 정의도, 심재은까지의
5인은 틀림없이 사망했다.
김지수, 노근형, 심재은은 범인에 의해 살해당했으며, 최승산을
죽인 것은 정의도이다. 또한 정의도를 죽인 것은 하동수다.
이 이야기의 범인은 틀림없이 인간이며, 위험한 야생동물 또는
외계인이나 귀신 등에 의한 살인 또한 아니다.
김지수, 노근형, 심재은을 죽인 범인은 누구인가? 범인은 한 명
이다.

진실

영상 기록을 마친 하동수는 기절하듯 잠이 들었다. 하동수는 평소처
럼 매우 빠르게, 깊게 잠이 들었다. 그리고 오 분 뒤.
"웃차."
하동수는 스프링 튕기듯 몸을 일으켰다. 그리고 카메라를 다시 켰다.
"안녕, 하동수. 이렇게 보는 건 처음이지?"

하동수는 히죽 웃었다. 약간 멋쩍은 웃음으로도 보인다.

"바로 결론부터 말하자면, 너는 흔히 말하는 이중인격, 해리성 정체감 장애를 앓고 있어. 해리성 동일성 장애라고도 하는데, 우리의 경우는 매우 희귀한 경우지. 해리성 정체감 장애가 심하면 여러 개의 인격으로 분열된다고 하는데, 우리의 경우에는 너와 나, 이렇게 두 종류의 인격뿐이야. 우리는 하나지만, 편의상 너를 착한 하동수, 나를 나쁜 하동수라고 하자. 왜 그런지는 모르겠지만, 나는 네가 잠이 들면 깨어나. 그것도 아주 짧은 시간 동안만. 몸은 하나라서 네 피로감을 나도 느끼거든. 그래도 나는 네 기억을 공유받아서 큰 불만은 없어. 그보다 너는 나쁜 하동수가 언제 태어났는지, 어떤 계기로 생겨난 건지를 먼저 알고 싶겠지?"

하동수는 그에 관해 할 말이 아주 많다는 듯이 활짝 웃었다.

"고등학교 때 기억나? 일진에게 성폭행을 당했을 때 말이야. 범죄심리학 책에 의하면, 피해자가 성범죄로 인해 극심한 정신적 스트레스를 받으면, 고통받는 실제 자신과 유리되어 자신을 관찰하는 듯한 체험을 하기도 한다더군. 그 정신적 외상에 의해 매우 드물게 해리성 정체감 장애가 찾아오기도 해. 내 정체는 바로 그것인 셈이야. 성폭행을 당하는 순간의 고통이 정신적 해리를 일으키고, 그로 인한 극심한 정신적 트라우마가 더 큰 해리를 일으켜 하나의 하동수가 이중인격으로 나뉜 것. 그렇게 생겨난 게 나야. 자, 내 정체에 대한 설명은 이쯤 하고, 여기서 일어난 살인에 대한 진상을 밝히도록 하지."

나쁜 하동수는 근처에 굴러다니는 위스키병을 쥐고 한 모금 마셨다.

"편의상 심재은의 죽음을 제1살인, 김지수의 죽음을 제2살인, 노근형의 죽음을 제3살인, 최승산의 죽음을 제4살인, 정의도의 죽음을 제5살인이라 칭하자. 그중 내가 죽인 건 심재은, 김지수, 노근형 3인이고, 네 인격일 때 죽인 정의도까지 포함시키면 총 4인이야. 최승산은 편리하게도 정의도가 죽여줬지. 아, 말하는 김에 살인동기를 먼저 말해볼까? 내가 심재은, 김지수, 노근형을 죽인 이유?"

나쁜 하동수는 카메라 렌즈에 입을 가까이 대더니 히죽 웃었다.

"그냥. 그냥 재수없는 것들이라 죽이고 싶었어. 너도 알다시피 그것들은 너를 멸시했지. 착한 너는 참았고, 나쁜 나는 죽였다, 뭐 이렇게 이해하면 돼. 살인동기는 그뿐이야. 정의도는…… 네가 죽인 정의도는 예외지만. 뭐, 이제부터는 네가 궁금해할 살인 순서와 과정에 대해 집중해보자."

하동수는 자신의 눈을 렌즈 바로 앞으로 갖다 댔다. 눈빛은 평소와 달리 매우 냉철했다.

"우선 제1살인인 심재은의 죽음부터. 이 부분은 간단해. 점심식사 도중 일어난 너, 착한 하동수는 관사에서 잠들었고, 나, 나쁜 하동수가 깨어났어. 그리고 나는 최대한 조용히 창문을 열고 방을 빠져나갔지. 문으로 나갈 수는 없었어. 정의도가 주방 테이블에 있었으니까. 중간방과 주방 사이의 거리가 조금 있긴 해도 문을 여닫는 소리는 들릴 수 있으니 문으로 나갈 수는 없었지. 창문으로 관사를 나온 나는 미리 봐둔 부서진 담장에 가서 큼직한 돌을 들고 적당한 사냥감을 물색했지. 근데 마침 관사 뒤편 가파른 언덕 아래에서 담배 냄새가 올라오더라고. 심재은이었지. 아, 미리 말해두는데, 나는 딱히 살인에 순서나 의미 같은 건 부여하지 않았어. 가급적 진짜 친구인 정의도만 살릴 수 있으면 살리고, 나머지 꼴 보기 싫은 것들은 확실히 다 죽이고 싶다…… 정도의 인식만 있었을 뿐. 심재은을 먼저 죽인 건 그녀가 혼자 방심하고 있었고, 담배 냄새를 풍겨서 찾기 편했기 때문에 그랬을 뿐이야. 그래서 나는 망설임 없이 언덕 위에서 힘껏 돌을 던져 죽였어. 그리고 힘껏 달려서 다시 창문을 통해 들어와 이부자리에 누웠지. 그리고 억지로 잠을 자서 다시 네 인격이 깨어나게 했어. 네가 깨어났을 때, 심장이 미친듯이 뛰고 온몸이 땀으로 흠뻑 젖었지? 그건 네가 먹는 다이어트약 부작용도 아니고 정신적 괴로움 때문도 아니야. 실제로 내가 우리 몸을 움직여서 살인을 마치고 뛰어와서 그런 거야. 제1살인 설명은 이걸로 끝."

하동수는 한 번 더 위스키로 목을 축였다.

"제2살인인 김지수의 죽음에 관하여. 첫째 날 밤이 찾아오고, 김지수는 혼자 방에 들어가 문과 창문을 막았지. 그리고 너는 잠들고, 다시 내가 깨어났어. 남들도 다 자고 있는 상황. 이번에는 누굴 죽일까 고민했지. 바로 옆의 정의도는, 앞서 말했듯 가급적 죽이고 싶지 않았어. 그렇다고 최승산과 노근형을 죽이기에는 버거웠지. 그 둘은 현관 쪽 방에서 같이 자고 있었으니까. 결국 가장 만만한 건 혼자 자는 김지수였어. 냅다 주방에 불을 질렀지. 김지수의 방은 주방에서 가장 가까웠고, 문과 창문을 스스로 막았기에 불이 나면 탈출하기 어려울 거라는 판단 때문이었어. 주방에 있던 가스레인지와 오래된 신문지로 도화선을 만들고, 안 쓰는 이불 따위로 느리게 불이 나도록 한 뒤, 나는 다시 방에 들어가

잤어. 그리고 연기 냄새를 맡은 정의도가 널 깨웠고, 네 인격이 다시 깨어났지. 나는 네 인격의 뒤편에서 김지수가 결국 유독가스를 못 이기고 양호실에서 죽었다는 사실을 확인했어. 제2살인은 이렇게 끝."

하동수는 한 번 더 목을 축이려다가 아쉬운 표정을 지었다. 술병이 비어 있었다.

"제3살인인 노근형의 죽음에 관하여. 최승산이 떠났고, 남은 표적은 노근형과 정의도뿐. 김지수가 양호실에서 끝내 죽자 노근형은 정신을 못 차렸지. 그런 그를 유인해서 죽이는 건 쉬웠어. 나쁜 하동수로 깨어난 나는, 착한 하동수인 척 노근형을 살짝 깨웠지. 그리고 이렇게 말해. '김지수가 아직 살아 있는 거 같아. 유언을 남기고 싶어해'라고 말이야. 그 말에 노근형은 정신이 나갔지. '뭐?!' 하고 소리치려는 노근형 입을 틀어막느라 혼났어. 하여간 노근형에게 양호실로 조용히 가자고 하고, 나는 노근형의 삼각대 달린 카메라를 통째로 들고 따라갔어. 양호실에 도착한 노근형은 의심도 못하고 김지수의 시체를 확인하지만, 당연히, 여전히 싸늘한 시체였지. 노근형은 실망과 공포를 느끼며 몸을 돌렸고, 나는 놈의 머리통을 가격해서 죽였어. 카메라에 담긴 증거도 파괴하고 노근형의 머리도 파괴하고 일석이조. 살인을 마친 나는 다시 교실로 돌아와 정의도 옆에서 잠들었어. 제3살인은 이렇게 끝."

하동수는 하품을 했다.

"제4살인 최승산의 죽음에 관하여. 음, 최승산 새끼는 하도 같잖아서 길게 설명하고 싶지도 않군. 내가 죽인 것도 아니고. 놈은 수영으로 섬을 떠난 척했다가 살인마를 피해 슬쩍 폐업한 가게에 숨었고…… 정의도를 진범이라 믿은 너, 착한 하동수와 마주쳤다가 뒤따라 온 정의도에 의해 죽었지. 어어, 으음…….".

하동수는 갑자기 슬픈 표정을 지었다.

"마지막 제5살인, 정의도에 관하여. 하아, 정의도……. 그거 알아, 착한 하동수? 사실 정의도는 내가 범인이라는 걸 눈치챘던 것 같아. 정의도와는 예전부터 친구 사이였지. 어쩌면 지금 말하고 있는 나, 나쁜 하동수의 존재도 어렴풋이 눈치챘던 게 아닐까 싶어. 정의도의 태도를 다시 돌이켜보면 너도 그렇게 느낄 거야. 너랑 나는 완전히 동일인물이지만 눈빛만은 매우 다르지. 그래서 정의도는 나, 아니, 너의 눈빛을 자꾸 진지하게 들여다보고 정신이 정상 상태인지 확인하고자 했어. 나를 무시하는 것들의 태도보다 어떤 의미에서는 더 귀찮은 태도라는 생각도 드는군. 하지만 고백하건대, 나는 정의도를 친구로서 정말로 좋아했다. 그래서 옆에서 자고 있을 때 몇 번이고 죽일 기회가 있었지만 죽이지 않았어. 그런데 말이지…….".

하동수는 슬픈 미소를 지었다.

"착한 하동수, 정작 네가 정의도를 죽이고 말았어. 너무나도 얄궂지 않아? 내가 범인인 걸 눈치챈 정의도가 널 계속 쫓아다닌 것은, 네가 충격받지 않고 진실을 받아들이게 도와주려 한 것이었어. 물론 워낙 극한 상황이었기 때문에 정의도도 요령이 너무 없었지. 착한 하동수, 너는 정의도가 틀림없이 진범이라 믿었기에 계속 도망쳤고, 결국 그를 죽이고 말았지. 생각하면 생각할수록 기가 막히는 상황이지만, 난 널 비난할 생각이 없어. 왜인 줄 알아? 음, 사실 여기부터가 이 영상을 찍게 된

본론인 셈인데…….”

하동수는 뒤통수를 긁적였다.

“편의상 너를 너라고 불렀지만, 사실 너는 나야. 나는 너고. 이해가
돼? 너와 나는 동일인물이라는 거야. 편의상 이중인격, 두 개의 인격이
라 표현하지만, 우리는 하나야. 동전의 양면처럼 말이야. 말 나온 김에
백원짜리 동전을 예로 들어볼게. 동전의 앞면에 숫자가 있고 뒷면에 그
림이 있지만, 동전을 두 개라고 하진 않잖아? 동전은 숫자와 그림이라
는 완전히 다른 면모를 지니고 있지만 본질적으로는 하나일 뿐이야. 내
가 이걸 장황하게 강조한 이유는, 정의도를 죽인 게 너이자 나이고, 심
재은, 김지수, 노근형을 죽인 게 나이자 너라는 거야. 왜냐하면 우리는
둘이 아니라 하나니까. 동전의 앞뒷면처럼 다른 면모를 보여도 결국엔
동일한 개체니까.”

하동수는 카메라를 똑바로 노려봤다.

“즉 내가 카메라에 남긴 이 자백을 갖고 경찰에 신고해도, 너는 절대
로 무죄를 받을 수 없어. 대한민국에서 해리성 정체감 장애로 인한 심
신미약, 또는 심신상실 판정을 받아서 형이 경감되거나 무죄가 나올 가
능성은 극히 드물어. 내가 아는 한 조현병이나 극심한 우울증으로 형이
경감되는 경우는 있었어도, 순수하게 해리성 정체감 장애만으로 형이
경감된 적은 없어. 좀더 까놓고 말해볼까? 판사가 안 믿어. 대한민국은
판사의 권한이 매우 강하다는 것 정도는 알겠지? 판사가 나를 보고 심
신미약 판정을 내리려면, 이 동영상을 꼭 봐야 하겠지? 가장 중요한 증
거품일 테니까. 그런데 ‘그냥 죽이고 싶어서’ 친구들을 죽였다는 나를,

그리고 냉철하게 판사를 품평하고 조롱하는 나의 모습을 판사가 보면 뭐라고 할까? 나를 정말 해리성 정체감 장애자로 볼까? 아니면 '살인을 저질러놓고 죄를 경감받기 위해 일부러 미친 척하는구나'라고 볼까? 하하하하!

어때? 고민이 많지? 친구들을 죽인 것에 대한 죄의식, 앞날의 두려움, 수많은 의심들 등등.

사실, 그건 나도 마찬가지야. 왜겠냐? 나도 나름대로 정체성 문제가 있거든? 나의 존재는 극심한 트라우마와 억압된 너의 내면이 일부 해리되어 만들어진 거야. 즉 나의 존재 가치와 목적은 너, 착한 하동수를 유지시켜주는 역할이라는 거지. 이해가 가? 지옥이 천국의 존재를 증거하기 위해 존재하듯이 말이야. 뭐, 친구입네 하면서 멸시하는 것들을 다 죽였을 때는 기분이 좋았지만.

아아, 나는 우리의 해리성 정체감 장애를 심하게 만들려고 골치 아픈 소리를 하는 게 아니야. 그 반대야. 치료에 관해 말하려는 거야. 해리성 정체감 장애는 약도 없고 상담치료 효과도 그저 그렇지만, 치료의 최종 목표는 분명해. 두 개의 인격을 하나로 합치는 거야. 일반적으로 불안정한 인격을 안정적인 인격으로 흡수하는 식인 모양인데, 굳이 그런 길을 택해야 할 이유는 없지. 제3의 길이 있어. 우리 인격을 하나로 합쳐서, 제3의 인격으로 재탄생시키는 거야. 어떻게? 간단해. 내일 아침 눈을 뜨면 이 영상을 봐. 그럼 너는 나처럼 모든 진실을 깨닫게 되는 거야. 그리고…… '모든 진실'이 담긴 이 영상을 네가 스스로 파괴하는 거야. 그게 무슨 의미가 있냐고?

그 순간, 착한 하동수인 너는 진실을 스스로 파괴하고 은폐하는 악행을 저지르는 게 되는 거야. 하지만 그건 동시에 나쁜 하동수인 나를 부정하는 일이기도 하지. 이 양극단의 모순된 행위를 충분히 인지한 상태의 네가 그 행위를 실제로 저지른다면?

그 순간 너의, 그리고 나의 정신은 동시에 붕괴할 거라 생각해. 그 이후에 새로운 제3의 인격이 탄생할 수도 있고, 단순히 착함과 나쁨의 중간쯤 되는 인격이 생겨날 수도 있지. 아니면 너와 나의 기억을 모두 공유한 채 해리성 정체감 장애가 유지될 수도 있고. 최악의 경우 그냥 완전히 미쳐버리는 거겠지만, 그건 그것 나름대로 의미가 있다고 봐. 나는 더 이상 나 자신을 의심할 필요가 없고, 너도 살인의 죄의식을 느끼지 않을 테니까.

아아, 이제 못 견디게 졸립군. 나는 잔다. 자고 일어나면 너는 네 판단대로 행동하도록 해. 어차피 네 판단이 내 판단이니까."

에필로그

6월 8일. 월요일 오전 9시.

'황씨네 고깃배'라고 적힌 작은 통통배가 무인도에 도착했다. 선장은 뒤통수를 긁적였다.

"왜 아무도 없지……?"

지난주 금요일에 여섯 명의 젊은이들이 이곳에 왔다. 그들은 월요일 오전 9시에 데리러 와달라고 했다.

"약속시간 다 됐는데 왜 안 온담……? 아, 저기 오는구만."

뚱뚱한 체형의 한 남자가 다가왔다.

새로 태어난 것처럼 상쾌한 웃음을 짓고 있었다.

윤자영

일명 '추리소설 쓰는 생물 선생님'으로 교사와 작가라는 상반된 직업을 가지고 있다. 2015년 단편소설 〈습작소설〉로 '계간 미스터리 신인상'을 수상하며 등단했고, 2019년 '한국추리문학상 신예상'을 수상했다.

국선변호인의 최종 변론

1

변호인 접견을 신청하고 잠시 기다리자 그가 나왔다. 두 명을 죽이고, 다른 두 명을 중태로 만든 남자였지만 외모에서 악의 기운이 풍기지는 않았다.

도윤종은 자신의 명함을 테이블에 올려놓았다. 도윤종은 국선을 전문으로 하는 변호사다. 국선변호사를 불렀다는 것은 그럴 만한 돈이 없다는 것이다.

"도윤종입니다. 제가 세 번째 국선변호사라고요?"

남자는 대답 없이 명함과 도윤종의 얼굴을 번갈아 봤다. 상대를 파악해보려는 눈일 것이다.

"국선변호사는 거기서 거깁니다. 의무적이죠."

그런 도윤종을 잠시 더 본 남자는 무겁게 입술을 움직였다.

"제가 변호사를 고른다고 생각하시나요? 변호사님도 곧 그들과 같아질 겁니다. 변호를 포기하죠."

"앞의 두 변호사는 사건 내용을 읽지도 않고 왔죠? 제가 그 변호사들을 변호하는 것은 아니지만 어쩔 수 없어요. 의무적으로 국선을 하는 변호사는 어쩔 수 없죠."

남자는 잠시 망설이더니 입을 열었다.

"살인 및 살인미수예요. 그것도 두 명이나 죽였어요. 당연히 사형이겠죠?"

남자는 두 가정을 절망의 늪으로 빠뜨렸다. 층간소음 문제로 이웃과 다투다가 아랫집과 옆집의 가장을 죽이고, 어머니들을 중태에 빠뜨렸다.

여론도 좋지 않았다. 이렇다 할 기삿거리가 없는 시기였다. 층간소음 문제가 화제로 올랐다. 층간소음 피해자가 살인을 저질렀으면 동정이라도 샀겠지만, 남자는 층간소음의 가해자였다. 당연히 검사는 사형을 구형했고, 그렇게 선고가 내려질 확률이 높았다.

도윤종은 비록 국선이지만 의뢰인에게 최악을 말하고 싶진 않았다.

"여론이나 상황을 보건대, 최소 무기징역이 불가피합니다."

"제 상황을 알아보셨습니까? 아니, 경찰 조사자료를 읽었습니까?"

당연히 사건에 대한 자료를 읽었다.

"당연히 읽었습니다. 하지만 자료를 읽는 것과 당사자에게 직접 듣는 것은 다르겠죠."

남자는 꼿꼿한 자세로 팔짱을 꼈다. 남자의 눈이 윤종을 훑었다. 그의 눈에는 살인용의자들에게서 보이는 절박함이 보이지 않았다. 그대로 사형선고를 받더라도 죽음을 받아들일 것 같았다. 그보다는 오히려 자신의 이야기를 하고 싶어하는 눈빛이었다.

"좋아요. 제 변호를 맡아주세요."

윤종은 휴대폰 녹음 기능을 켜고 테이블 위에 올렸다.

"제 기억이 가물가물해서 대화를 녹음하겠습니다. 괜찮죠?"

남자는 고개를 끄덕였다.

"그럼 김정수 씨, 지금부터 사건에 대해 이야기해주세요."

"그전에, 변호사님은 자식이 있나요?"

"일곱 살 아들, 아홉 살 딸이 있습니다."

"잘됐네요."

"그럼 묻겠습니다. 도대체 이유가 뭐예요?"

"그 이유를 변호사님이 한번 찾아보시죠. 계속 사건을 맡게 된다면요."

2

법원 앞에는 많은 기자들이 기다리고 있었다. 사회적 이슈가 된 층간소음 살인사건이었다. 도윤종이 나오자 기자들이 달려와 미국 드라마에서만 보던 상황이 연출되었다.

"변호사님, 김정수는 두 가정을 파괴한 악인입니다. 그런 악인을 변호하시는 겁니까?"

"변호사님도 자식이 있죠? 흉악한 악당에게 아버지를 잃은 자식의 기분을 생각해보셨습니까?"

피해자의 친척인 듯한 한 남자가 소리쳤다.

"악마를 돕는 사람도 악마다!"

달걀이 날아와 가슴에 맞았다. 기자들의 카메라가 일제히 그 사람을 향했다. 앞의 두 변호사는 김정수가 거부한 것이 아니었다. 그들은 이런 상황을 받아들이지 못했다.

도윤종은 대답을 하지 않은 채 자신의 차에 올라타 법원을 빠르게 빠져나왔다. 여론뿐만 아니라 실제 상황도 좋지 않았다.

보통 층간소음 사건은 우발적이기 마련인데, 김정수의 살인은 계획적이었다.

사건은 2월 16일 일요일 아침에 일어났다. 김정수는 석 달 전 이혼하고 아파트에서 혼자 살고 있었는데, 그 전날인 15일에 이사 나가고 다음날 오전 7시에 아파트로 돌아와 범행을 저질렀다.

먼저 아랫집으로 갔다. 아랫집 남자의 휴대폰으로 전화를 걸어 지하주차장에서 공사가 있으니 차를 빼달라고 했다. 비상계단에서 기다리고 있다가 남자가 지하주차장으로 내려가기 위해 엘리베이터 앞에 섰을 때 다가가서 전기충격기로 목을 지졌다. 억 소리를 내며 무너진 남자의 머리를 작은 해머로 내리쳤다. 그리고 비상계단으로 끌고 들어와 몇 번을 더 내리쳤다.

아래층 남자의 죽음을 확인한 김정수는 위층으로 올라와 자신이 살던 옆집으로 가서 거칠게 초인종을 눌렀다.

옆집에서는 여자가 먼저 나왔다. 김정수는 전기충격기로 여자의 어깨를 지졌다. 주저앉는 여자를 두 손으로 붙잡아 비상계단으로 끌고 갔다. 옆집 문은 도어스토퍼를 내려 열어두었다.

비상계단에서 해머를 이용해 여자의 두 발목을 짓이겼다. 아파트에 여자의 고통스런 비명이 울려 퍼졌다. 김정수는 계단 위층으로 올라가 몸을 숨기고 옆집 여자의 남편을 기다렸다. 여자의 남편도 초인종 소리와 비명소리를 들었을 것이다. 놀란 남편은 러닝차림으로 뛰어나와 고통에 울부짖는 부인을 살폈다.

위층에서 상황을 살피던 김정수는 빠르게 내려오며 부인을 안으려는 남편의 목에 전기충격기를 갖다 댔다. 남자는 억 소리를 내며 쓰러졌고, 아래층 남자에게 했던 것처럼 머리에 해머를 내리쳤다. 옆에서 지켜보는 부인의 비명소리는 더욱 커졌다.

김정수는 다시 아래층으로 내려왔다. 계단에서 아래층 여자를 만났다. 얼굴에 피가 튀긴 김정수와 마주치자 기겁하여 도망갔다. 하지만 자신의 집 현관문은 닫혀 있었고, 비밀번호를 누르는 손은 떨렸다. 마찬가지 방법으로 비명을 지르는 여자를 전기충격기로 지지고 몸이 무너졌을 때 해머로 양 발목을 짓이겼다. 그리고 그대로 지하주차장으로 내려와서 자신의 차를 타고 파출소를 찾은 것이다.

남편들은 사망하고, 부인들은 양 발목에 복합골절의 중상을 입었다. 부인들은 큰 수술을 했지만, 워낙 발목의 뼈들이 심하게 조각나서 앞으로는 정상 보행이 불가능하다는 판정을 받았다.

김정수는 자기 가정에 피해가 갈까봐 먼저 이사를 하고 다음날 범행을 저질렀다. 전기충격기와 해머를 준비하고, 평소 층간소음으로 자기 집을 괴롭힌 아랫집과 옆집에 살인으로 복수했다. 현재 우리나라에서는 사실상 사형이 집행되지 않고 있지만, 사형을 면하기 쉽지 않은 잔인한 범행이었다.

도윤종은 사건 서류를 내려놓고 건물 옥상으로 올라갔다. 주머니를 뒤져 담배를 꺼내 불을 붙였다. 크게 한 모금 빨아 뇌에 니코틴을 보내 뇌세포를 활성화시켰다. 사건을 머릿속으로 이미지화하며 천천히 한 장면씩 떠올렸다. 계획적이고 무차별적인 살인복수극.

하지만…… 계획적이고 무차별적이라고 하기에는 하나의 의문이 들었다.

김정수는 두 가정의 남자들은 머리통을 가격해 죽였고, 여자들은 발목을 노렸다. 죽이려면 모두 죽이지, 남자들만 죽이고 여자들은 살렸다.

왠지 이 모든 결과를 김정수가 계획한 느낌이 들었다.

3

구치소 안에서 정신적 고통을 받는지 다시 만난 김정수는 수척해져 있었다.

"다시 오셨군요. 앞선 두 변호사는 도망갔는데 말이에요."

"이해해주세요. 변호사가 모두 속물은 아닙니다. 어서 앉으세요."

김정수는 다가와 자리에 앉았다.

"뭐 좀 알아내셨나요?"

자신을 담당하는 국선변호인에게 하는 질문이 조금 이상하기는 하지만 그냥 넘어가기로 했다.

"몇 가지 의문이 들긴 했습니다."

김정수는 계속 말하라는 듯 가만히 듣고 있었다.

"김정수 씨가 사용한 무기는 전기충격기와 작은 해머였어요. 평소 층간소음으로 원한이 쌓인 옆집과 아랫집에 계획적으로 복수했다고 생각됩니다."

"그건 부인할 수 없겠죠."

"경찰 조사결과를 보니, 남편들은 머리를 노렸고 여자들은 발목을 노렸어요. 이건 우연이 아닙니다. 살인까지 하는 극도의 흥분 상태에서 저지른 사건에서 남자는 죽고, 여자는 살았다는 것이 우연이 아니라는 생각이 드네요. 저는 김정수 씨가 이런 상황을 일부러 만든 것이 아닐까 추측했어요."

김정수는 마음에 드는지 고개를 살짝 끄덕여 동의했다.

"눈썰미가 있군요. 경찰에서는 사건을 잔혹하게 부풀릴 생각만 했는데 말이에요."

"그렇게 한 이유가 있군요?"

"그 이유는 제 입으로 말하는 것보다 변호사님이 직접 추리해내시는 것이 더 좋겠습니다."

"김정수 씨, 저는 당신의 변호인입니다. 제게 모든 사실을 알려줘야

변호를 할 게 아닙니까?"

"저는 사형도 받아들일 각오가 되어 있습니다. 그 이유는 변호사님이 직접 찾으세요."

도윤종은 허리를 펴고 팔짱을 꼈다.

"좋습니다. 그럼 오늘은 어떤 이야기를 할까요?"

"층간소음에 대한 것이 좋겠습니다."

도윤종은 휴대폰 녹음 기능을 켜서 테이블에 올려놓았다. 그렇게 김정수는 아파트에서 일어났던 층간소음 이야기를 시작했다.

김정수는 20년 경력의 고등학교 수학교사다. 호봉이 높아 네 식구 먹고 살기에는 충분했다. 그렇게 아끼고 살면서 이 년 전에 드디어 청약 당첨된 아파트에 입주하게 되었다.

김정수는 층간소음이 남의 이야기인 줄만 알았는데 그 주인공이 되었다. 김정수는 입주 당시 6학년, 3학년 두 아들을 두고 있었다. 솔직히 아들이 둘이니 시끄럽기는 했을 것이다.

아랫집에도 두 아들을 두었지만 중학교 3학년, 2학년으로 한창 공부를 시작했을 때였다. 아랫집 여자의 목소리는 처음부터 날카로웠다.

"아니, 참는 데도 한계가 있어요. 우리 아이들은 본격적으로 공부를 시작해야 한다고요. 위에서 뛰어다니는 소리에 아이들이 공부에 집중하질 못하니 조심해주세요."

미안할 따름이었다. 충격을 흡수해준다는 고가의 매트를 구입하여 거실 전체를 덮다시피 깔았다. 하지만 두 아들은 온 집안 구석구석을 뛰어다녔다.

김정수는 가족과 함께 외식을 하고 들어오는 어느 날 엘리베이터에서 아래층 부부를 만났다. 김정수는 정중하게 인사했지만 아랫집 부부의 인상은 찌푸려졌다.

"흥, 너희들이 그 악마들이구나. 조용히 좀 살자, 응!"

아이들이 김정수 뒤로 파고들었다. 아이들에게 악마라니, 김정수의 기분도 좋지 않았다.

"아이들에게 말씀이 지나치십니다."

아랫집 여자가 눈을 부릅떴다.

"뭐가 지나쳐욧! 당신들은 배려라는 것이 없어요! 공부 좀 할 수 있도록 도와달라는데 그게 그렇게 어려워욧!"

아랫집 남자도 팔을 걷어붙였다.

"당신들! 아랫집이 얼마나 고통받는지 알고 그런 소리를 하는 거야!"

"아이들 있는데 목소리 낮추세요. 아무튼 조심하겠습니다."

"조심! 조심! 조심! 도대체 말로만 하지 말고 행동을 하란 말이야!"

띵∼

그때 엘리베이터가 아래층에 도착했다. 부부는 내리면서도 악담을 퍼부었다.

"이제는 우리도 참지 않아. 가만있지 않을 거라구!"

김정수는 그날 아이들에게 처음으로 손을 댔다. 체벌은 효과가 있었다. 아이들의 몸집이 점점 커지면서 체벌의 강도도 더욱 세졌다.

아랫집은 어찌나 민감한지 발소리, 물소리에 청소기 돌리는 소리까지 온갖 소리를 갖고 시비를 걸었다. 말로는 안 되겠다 싶었는지 아랫집의 대응은 더욱 다양해졌다. 화장실 환풍기에 담배 피우기, 생선 굽기, 층간소음 복수용 우퍼스피커 틀기로 대응했다. 그래도 울분을 참지 못했는지 새벽에 장대를 이용하여 베란다 창문을 두들겨댔다. 아이들은 귀신이 나왔다고 울며불며 안방으로 도망쳐 왔다. 최악은 현관 앞에 놓인 똥이었다. 청소하는 데 아주 애를 먹었다.

더욱 화가 나는 것은 아이들이 이웃사람들에게 수시로 욕을 먹었다는 것이다. 아랫집 아이들은 놀이터나 공원에서 만나면 주먹질을 하는 등 폭력을 휘두르기도 했다.

경찰을 불러봤지만 아래층이 했다는 증거는 없었다. 서로 합의점을 찾으라는 말뿐이었다.

김정수는 이 아파트에 이사 온 후 웃음이 점차 사라졌다. 가정은 행복이 아니라 점차 고통 속으로 빠져갔다.

김정수는 아랫집과 층간소음 갈등이 점점 심각해진 상황을 차분하게 설명했다.

"변호사님은 층간소음으로 겪는 고통을 이해하세요?"

도윤종도 모르는 것은 아니었다. 실제로 층간소음으로 인해 흉기까지 휘두르는 사건이 많이 일어났다.

"이해는 충분히 합니다. 보통은 아래층이 피해를 보기 마련인데 김정수 씨는 위층이면서도 괴롭힘을 당했군요."

"그냥 당해보지 않으면 모른다고 말씀드리고 싶네요."

"좋습니다. 그럼 김정수 씨가 아랫집에 복수한 명분은 이해됐습니다. 하지만 옆집은 왜 그랬죠? 이유가 있겠죠?"

"물론입니다. 하지만 오늘은 시간이 다 되었네요."

시계를 보자 벌써 접견시간이 끝나가고 있었다.

"김정수 씨, 다음주면 선고가 내려집니다. 저는 감형을 주장할 이렇다 할 사유를 찾지 못했고요."

김정수는 미소를 보였다. 사형을 받아들일 각오였다.

"변호사님, 이혼한 제 아내를 한번 만나보실래요?"

4

부인과 아들들은 충청도 청안면이라는 시골마을에 살고 있었다. 사무실 직원은 시간도 없는데 뭐 하러 거기까지 가냐고 핀잔을 주었지만, 도윤종은 애써 미소를 보이고 출발했다. 국선변호인은 국가에서 월급을 받고 있다. 스스로 방어를 할 수 없는 약자들에게 법원은 국선변호인을 위촉해 붙여준다.

피고인으로부터 돈을 받지 않기 때문에 사건을 좀더 객관적으로 볼 수 있지만, 시간이 짧다는 것이 단점이었다. 매달 많은 사건을 받지만 형의 확정이 바뀔 만한 사건은 없었다.

이번 층간소음 사건도 사형 또는 무기징역이 확실했다. 하지만 김정수 씨가 살인을 저지른 이유가 궁금했고, 한편으론 국선변호인으로서 약자를 돕자는 양심의 울림도 있었다.

　두 시간에 걸쳐 도착한 집은 시골마을에서도 산중턱에 홀로 떨어진 외딴집이었다. 평일이었지만 아들 둘은 학교에 안 가고 모두 집에 있었다. 조용히 이야기를 나누기 위해 부인은 두 아들을 외출시켰다.

　"산 너머까지 가면 안 된다. 형 잘 챙기고."

　"알았어. 형, 나가자."

　아들 둘은 신나게 산비탈을 올라갔다. 보통은 형에게 동생을 맡기기 마련인데 부인은 동생에게 형을 돌보라고 했다. 그 이유는 금방 알 수 있었다. 형의 말이 어수룩했다.

　"큰애가 발달장애가 있어요."

　"아, 그렇군요."

　"어서 들어오세요."

　방으로 들어가자 부인은 커피를 내왔다. 어디서부터 이야기를 시작해야 할지 몰라 주춤하고 있는데, 부인이 울음을 터뜨렸다. 한참을 울고 나서 부인은 입을 뗐다.

　"남편이 원래 수학교사였던 건 알고 계시죠?"

　김정수는 사건이 일어나기 육 개월 전에 수학교사를 그만뒀다. 자료를 보았을 때 별로 대수롭지 않게 생각했는데, 알고보니 김정수가 사건을 저지른 중대한 이유 중 하나였다. 부인은 조용히 이야기를 시작했다.

　"큰아들이 장애가 있다보니 말만으로 설명이 되지 않았어요. 뛰지 말라는 이야기를 알아들을 수 없었죠."

층간소음으로 아래층의 반발이 심해질수록 김정수 가정은 주변으로 부터 더욱 고립되어 갔다.

　아래층과 옆집, 위층 사람들이 집으로 몰려왔다. 아랫집 여자가 대표로 말했다.

　"도저히 당신들 때문에 시끄러워 못살겠어요."

　"집으로 들어오세요."

　"됐어요! 우리 모두 합의를 했어요."

　"무슨 소린지요."

　"나가주세요. 당신네 때문에 다섯 가정이 고통받고 있어요. 그냥 이사 나가주세요."

　어이가 없었다. 층간소음은 사실 아랫집만 조금 참으면 되는 문제였다. 김정수 부인은 "당신만 참으면 여기서 고통받는 사람이 아무도 없을 것이다"라고 소리치고 싶었다. 하지만 부인은 참을 수밖에 없었다.

　"매트도 깔고, 항상 조심하고 있어요. 조금만 참아주세요."

　"댁의 아들을 때려서라도 교육해야죠! 복도에서 괴성을 지르질 않나. 도대체 당신 아들은 왜 그런 겁니까?"

　부인은 그들 앞에서 무릎을 꿇었다. 그리고 눈물을 흘리며 사정했다.

　"첫째가 발달장애가 있어요. 말로는 이해가 힘든 아이입니다. 이해해 주세요."

　김정수 부인은 장애아를 키우는 설움이 한순간 폭발한 듯 오열했다. 사람들은 그 모습을 보고 더는 뭐라 하지 못하고 돌아갔다.

　털어놓기 싫은 비밀을 말했지만, 조용해진다면 그걸로 족했다. 하지만 그것도 오래가지 않았다.

　다른 집들은 이해했지만 유독 아랫집과 옆집은 그렇지 않았다. 아랫집은 다시 층간소음으로 괴롭히기 시작했고, 옆집은 새로운 괴롭힘을 가하기 시작했다.

　첫째아들이 중학생이 되자 신체가 급속도로 성장했다. 옆집에도 초등학교 6학년, 5학년이 되는 두 딸이 있었다.

　옆집의 딸들은 첫째아들을 병균 취급했다. 엘리베이터에서 만나는 날이면 괴성을 지르면서 피했다. 부인은 엘리베이터에서 만난 딸들에게 물었다.

　"애들아, 너희는 우리 아들을 왜 그렇게 피하는 거야?"

　"엄마가 피하라고 했어요."

　"왜 피하라고 하시던?"

　"우리를 덮칠지도 모른다고 했어요."

　다리가 휘청거렸다. 장애가 있다고 범죄자 취급을 하다니…….

　"우리 아들이 왜 너희를 덮쳐. 그렇지 않아."

　"지능이 낮아서 성욕만 넘칠지 모른다고 했어요."

　"아니야. 엄마가 잘못 알고 그런 거야. 그렇지 않단다. 그리고 우리 아들은 중학교 1학년이야. 너희랑 친구가 될 수도 있어."

　그날 저녁에 거칠게 벨을 누르는 소리가 들렸다. 아랫집일까 생각했는데 의외로 옆집 부부였다. 김정수 부부는 같이 나갔다. 옆집 부인은 화가 단단히 났는지 얼굴이 새빨개져 있었다.

　"당신들 뭐야? 내가 가만히 있으려고 했는데, 뭐? 친구가 되라고?"

오후에 엘리베이터에서 딸들에게 한 말을 들었을 것이다. 김정수 부인도 장애인을 차별하는 것에 분노했다.

"당신은 어른이 돼서 딸들 교육을 그렇게 하나요? 사회적 약자를 차별하라고 그렇게 가르쳐요?"

"싫어! 우린 당신들이 옆집에 사는 것이 싫다고!"

뒤에 있던 김정수가 앞으로 나왔다. 김정수도 화가 나 목소리가 커졌다.

"그럼 당신들이 이사 가세요! 당신들 같은 저급한 사람이 이웃인 것도 불쾌하네요."

옆집 여자는 분노을 터트리며 괴성을 질러댔다. 옆집 남편은 부인을 뒤로하고 앞으로 나왔다.

"하하, 적반하장도 유분수네. 당신들이 이사 가면 모든 사람이 행복하다고."

"우리는 못 갑니다. 당신들이 가세요. 장애인 차별은 법으로 금지되어 있어요. 한 번만 더 그런 소리 하면 정식으로 고소할 거예요."

옆집 남편은 이를 악물고 말했다.

"당신 장애인 아들 교육이나 똑바로 해! 우리 딸들 근처에만 와봐! 그땐 가만히 안 있을 거야!"

"우리 아들은 범죄자가 아니야! 나도 가만히 안 있어!"

큰소리가 나자 첫째아들이 현관으로 나왔다. 옆집 남편은 첫째아들을 향해 소리쳤다.

"너 이 새끼, 우리 애들한테 오기만 해봐. 죽여버릴 거야!"

"닥쳐!"

김정수는 옆집 남편의 가슴을 밀쳤다.

"어쭈, 쳤어? 내가 진짜 가만히 있지 않을 거야!"

김정수는 문을 세차게 닫아버렸다. 그때부터 아랫집과 옆집의 연합 전선이 펼쳐졌다.

김정수는 이사를 가자고 했지만, 부인은 어디를 가도 이런 차별이 있을 거라고 조금 더 버텨보자고 했다. 그렇게 폭풍이 한 번 지나갈 때마다 아들에게 가하는 체벌도 점점 커져만 갔다.

그러던 어느 날 드디어 일이 터졌다. 옆집, 아랫집과 한 차례 설전이 있은 후 경찰이 집으로 찾아온 것이다. 다시 층간소음 때문에 왔다고 생각했는데 이유는 달랐다. 아동학대였다. 옆집 사람들이 김정수가 아동학대를 한다고 신고한 것이다.

그때 두 아들의 몸에는 김정수가 몽둥이로 때린 멍이 곳곳에 있었다. 아동학대에 대한 사회적 의식도 커졌고, 처벌도 점점 강해졌다.

김정수는 변호사를 선임해 강력히 대응했지만, 벌금형을 피할 수 없었다. 남들은 벌금형이라면 다행이라고 생각했겠지만, 김정수의 직업은 교사였다.

아동폭력에 대한 특별법으로 벌금형만 받아도 교사로 일할 수 없었다. 하루아침에 직장을 잃고 만 것이다. 그뿐만 아니라 법은 아동이 있는 곳이라면 어떤 일도 할 수 없게 했다. 김정수는 학교 급식실에서도 일할 수 없게 됐고, 학원버스 운전하는 일도 할 수 없었다.

김정수는 20년간 가르치는 일만 해서 다른 일은 할 수가 없었다. 체력이 약해서 노동은 더욱이 할 수 없었다. 노동을 나갔다가 허리를 다쳐서 오히려 치료비가 더 나왔다. 그렇게 김정수의 가정은 하루아침에 파괴되어버렸다.

김정수 부인은 눈물을 흘리면서 그동안의 가정사를 이야기했다. 김정수가 복수 대상으로 옆집을 넣은 이유를 알 수 있었다.

"어느 날 남편이 이혼하자고 했어요. 그리고 차분히 앞으로 우리가 살 계획을 설명했어요. 가정폭력 문제로 퇴직했기 때문에 정당한 퇴직금을 받을 수 없었지만, 그동안 낸 원금 1억은 받을 수 있다고 했어요. 손해를 보더라도 아파트를 팔면 대출 빼고 2억, 총 3억의 현금을 마련할 수 있었어요. 그걸 갖고 한적한 시골에 내려가 집을 사서 조용히 살라고 했어요. 이 집도 남편이 알아봐준 거예요."

"이곳에서 같이 살면 되는데, 왜 이혼했죠?"

"저도 그렇게 하자고 남편에게 말했어요. 울며불며 매달렸죠. 하지만 남편은 단호했어요. 도대체 남편의 마음이 왜 이렇게 바뀌었나 했는데……. 설마 이런 일을 벌일지는 꿈에도 몰랐어요."

김정수는 면밀하게 계산했을 것이다. 얼마간의 현금이 있지만, 자신이 일을 하지 못하면 돈을 점점 까먹을 것이다. 최소한 아내와 자식들이 여유 있게 살 수 있도록 빠른 선택을 내렸는지도 모른다. 그리고 쓸모없어진 자신을 복수의 도구로 썼을 것이다.

근거는 이혼이다. 자신의 아내와 자식들이 살인자의 가족으로 살지 않도록 미리 이혼하고, 사람들이 찾을 수 없는 시골에서 살도록 한 것이다.

　김정수는 자신의 가정을 너무도 소중히 생각한 것이다. 부인은 이야
기 내내 흐느꼈다. 김정수의 범행을 이해하는 유일한 사람일 것이다.

　"그 사람 어떻게 될까요? 제가 법정에라도 나가 증언을 해야 할까
요?"

　현재로서는 사형 아니면 무기징역이다. 김정수의 부인이 이렇게 복
수하게 된 이유를 증언한다면 과연 감형될 수 있을까?

　도윤종은 층간소음으로 인한 살인사건 결과를 찾아보았다. 가장 비
슷한 사건으로는 층간소음으로 고통받던 아래층 남자가 위층에 사는
아들내외가 나간 틈을 타서 노부부를 흉기로 찔러 죽인 사건이었다. 징
역 30년이었다.

　김정수가 아이들을 다시 보는 것이 30년 후라면 그건 무기징역과 같
을 것이다. 도윤종은 고개를 저었다.

　"남편분이 이혼을 강행하고, 부인을 아이들과 이런 곳에서 살게 한
이유는 부인이 더 잘 알지 않습니까? 부인이 나타나 사회의 지탄을 받
는다면 남편분도 괴로울 겁니다."

5

　도윤종은 무거운 마음으로 구치소에 갔다. 오늘은 김정수와의 마지
막 접견이다. 짧은 시간이었지만 그새 김정수는 더욱 야위어 있었다.

"옆집을 복수의 대상으로 삼은 이유를 알았습니다."

"변호사님도 자식이 있다고 했죠? 자신의 자식이 장애를 갖는다는 것을 상상해보셨나요?"

"일반 사람들은 생각하지 못할 겁니다. 하지만 자식이 있으면 그 고통을 이해할 거예요."

김정수는 고개를 가로저었다.

"아니요. 실제 겪어보지 않으면 모를 거예요. 장애인을 병균 취급하고 혹시나 내 자식에게 피해를 줄까 배척하죠. 학교에서도 법으로 일반학생들과 장애학생이 같이 수업을 받을 수 있도록 했어요. 하지만 장애학생을 놀리고 괴롭힙니다. 학교폭력 신고가 들어가면 가해자 부모가 와서 하는 말이 뭔 줄 아세요?"

도윤종은 고개를 가로저었다.

"왜 자기 자식이 장애인과 함께 수업을 받아야 하냐고 반문해요. 장애학생 때문에 수업에 집중을 못해서 성적이 떨어졌다고 말합니다. 수업 분위기에 조금 영향을 미칠지는 몰라도, 공부를 못한 건 자기 자식에게 원인이 있다는 걸 왜 이해하지 못할까요?"

"이해합니다. 하지만 그런 이유로 사람을 죽인다면 이 사회는 어떻게 될까요?"

"저도 잘못된 방법이란 건 압니다. 사형이 확정되어도 누구도 원망하지 않아요. 각오를 한 행동이었습니다."

"김정수 씨, 그런 태도는 재판에서 좋은 결과를 낼 수 없어요."

"재판 때는 입 다물고 있겠습니다."

잠시 둘 사이에 정적이 흘렀다. 접견시간이 다 되어가 도윤종은 서류를 챙겼다.

"그럼 추가 증거서류를 법원에 제출하고, 최종 변론을 하겠습니다. 김정수 씨와 유사한 사례로 30년을 받은 케이스가 있어요."

"감사합니다. 그럼 부탁드립니다."

도윤종은 나가려다가 문득 처음에 품었던 살인에 대한 의문이 생각났다.

"아, 김정수 씨."

문으로 나가려던 김정수가 돌아보았다.

"처음 제가 제기한 의문에 대답해주세요. 왜 남편들은 머리를 때려서 죽이고, 여자들은 발목을 짓이겨놓고 살린 거죠?"

"그렇게 조사하고도 아직까지 모른다는 게 신기하네요. 그렇다면 1심 선고가 끝나면 말씀드리죠."

6

1심 선고를 내리는 법정에는 기자들이 많이 와 있었다. 모두 시대의 흉악범이 사형선고를 받는 장면을 두 눈으로 직접 보려는 것 같았다. 도윤종은 그동안 모았던 서류를 제출하며 변론을 진행했다. 역시 검사 측에서는 계획적이고 충격적인 살인으로 사형을 구형했다.

"변호인 측 최종 변론을 시작하세요."

도윤종은 자리에서 일어섰다. 법정으로 나가 김정수를 보았다. 고개를 살짝 끄덕였다.

"최종 변론을 시작하겠습니다. 피고인은 두 명을 살인하고, 두 명을 중태에 빠뜨렸습니다. 사람의 목숨을 빼앗은 중죄임을 부인하지 않겠습니다. 하지만 그런 행동을 하게 된 이유를 생각해주셨으면 합니다.

피고인은 지적장애인 아들이 있었습니다. 국가에서는 장애인 차별을 법으로 금지하고 있지만, 우리 사회는 그렇지 않습니다. 단지 층간소음의 문제였다면 피고인도 이렇게까지 극단적 선택을 하지는 않았을 겁니다. 피고인 이웃들은 장애인 아들을 병균 보듯 했어요. 자신의 아이들에게 엘리베이터를 같이 타지 말라고 하고, 놀이터에서 만나면 피하라고 했습니다. 그리고 피고인에게 계속 이사를 강요했죠.

피고인은 이사를 갈 수 있었지만, 장애인 차별은 참을 수 없었어요. 저들의 뜻대로 이사 간다면 이 사회에 만연한 장애인 차별을 인정하는 꼴이 되는 것이니까요. 그렇게 피고인은 이 사회에 만연한 장애인 차별과 싸운 겁니다.

이웃들은 더욱 압박을 가했고, 그렇게 피고인은 자녀의 훈육을 위해 몽둥이를 들 수밖에 없었습니다. 그 결과는 앞에 제출한 자료에 나와 있는 대로 가정폭력과 아동폭력이었습니다. 피고인은 교사였기에 법에 의해 더 이상 학교에서 일을 할 수 없었습니다. 노동으로도 돈을 벌지 못하니 정상적으로 가정을 이끌 수 없었습니다.

존경하는 재판장님, 본 변호인은 차마 감당하기 어려운 극단적인 상황이 피고인을 이렇게 만들었다는 것을 주장하는 바입니다. 피고인은 계획적이고 잔인하게 복수한 것이 아니라 절망적으로 상황이 흘러간 끝에 충동적으로 살인을 했다고 주장하며, 법정 최고형보다는 피고인이 반성하면서 장애인 차별이 없어지는 사회를 보도록 기회를 주셨으면 좋겠습니다. 이상 변론을 마칩니다."

국선변호인으로서 피고인의 입장에 서서 변론했다. 잘하면 30년 형까지 내릴 수 있다고 생각했지만 1심 최종선고는 무기징역이었다.

"김정수 씨, 아들 차별에 대한 증거를 준비하시면 2심에서는 30년까지는 내릴 수 있을 겁니다. 다른 국선변호인이 맡겠지만 서둘러 항소하세요."

"항소는 없어요."

"네? 충분히 이길 수 있어요."

"아니요. 전 사람의 목숨을 둘이나 빼앗았어요. 형을 받아들이겠습니다."

어서 가자는 듯 교도관이 김정수의 팔을 끌었다.

"변호사님께 편지를 쓸게요. 마지막 질문에 대한 답을 쓰겠습니다."

7

김정수는 항소를 포기했지만, 의도와는 다르게 오히려 검찰 측에서 항소했다. 도윤종은 오히려 기뻐했다. 형을 더욱 깎을 수 있는 기회가 되기 때문이었다. 하지만 며칠 뒤 김정수의 편지와 함께 충격적인 소식이 전해져 왔다. 김정수는 구치소에서 바지를 꼬아 목을 매 자살한 것이다.

도대체 왜…….

도윤종은 빠르게 편지를 뜯었다.

변호사님 감사합니다.

악마 같은 살인범을 진심으로 대해주시는 것을 마음으로 느낄 수 있었습니다.

먼저 변호사님의 의문에 대해 답해드리겠습니다.

저는 저와 제가 받은 고통을 저들에게 그대로 돌려주려고 범행을 계획했습니다. 저들의 아버지를 죽임으로써 수입이 없도록 만들고, 악독했던 엄마들은 장애인으로 만들기 위해 발목을 으스러뜨린 것입니다. 장애인 차별을 했던 그녀들에게 직접 장애인이 되어 그 차별을 느끼게 해주고 싶었습니다.

그래서 철저히 계산했죠. 네 명에게 모두 단죄를 내리기 위해 아래층 남자를 공사를 핑계로 불러낸 겁니다. 벨을 눌렀다가 자칫 소란스러워지고 누군가 경찰에 신고한다면 실패로 돌아가니까요.

계획대로 아래층 남자를 처리했기 때문에 옆집은 벨을 눌렀습니다. 부부 중 누가 먼저 나와도 상관없다고 생각했기 때문입니다.

이제 이유가 설명되었겠죠?

변호사님께 또 다른 감사함을 전하고 싶습니다. 1심에서 변호사님께서 보여준 변론 때문인지 여론이 많이 좋아졌습니다. 오히려 장애인 차별을 잘 응징했다는 사람들도 있다는데, 살인으로 복수했다는 것은 잘못된 것임을 알고 있습니다.

이혼을 했지만 악마 같은 살인자의 가족보다 사회적 편견 때문에 그런 일을 저지른 가족이 나을 것 같다는 이기적인 생각도 합니다.

아무튼 다시 한 번 깊은 감사를 드립니다.

저는 항소하지 않았지만 검사 측에서 항소했습니다. 그리고 아내까지 증인으로 부른다고 했습니다. 변호사님께서도 아시겠지만 저는 아내가 법정에 나와 살인자의 아내로 돌팔매를 맞는 것을 원하지 않습니다. 변호사님이 애써주셔서 좋아진 여론이 도로 나빠질 수 있다는 생각이 들었습니다.

어떡하면 이런 모든 상황을 피할 수 있을까요?

제가 내릴 수 있는 결론은 자살에 도달했습니다. '공소권 없음', 바로 피의자가 죽는 것이죠.

제가 죽는 것은 가족을 위한 걱정에서 비롯되었지만 흉악무도한 범행에 대한 반성도 있습니다. 그때는 저의 가정을 파멸로 이끈 사람들에게 복수할 마음이 가득했지만, 그런 선택을 하면 안 되는 거였습니다.

지금 아내와 아이들과 시골에 가서 농사짓는 모습을 상상해봅니다. 후회는 소용없는 거지만, 그랬으면 행복할 수 있었을까요?

그건 모르는 일이겠지요.

그럼 저는 지옥에 가서 벌을 받도록 하겠습니다.

진심으로 도와주신 것에 감사드립니다.

김
주
호

2014년 동의대학교 문예창작학과 졸업. 2017년 〈용서를 그리다〉로 '계간 미스터리
신인상' 수상. 〈금수저의 밀실〉, 〈어른은 권력이다〉, 〈가면 동굴〉 등 탐정 유우신을
주인공으로 한 단편들을 발표했다.

미니멀 라이프

1

그녀는 안락한 소파에 앉아서 따뜻한 홍차를 마시면서도 몸을 잘게 떨었다. 오므린 다리 위로 붙잡은 양손은 불안함을 대변하듯 쉬지 않고 움직였다. 깍지를 끼고 손가락을 까닥거리며 초조함을 드러내는 얼굴엔 걱정이 가득했다. 나는 최대한 그녀가 편했으면 하는 마음에 영업용 미소를 잃지 않았다.

"인터넷에서 찾았는데요."

겨우 입을 연 그녀의 목소리는 집중해서 듣지 않으면 들리지 않을 만큼 작았다. 나는 고개를 앞으로 살짝 뺐다.

"잘 오셨습니다. 의뢰하실 게 뭔가요? 천천히 말씀해주세요. 아, 저쪽은 신경쓰지 않으셔도 됩니다."

구석을 힐끗 쳐다보던 그녀는 이내 나를 마주 보았다. 그녀가 바라보던 곳에서는 김시준이 속기를 준비하고 있었다. 사무실에서 손이 가장 바쁜 사람은 단연코 김시준이었다. 그가 하는 업무는 고객들의 말을 빠짐없이 속기로 문서화하는 일이다. 그는 일반적인 속기 타이핑과 비교해도 뒤지지 않을 속도를 보유하고 있었다. 놓치는 말이 없을 정도로 토씨 하나 틀리지 않고 써내는 능력자였다. 가끔 그의 손놀림과 화면에 표시되는 글자들을 보고 있노라면 감탄이 절로 나왔다.

"저는 이나루라고 해요. 제가 의뢰하고 싶은 건 남자친구 일이에요."

순간 내 머릿속을 스치는 이야기는 빤한 로맨스였다. 남자친구의 외도를 잡아주세요. 이 사무실을 찾는 고객의 절반이 비슷한 이야기를 한다. 아내가 바람을 피우는 것 같다. 남편에게 다른 여자가 생긴 것 같다. 아주 놀랍게도 고객의 예상이 대부분 적중한다. 우리는 돈을 벌어서 좋지만 뒷맛은 얼마나 씁쓸한지 모른다.

하지만 이나루 씨의 요청은 결이 달랐다.

"제 남자친구가 살인을 저질렀는지 확인해주세요."

살인이라는 단어가 주는 무거움. 아주 살짝 미소가 굳었다. 나는 침착하게 입꼬리를 돌려놓으며 되물었다.

"살인이요?"

"네."

"왜 남자친구가 살인을 저질렀다고 생각하십니까?"

"그 집에서 시체가 발견됐으니까요. 그것도 전여친의 시체가요."

이번엔 내가 시간을 끌며 홍차를 마셨다. 아직 뜨거운 차는 입안을 화끈하게 적셨다. 전문적인 사람처럼 보이려면 표정을 숨기고 태연하게 행동하는 편이 옳았다.

"경찰에 신고는 하고 여기 오신 거겠죠?"

"이미 그 과정은 끝난 일이에요. 6개월 전의 일이거든요."

"범인을 잡지 못했습니까?"

"자살로 결론이 났어요."

오호라. 미심쩍은 파장이 몸을 휘감았다.

"경찰이 자살로 결론을 내린 사건을 이나루 씨는 어째서 저희에게 조사해달라고 하시는 건가요?"

불편한 기색이 얼굴에 스쳤다. 그녀는 단어를 하나하나 곱씹어보는 듯 입술을 오물거렸다.

"미심쩍어서요, 그날의 행동들이. 저도 자살이 맞았으면 좋겠어요. 다만 확실히 짚고 넘어가야만 이 남자를 계속 사랑할 수 있을 것 같아서……."

그녀는 아니길 바라는 거다. 남자친구를 믿고 싶은 마음에 확신을 덧대고 싶어서 이곳을 찾아왔다.

"좋습니다. 이나루 씨가 말씀하신 그날의 일을 기억나는 대로 자세히 말씀해주세요. 저희가 정확히 일을 처리할 수 있도록 도와주셔야 합니다. 그리고 금액은……."

테이블에 놓인 메모지에 펜으로 숫자를 휘갈겨 썼다. 말을 감추고 글로 대신하는 건, 이 순간에도 열심히 말을 옮겨 적고 있는 김시준 때문이었다. 정확한 금액은 항상 대외비였다.

"이렇습니다. 괜찮으신가요?"

그녀는 잠깐의 망설임 끝에 고개를 끄덕였다.

조심스럽게 펼쳐놓은 이야기를 마치고 그녀는 사무실을 나갔다. 시계를 보니 두 시간가량이 흘렀다. 나는 김시준에게 눈짓을 했다. 시준은 속기 자판에서 손을 떼고 양팔을 들어 올렸다.

"다 썼습니다. 뽑아놓을 테니 다시 읽어보세요."

"수고했어, 시준아."

시준은 사무실의 막내였다. 대학교 졸업을 앞두고 무기한 휴학 중이었는데, 태도로 봐선 복학할 마음이 없어 보였다. 어딜 가더라도 능력껏 자기 역할은 톡톡히 할 녀석이니 신경은 쓰이지 않았다. 다만 표정이 없고 무뚝뚝해서 좀처럼 속을 알기 힘들었다. 제대로 된 감정을 가지긴 했는지 의문이 들 정도로 차분하고 무미건조했다. 혹시라도 사회에 나가서 문제가 생기진 않을까 걱정스럽기도 했다.

윙윙거리며 프린터가 돌아가는 소리를 들으며 자리로 돌아왔다.

내가 일 년 전에 차린 이 사무실은 '도움센터'라는 비교적 바르고 그럴듯한 이름을 달고 있다. 하지만 소위 말하는 흥신소 내지 심부름센터와 별반 다를 것도 없었다. 굳이 순화하자면 올바른 사건들을 해결하려고 노력한다는 것 정도였다. 그래봐야 뼈대가 다르진 않지만.

사무실은 대표인 나를 포함해서 다섯 명으로 운영된다. 나는 고객을 맞이하고 어떻게 일을 진행시킬지 플랜을 세운다. 모든 상황을 문서로 작성하는 김시준은 서기 역할이며 대부분 사무실에 남아 자리를 지킨다. 그리고 주로 바깥을 나돌면서 행동으로 일처리를 하는 두 사람, 이세인과 강태은이 있다. 이 둘은 사무실에 있는 시간보다 외부에 있는 시간이 압도적으로 많았다. 일주일에 얼굴을 보는 게 이틀은 될까. 중요한 전달은 통화로 하는 게 편할 정도다. 오죽하면 잠깐이라도 사무실에 오지 않고 바깥에서 퇴근해버리기 일쑤였다. 마지막으로 남은 한 사람. 가장 돈을 잘 벌어다주며, 범죄가 뒤섞인 사건을 척척 해결해주는 우수 직원은 바로⋯⋯.

"저 왔습니다."

지금 막 문을 열고 들어와선 멍한 얼굴로 고갯짓을 하는 유우신이다. 나는 자기 자리로 가서 털썩 앉는 우신에게 보채듯 말했다.

"일찍만 오면 더 좋을 텐데."

우신은 내 말에 대꾸하지 않고 작동을 멈춘 프린터를 보며 물었다.

"손님이 다녀갔나보네요."

"그래, 계좌로 선금 들어왔어. 내일부터 시작할 거니까 너는 저것부터 훑어봐."

나는 프린터를 턱으로 가리켰다. 속은 꽁꽁 숨겨도 눈치는 빠른 김시준이 인쇄된 종이뭉치를 우신에게 가져다주었다. 우신은 앞장부터 빠르게 읽어나갔다. 속독을 깨우친 게 아닐까 싶을 정도로 종이는 빠르게 넘겨졌다. 정말 모든 내용을 파악하고 읽는 건지 궁금해서 일전에 물어본 적이 있다. 우신은 간략한 뼈대만 먼저 세운 뒤에 자세한 내용을 읽어 내려간다고 답했다. 처음부터 천천히 읽으면 되지 않나 싶지만 본인만의 해법이 있을 거라 생각하고 입을 다물었다.

"이나루. 이름이 독특하네요. 스물여섯 살. 직장인 3년 차인데 여기다가 그만한 돈을 투자하다니 놀랍네요."

나는 우신에게 추가로 설명했다.

"남자친구가 살인을 했는지 아닌지를 밝혀달래. 이런 경우는 처음이지? 보통은 남자친구가 외도를 했는지 아닌지 조사해달라고 하는데 말이야. 아무튼 남자친구 집에서 6개월 전에 사람이 죽었어. 죽은 사람은 그 남자의 전여친이었고. 남자 이름은 박수환, 서른다섯 살. 나랑 동갑인데 능력도 좋아. 이나루 씨만 하더라도 아홉 살이나 어린데, 사망한 전여친은 겨우 스물하나였어. 열네 살이나 차이가 난다고."

"대표님 능력이 부족한 걸 수도 있죠. 요즘 그 정도 나이 차이가 뭐 중요한가요."

"팩트로 때려줘서 고마워. 경찰은 사망자가 이별의 슬픔을 극복하지 못하고 전남친의 집에서 자살한 걸로 결론을 내렸어. 다른 증거도 없었고 정황상 그게 맞아떨어졌겠지. 단연 유력 용의자는 박수환이었을 텐데도 자살로 매듭지은 걸 보면 말이야. 고객이 의심하는 걸 보면 박수환이 충분히 범인일 수도 있어. 이야기를 듣는 내내 나도 이상하더라고. 자살이라기엔 뭔가 찝찝해."

"자세한 사건 내용은 여기에 다 담겨 있으니까요. 천천히 읽어볼게요. 현장은 내일 갈게요."

"그래."

나는 동의하며 먼저 퇴근할 준비를 했다. 작은 규모의 회사이지만 한 그룹의 수장이라서 좋은 점은 단연 시간의 자유로움이다. 수고하란 인사를 하고 나가려는데 유우신이 목소리를 깔며 말을 보탰다.

"근데, 그런 확신은 함부로 하면 안 되더라고요."

"뭐?"

"박수환이 유력 용의자라는 거요. 제가 제법 많은 사건들을 경험했는데 이 세상에 정답은 없어요. 당연해 보이는 사건도 알고 보면 뒤틀려 있죠. 그러니까 가장 의심해야 할 사람은 박수환이라는 남자가 아니라 저희에게 의뢰한 이나루 씨예요."

설마 소심한 그 여자가 사람을 죽인 범인이려고. 나는 우신의 말에 대꾸하지 않고 사무실을 나왔다.

사건이 일어났던 날은 선선한 가을이었다. 다행히 오늘도 별반 다르지 않았다. 봄이지만 꽃샘추위가 계속되고 있어서 가을 같은 느낌이 들었다. 다만 표준수치를 넘어선 미세먼지 농도엔 불쾌감이 들었다.

사무실에 들러 김시준이 건네준 사건요약본을 받아들고 나왔다. 이미 몇 번이나 읽어본 내용을 최대한 암기할 수 있도록 머리에 꾹꾹 눌러 담았다. 학생 때나 하던 무차별 암기를 삼십대 중반에도 하고 있을 줄이야. 고객인 이나루 씨와는 점심을 함께했다. 직장인이라 점심시간이 아니고선 시간을 내기가 어려웠다. 다행히 필요한 건 사전에 입수해 놓았기에 문제는 없었다.

먼저 도착한 약속 장소에서 10여 분쯤 기다리고 있으니 상대방이 모습을 드러냈다.

체크셔츠를 입은 유우신은 멀리서 봐도 태연한 표정으로 걸어오고 있었다. 쟤는 군대에 입대할 때도 긴장 따윈 안 했을 거야. 우리가 함께 일한 지도 1년이 다 되어간다. 그동안 우신은 흐트러진 모습을 보인 적이 한 번도 없었다. 처음 사무실로 들어와 면접을 보던 순간이 생생하다. 무언가를 잃어버린 듯 상실감이 느껴지는 모습과는 달리, 굳센 분위기가 그를 휘감고 있었다. 나는 몇 마디 말도 나누지 않고 우신을 뽑았다. 태도는 당당했으며 그동안 본인이 해결했다는 사건들엔 자신감이 있었다. 원래 일하던 곳은 무슨 모바일게임 회사라고 했는데, 그곳보다는 여기가 어울릴 거라 생각했다. 다행히 내 생각은 딱 들어맞았다. 우신은 믿음을 주는 만큼의 능력을 발휘했다. 실제로 여태껏 그가 맡은 업무의 숫자는 적지만 백퍼센트의 타율을 자랑했다. 해결하지 못하는 일이 없었고, 수익적으로 얻는 금액도 가장 컸다. 대표의 입장에선 가장 참된 직원인 셈이다.

"빨리 왔네."

"네, 그런데 의외네요. 고급 아파트는 될 줄 알았는데 생각보다 허름한 맨션이네요."

우신이 6층짜리 낡은 맨션을 샅샅이 훑으며 말했다. 나도 페인트칠이 벗겨진 건물을 눈으로 살폈다. 고객의 얘기에는 세밀한 묘사까지 들어가진 않아서 상상과는 다를 수밖에 없었다. 언제까지나 상황들의 나열이니까.

나는 우신의 어깨를 툭 치고 앞장섰다. 6개월 전에 사람이 죽은 사건 현장. 박수환의 집은 이 맨션의 4층이었다.

계단의 끝부분이 일부 깎여져 있었다. 이 건물이 지니고 있는 세월이 가늠되었다. 주변에 CCTV는 없었다. 신축 건물이라면 필수적으로 달려 있었을 텐데. 나선형으로 돌아가야 하는 계단을 오르며 손에 든 원고를 살폈다.

"우신아, 네가 이나루 할래? 아니면 박수환?"

"이나루 씨가 낫겠죠. 어쨌든 의뢰한 사람이니까요."

역할을 정하는 동안 4층에 다다랐다. 우리가 한 사람씩 배역을 맡는 이유는 사건을 당사자의 입장에서 직시하기 위해서였다. 한 치의 오차도 없이 고객의 말을 기록해놓는 이유이기도 했다. 그래야 우리가 사건의 등장인물이 되어서 똑같은 전개를 펼쳐볼 수 있으니까. 남자끼리라 애매한 경우도 많지만 반복하다보니 익숙해졌다. 우신이 사건들을 해결하는 데 도움이 되는 것도 같고.

나는 계단의 끝에 서서 일직선으로 뻗은 복도를 바라보았다. 왼쪽엔 현관문이 다닥다닥 붙어 있고, 오른쪽엔 성인 남자의 가슴께까지 오는 담이 있다. 가끔 커피를 마시며 바깥을 내다보기에 적당한 공간이었다. 걸음을 내딛었다. 한 층에 열 가구씩 사는 듯했다. 모든 집에 거주민이 있는지 모르겠지만, 401호부터 410호까지 일렬로 있다보니 복도가 꽤나 길었다. 박수환의 집이자 사건이 일어났던 곳은 407호였다.

"자, 우리는 사귄 지 얼마 되지 않은 상태야. 오늘은 네가 처음으로 내 집을 방문하는 날이고."

"떨리네요."

우신이 너스레를 떨었다.

407호. 박수환의 집에는 사람이 없을 터였다. 그는 지금 20킬로미터 정도 떨어진 곳에서 열심히 일하고 있는 중이었다. 여자친구이자 의뢰인인 이나루가 우리를 위해 손을 써서 사전 준비를 해놓았다. 우리는 항상 의뢰인에게 이런 식으로 도움을 받는다. 그들이 제시한 문제를 해결하기 위한 최소한의 방법이었다.

나는 박수환, 우신은 이나루가 되어 복도를 걸어갔다.

"계단을 끼고 제일 앞에는 창고가 있네요. 다음에 401호가 나오고요. 그 뒤론 402호부터 410호까지……."

"문의 생김새가 다 같으니 호수가 적힌 걸 제대로 봐야겠어. 술이라도 진탕 마셔서 취해 있다간 옆집으로 가기 십상이겠는데?"

벽면이 오돌토돌한 맨션은 오래된 건물답게 각 숫자판을 끼워 넣는 구조로 되어 있었다. 가령 401호의 경우에 4, 0, 1, 이런 숫자가 문에 박혀 있는 게 아니라 '401'이 적힌 나무판이 현관문에 부착되어 있는 투명 아크릴 패드 안에 들어 있는 식이다. 우신은 천천히 걸으면서 각 호수의 현관문을 상세히 살폈다.

나는 먼저 407호에 도착해서 도어록을 열었다. 의뢰인이 가르쳐준 번호를 빠르게 입력했다. 현관문을 열자마자 상큼한 향이 코를 자극했다. 신발장 위에 놓인 디퓨저의 위력이었다. 안으로 살짝 들어가자마자 자동센서가 반응해 주황색 등이 켜졌다. 환기를 잘했는지 쾌적하고 시원했다. 자동으로 닫히기 직전의 문을 잡고 우신이 뒤따라 들어왔다.

"어느 남자가 여자친구를 혼자 방치하고 자기 집으로 먼저 들어가요?"

나는 겸연쩍게 웃었다.

"거기까진 생각 못했네."

쓸데없이 디테일하다. 우리는 신발을 벗고 맨바닥을 밟았다. 한눈에 봐도 집안은 휑한 느낌이 강했다.

"이게 의뢰인이 말한 박수환의 특성이구나. 미니멀 라이프."

시대에 따라 여러 가지 생활방식이 유행처럼 나타났다 사라진다. 미니멀 라이프는 그중에서도 제법 오랫동안 살아남은 삶의 방식이었다. 최소한의 양식만으로 생활을 하는 것. 이나루가 미리 일러준 박수환의 특성이었다. 집안만 둘러봐도 그가 철저하게 미니멀 라이프를 지향하는 사람이라는 걸 잘 알 수 있었다.

먼저 부엌과 침실을 둘러본 우신이 말했다.

"정말 꼭 필요한 가구가 아니면 하나도 없네요. 이것도 나름의 멋은 있지만 공간이 비어도 너무 비어 있는데요."

부엌엔 기본 옵션일 싱크대와 냉장고 말고는 아무것도 없다고 보는 게 맞았다. 필수적으로 있을 법한 식탁마저 없으니 말 다한 셈이다. 도대체 밥은 어디서 먹는지 궁금해질 지경이었다. 침실은 더했다. 사계절 의류가 다 들어갈까 싶은 작은 옷장과 반듯하게 개놓은 침구류가 전부였다. 그나마 넉넉한 사이즈의 검정색 매트가 박수환의 숙면을 보장해주는 듯했다. 나는 바닥 면적이 넓어서 청소하기는 편하겠다는 생각을 하며 소파에 앉았다. 거실이라고 다를 건 없었다. 벽면에 붙은 이인용 소파와 맞은편에 걸린 벽걸이용 티브이가 다였다. 바닥에 깔린 러그나 가운데를 채워주는 테이블은 이 집에서 거의 유일한 사치품일 게 틀림없었다. 어지간히도 미니멀하게 사는 모양이네. 나는 막 화장실 문을 여는 우신을 바라봤다.

"아, 거기가 중요하지."

소파에서 벌떡 일어섰다. 정황상 자살이라고 밝혀진 구미희는 욕조에서 발견되었다. 나는 좁은 화장실을 비집고 들어가서 사건현장을 살폈다. 깔끔하게 닦여진 공간에서 피비린내 풍기는 시체를 떠올리긴 어려웠다. 불과 반년 전에 여기서 사람이 죽었을 거라곤 생각도 되지 않을 만큼 깨끗했다.

부스럭거리는 소리가 들렸다. 우신이 인쇄물을 보고 있었다.

"두 사람이 제일 먼저 한 일이 참 소름 끼치네요."

"어쩌겠어. 그게 현실적인걸. 우린 사귄 지 얼마 되지 않은 커플이야. 넌 남자친구 집에 처음 온 거고."

나는 고개를 절레절레 흔들고 있는 우신의 양쪽 어깨를 붙잡았다.

"그럼 뭐부터 하겠어?"

우리는 형식상 방으로 들어갔다. 언제까지나 형식상이었으며, 두 남자의 표정이 똑같이 썩어 있었음은 말할 필요도 없었다.

2

6개월 전.

티는 내지 않으려 했지만 이나루는 아침부터 긴장하고 있었다. 첫 연애도 아니었고 그간 남자가 혼자 사는 집에 가본 일이 없는 것도 아니었다. 하지만 이 남자는 항상 그녀를 긴장하게 만들었다.

박수환은 매너 좋은 몸짓으로 조수석의 문을 열었다. 괜찮다고 했는데도 집 앞까지 찾아온 그에게 나루는 활짝 웃어 보이며 차에 올라탔다. 수환은 그녀를 차에 태울 때마다 항상 문을 열어주는 태도를 지켰다. 처음엔 조금 과하다고 생각했던 나루도 차츰 수환의 행동에 익숙해졌다.

한참을 달린 차가 미끄러지듯 멈춰 섰다. 차 두 대가 교차되어 겨우지나갈 수 있을 만한 좁은 골목을 마저 지난 후에야 목적지에 도달했다. 한적해 보이는 6층짜리 맨션이었다. 나루는 안전벨트를 풀고 깔끔하게 주차된 차에서 먼저 내렸다. 들이쉬는 공기가 깨끗하게 느껴졌다. 뒤따라 차에서 내린 수환이 시동을 끄고 손짓했다. 맨션의 입구는 왼편에 하나였다. 나루는 그의 옆으로 다가가 딱 붙어 섰다. 수환이 초행길을 안내하는 가이드처럼 옆에 선 그녀를 이끌었다.

맨션 입구에서 몇 발짝만 옮기면 나선형 계단이었다.

"미안해. 여기 엘리베이터가 없어."

"괜찮아요."

"잠깐만 1층에서 기다려줄래?"

갑작스런 수환의 물음에 나루가 반문했다.

"잠깐이면 돼. 알았지?"

그는 답을 듣지도 않고 쏜살같이 계단을 뛰어올라갔다. 나루는 의문이 들었지만 마냥 기다릴 수밖에 없었다. 집이 지저분해서 치우려고 하는 걸까. 워낙 철저한 사람이라 이미 오기 전부터 치웠으면 치웠지 들어가기 직전에 이럴 사람은 아닌데. 기다리는 동안 애꿎은 구두만 땅바닥에 부딪혔다. 다행히 수환이 돌아온 건 3분도 채 걸리지 않았다.

"미안해. 그래도 최상층은 아니니까, 자."

수환이 손을 내밀었다. 나루는 그의 손을 잡고 계단을 올라갔다. 4층까지는 금방이었다. 주말이라 누군가를 마주칠 법도 했지만 사람은 보이지 않았다. 거주하고 있는 사람이 적은 건지 왕래하는 사람이 마침 없는 건지는 알 수 없었다.

길게 뻗은 4층 복도는 황량했다. 나루는 괜히 침을 꿀꺽 삼켰다. 제일 앞에 401호 나무판이 끼워진 현관문이 있었다.

"오빠 집은 몇 호예요?"

"407호."

수환의 손에 살짝 힘이 들어갔다. 적당히 전해지는 악력에 묘한 안도감을 느꼈다. 나루는 기다란 복도를 걷는 동안 이곳에서 잠깐이라도 살게 될지 모르는 자신을 상상했다. 조금 낡긴 했지만 건물 크기는 제법 커 보였다. 여기서 살아도 제법 괜찮을 것 같았다.

집에 도착한 수환이 도어록의 키패드를 열어 암호를 입력했다. 나루는 의식적으로 고개를 돌렸다. 어떤 관계라도 상대방의 비밀번호를 본다는 건 결례였다. 그런 모습이 귀여운지 수환은 슬쩍 미소를 지었다.

집안으로 들어서자 청량한 기운이 몰려왔다. 상큼한 향이 나는 걸로 보아 어딘가에 디퓨저를 두었거나 따로 방향제를 뿌린 것이 분명했다. 아니나 다를까, 신발장 위에 스틱을 여러 개 꽂아놓은 대형 디퓨저가 있었다.

"원래 향초를 켰었는데 일일이 환기를 시켜야 해서 힘들더라고."

수환이 너스레를 떨며 앞장섰다. 나루는 구두를 가지런히 벗어두고 따라 들어갔다. 그리고 텅 빈 공간을 마주했다. 엄밀히 따지면 텅 비어 있는 건 아니었지만 그렇게 착각할 수밖에 없을 만큼 묘했다. 바로 정면에 보이는 거실엔 갈색 천을 덧댄 작은 소파와 벽걸이 티브이가 전부였다. 노래라도 부르면 메아리로 돌아와 돌림노래가 될 듯했다. 집이 넓은 데에 반해 들어찬 가구가 없어서 이질감이 들었다. 딱히 잘못되었다거나 이상한 건 아니지만 생소한 기분이 드는 건 어쩌지 못했다.

"집에 뭐가 없지?"

"그러네요. 더 넓어 보여서 좋은데요."

"내가 미니멀 라이프를 지향하거든. 군이 필요 없는 물품을 두는 게 싫어서. 안 좋게 얘기하면 강박증이 있다고도 할 수 있겠지만, 내 가치관과 생활방식이 그런 걸 어쩌겠어. 괜찮지?"

"당연히 괜찮죠. 깔끔해서 좋아요."

겉옷을 벗어 바닥에 내려놓은 수환의 눈빛이 반짝였다. 그는 천천히 나루에게 다가갔다. 급하지 않게, 위압적으로 보이지 않도록 천천히.

수환은 나루의 몸을 가볍게 감싸고는 이마를 마주 댔다. 자연스레 그녀의 얼굴이 위를 향했다. 잠깐 분위기를 타다가 시작된 키스는 순식간에 두 남녀를 나체로 만들었고 침실로 이동하게 했다. 이후 푹신한 검정색 매트에서 30분 이상, 1시간 이내의 사랑을 나눈 두 남녀는 서로의 마음을 더욱 공고히 했다.

사 먹으면 된다고 수환이 말렸지만 나루는 기어이 직접 뭐라도 해주겠다며 팔을 걷어붙이고 나섰다. 곧장 같이 외출할 계획이지만 시간이 조금 남았다. 이참에 간단히 먹을 걸 만들어서 본인의 요리 솜씨를 뽐내도 나쁘지 않겠단 생각이 들었다. 나루는 냉장고를 열어 샅샅이 살폈다. 오래 보관해도 되는 냉장식품들이 여럿 있었다. 게다가 찬장에 기적처럼 남아 있는 파스타 면을 보는 순간 속으로 쾌재를 불렀다. 온갖 종류의 파스타는 나루가 제일 잘하는 요리였다. 그녀는 팬에 올리브유를 두르는 것으로 요리를 시작했다.

파스타는 금방 완성되었다. 수환은 펼쳐놓은 간이테이블에 전시된 두 접시를 바라보았다. 먹어보지 않아도 맛있겠다는 걸 시각과 후각만으로 가늠할 수 있었다.

"대단한데? 웬만한 레스토랑보다 잘 만들었어."

한 번의 포크질로 상당한 양의 면을 입안으로 욱여넣은 수환이 오물거리며 감탄했다. 나루는 쑥스럽게 고개를 숙이는 것으로 답을 대신했다.

말 그대로 간단한 요기였다. 저녁은 따로 먹으러 갈 것이었고 둘의 밤 스케줄은 정해져 있었다.

"설거지는 내가 할게. 잠깐 쉬고 있어. 이것만 정리하고 나가자."

수환은 나루를 소파에 앉히고 다 먹은 접시와 포크를 싱크대로 가져갔다. 세제를 풀어 접시를 닦는 수환의 뒷모습은 가정적인 남자의 표본처럼 보였다. 나루는 '이번엔 참 남자를 잘 골랐어. 나이가 많긴 하지만' 따위의 생각을 하며 파우치를 꺼냈다. 립스틱이 조금 번졌다. 화장을 수정해야 했다.

"저 화장실 좀 쓸게요."

수환이 수세미로 접시를 문지르며 고갯짓을 했다. 화장실의 방향이
었다.

화장실에 들어가자마자 나루가 제일 처음 한 생각은 '참 깨끗하다'였
다. 혼자 사는 남자의 집이란 대체로 청결에 한계가 명확하다. 다른 곳
은 표면적으로 깨끗한 척을 할 수 있지만, 단 한 곳 화장실만은 그러기
힘들었다. 일반적으로 화장실 청소의 제대로 된 방법도 모르는 경우가
많았으니까.

한쪽 벽면에 자리 잡은 흰 욕조와 세면대, 변기, 수도꼭지와 샤워기
에 이르기까지 조금의 물때도 없었다. 나루는 청결한 남자를 정말 좋아
했다. 이전에 사귀었던 남자 중 하나는 집 곳곳에 쓰레기를 방치해두고
살았다. 화장실은 덧붙여 설명할 필요도 없이 더러웠다. 꼭 그것 때문
만은 아니었겠지만, 나루는 그 남자와 6개월도 채 못 가서 헤어졌다.

화장을 꼼꼼히 수정하고 거실로 나온 나루는 아직도 설거지를 하고
있는 수환의 등뒤로 가 그의 배를 감싸 안았다.

"아직도 안 끝났어요?"

"다했어. 내가 좀 느려서 그래."

"꼼꼼해서 그렇죠."

수환은 다 씻은 식기를 엎어둔 뒤 고무장갑을 벗었다.

"이제 나갈까? 공연시간에 늦으면 안 되니까."

"네."

두 사람은 벗어두었던 겉옷을 챙겨 입고 집을 나섰다. 선선한 가을바람이 정통으로 불어왔다. 4층에서 1층으로 내려오는 동안 수환은 나루의 손을 꼭 잡고 놓지 않았다. 그리고 1층에 도착했을 때, 수환이 아차싶은 표정으로 말했다.

"폰을 두고 왔어. 먼저 차에 타 있을래?"

수환이 키를 눌러 차문을 열고 다시 계단을 올라갔다. 의외로 저런 구석도 있구나. 나루는 혼자 조수석에 올라타며 시시콜콜한 생각을 했다.

이후는 순탄한 데이트였다. 같이 거리를 돌아다녔고 이것저것 구경하며 대화를 나눴다. 허기가 져서 저녁을 먹으러 갔고 근사한 곳에서 만족스러운 식사를 했다. 예매해둔 공연도 지나치게 완벽해서 나루는 이날의 데이트를 잊고 싶지 않을 정도였다. 수환의 집으로 다시 돌아가기 전까지는.

자고 가라는 수환의 말에 별로 고민하지 않고 수락했다. 완벽하다고 여겨지는 하루의 정점이었다. 나루는 흘러나오려는 콧노래를 겨우 참았다.

차는 어둠을 뚫고 천천히 움직여 목적지에 도착했다. 수환은 주차를 마치고 매끄러운 몸놀림으로 조수석의 문을 열었다.

"피곤하지?"

"아니요. 멀쩡해요."

어두운 계단은 각 층에 도착할 때마다 붉은 등이 켜졌다. 그때마다 수환은 나루의 몸을 자기 쪽으로 붙였다. 다시 돌아온 407호엔 낯선 적막이 흘렀다. 이런 기분을 뭐라고 설명해야 할까. 모든 게 동일한데 바탕에 깔린 조건이 달라진 기분. 나루는 어색해진 풍경에 넋을 놓았다.

"먼저 씻을래? 이불 정리하고 있을게."

수환이 나루의 겉옷을 챙겨 방으로 들어갔다. 나루는 찌뿌둥한 몸을 한껏 뒤틀며 화장실로 향했다. 빨리 따뜻한 물에 몸을 적시고 싶었다. 욕조에 물을 받아서 같이 몸을 담가도 좋을 텐데.

화장실 문을 열었다. 거실과 수환이 들어간 방에 불이 켜져 있지만 화장실 안까지 빛이 닿진 않았다. 나루는 문 옆의 스위치를 눌렀다. 밝아진 화장실 안이 끔찍하다는 걸 파악하는 데 걸리는 시간은 단 1초였다.

너무 놀라서 소리도 지르지 못했다. 나루는 뒷걸음질쳤다. 빨리 수환이라도 불러야 하는데 말이 나오지 않았다.

"안 들어가고 뭐해? 같이 씻을까?"

속옷만 입은 채 방에서 나온 수환이 천연덕스럽게 말했다. 하지만 나루는 대답할 정신이 없었다. 같이 씻을 수 있는 상황이 아니었다. 한 치 앞이 아수라장이야! 빨리 이리 와서 확인 좀 해! 속에서 나오는 괴성은 목을 타고 오르지 못했다.

그제야 이상한 낌새를 알아차린 수환이 나루에게 다가갔다. 그는 두 발짝 걸은 것만으로 화장실 안에 펼쳐진 장면을 볼 수 있었다. 그리고 똑같이 몸이 굳어버렸다.

피로 물든 붉은 욕조엔 한 여자의 시체가 평온한 듯 누워 있었다. 화장실 전체가 새하얀 것과 욕조에 든 붉은 핏물이 소름 끼칠 정도로 대조적이었다. 손목을 그은 듯 여자의 오른쪽 손목에는 깊은 상처와 진한

핏자국으로 길이 나 있었다. 화장실 바닥에 놓인 과도가 그것의 행적을 떳떳하게 보여주었다.

　나루는 다리에 힘이 풀려 주저앉았고 그나마 정신을 퍼뜩 차린 수환은 신고를 하기 위해 재빨리 방으로 돌아갔다.

3

　우신이 욕조 안을 손으로 훑었다.

　"사건의 개요는 복잡하지 않아요. 아직 세부적으로 더 조사를 해봐야겠지만요."

　나는 우신의 말에 동의했다. 고객이 전해준 대로 사건을 복기해봤지만 기본 구조는 너무도 단순했다.

　"욕조에서 발견된 여자의 시체는 박수환의 전 애인이었던 구미희. 그녀는 자살로 결론이 났어."

　시준이 뽑아줬던 자료들을 그대로 읊으며 말을 이어나갔다. 역시 출처를 망라한 시준의 정보력은 우수했다.

　"사망원인은 역시 과도로 손목을 그어서 생긴 과다출혈이야. 수면제를 복용한 흔적이 발견됐지만 그걸 타살로 연결 짓진 않았나보군. 자살하는 사람이 수면제를 복용하는 건 의심이 될 만한 일은 아니라고 해. 문제는 시간이야. 이 사건이 만약 타살이라면 가장 유력한 용의자인 두 사람에겐 알리바이가 있어. 박수환과 이나루, 둘이 함께 이 집에 온 시간이 오후 3시 30분경. 그 뒤로 두 시간 동안 집에 있었다고 하니까 5시 30분에 다시 밖으로 나갔다고 봐야겠지. 그때까지 구미희의 시체는 당연히 이 집에 없었어. 이나루 씨가 화장실에 들어와서 욕조를 직접 봤다고 했으니까. 밖에서 데이트를 하고 다시 집으로 돌아온 게 밤 11시야. 욕조에 든 시체가 발견된 시간이기도 하지."

우신은 가만히 내 말을 듣고 있었다. 타임라인이야 미리 알고 있지만, 우신의 능력 중 하나는 상황을 곱씹을수록 새로운 사실을 파헤치는 것이었다. 지금껏 그런 모습을 몇 차례나 목격한 나로서는 그를 계속해서 자극시키는 게 중요했다.

가만히 욕조를 바라보는 우신을 두고 말을 이었다.

"안타깝지만 뜨거운 물에 계속 담겨 있는 바람에 구미희의 사망 추정시각은 정확하지 않아. 정황상 두 사람이 외출을 한 5시 30분 이후에 이 집을 방문했고, 11시가 되기 전에 욕조에 들어가 손목을 그었다고 추측할 뿐이야. 구미희는 박수환과 사귀던 사이였기 때문에 이 집의 비밀번호를 알고 있었어. 물론 이건 박수환의 증언이라 의심할 수도 있겠지. 아무튼, 구미희는 이 집을 자유롭게 드나드는 게 가능했단 거지. 이별의 충격으로 인해 전남친의 집에서 자살을 한다? 어색한 시나리오는 아니야. 충분히 있을 법한 얘기니까. 실제로 사건은 그대로 자살로 종결되었어."

하루에도 많은 기삿거리들이 생기는 탓에 구미희의 자살은 별로 부각되지도 않았다. 나도 의뢰를 받기 전까진 이런 사건이 있었는지조차 몰랐을 정도다. 시대가 달라진 지금, 사람들은 흔해빠진 스토리에 관심이 없었다. 어쩌면 나도 마찬가지가 아니었을까. 평범한 사건이라고 생각해서 지나쳤을지도 모른다.

골똘히 생각에 잠겼던 우신이 입을 열었다.

"만약 구미희가 죽은 게 자살이 아니라 타살이라면, 그래서 범인이 박수환이나 이나루 중에 한 명이라면 알리바이가 완벽하네요. 두 사람이 짜고 입을 맞춘 게 아니라면 말이죠. 하지만 절대 그건 아니겠죠. 그랬다면 이나루 씨가 직접 저희에게 찾아왔을 리가 없으니까요. 본인들의 입장에선 자살로 잘 덮여진 사건을 굳이 들춰낼 필요가 없으니."

그의 가설을 들으며 문득 이번 의뢰에 맹점이 있다는 사실을 깨달았다. 사건이 종결된 대로 구미희가 자살이라면 증명하기가 어렵다. 고객인 이나루는 남자친구인 박수환이 살인을 저질렀는지 아닌지 밝혀달라고 했다. 박수환이 정말 구미희를 죽였고 그걸 우신이 알아낸다면 몰라도, '죽이지 않았다'는 걸 어떻게 증명해내지?

내 생각을 꿰뚫기라도 한 듯 이에 대한 답변을 우신이 내놓았다.

"어차피 우린 구미희가 정말 자살을 했는지 아닌지는 중요하지 않아요. 타살인 경우에만 범인이 박수환이냐 아니냐가 중요하죠. 고객이 의뢰한 건 그것이니까요. 실제로 구미희를 죽인 사람이 누구인지는 밝혀낼 필요가 없어요. 언제까지나 타살인 경우에요."

"그렇지."

엉겁결에 대답은 했지만 우신의 냉철함에 혀를 내둘렀다. 원래부터 저런 성격이었을까? 너무도 단호하고 날카로워서 다가가기가 어렵다. 일상적으로는 편한데, 이런 순간에는 딴사람처럼 느껴지기도 했다. 사건에 대해서 염증을 느끼는 기분. 우신은 '사건'과 '범인'이라는 것에 민감했다. 혹은 겁을 먹은 듯 보이기도 했다. 이전에 무슨 일이라도 있었던 걸까? 궁금했지만 한 번도 우신과는 그런 쪽의 대화를 나누지 않았다. 언제까지나 우리는 사장과 직원의 관계니까.

"그럼 이만 갈까? 이 집에서 더 봐야 할 건 없지?"

"네, 어차피 언제든지 여길 드나들 수 있는 관계자가 있으니까요."

우리는 미련 없이 박수환의 집을 나섰다.

다음 날 출근한 우신은 오전 내내 키보드를 두드리며 뭔가를 쓰기 시작했다.

송곤도움센터. 대표자 송곤. 나는 내 명함을 어루만지며 다음 행선지에 대해 고민했다. 말없이 자기 자리에서 펜만 휘두르는 우신에게는 무어라 말을 붙이기 어려웠다. 한껏 집중하고 있을 그에겐 오롯이 자신만의 시간이 필요했다. 나는 우신의 눈치를 살피며 그가 어제 퇴근하기 전에 적어준 사건의 세 가지 의문점을 머릿속으로 훑었다.

첫째, 박수환은 왜 이나루를 두고 혼자 먼저 4층에 올라갔다 왔을까. 이나루가 해명하기로는 박수환이 먼저 집에 올라가 정리를 하느라 그랬다고 말했다. 특별히 치울 것도 없는 그 집에? 이걸 쉽게 납득할 사람이 몇이나 될까. 만약 박수환이 그때 무슨 수작을 부린 거라면 꼭 알아내야 한다.

둘째, 5시 30분경에 집을 나왔을 때 폰을 놔두고 와서 또 한 번 혼자만의 시간을 가졌다. 이것이 순수하게 박수환의 실수인지 아니면 정말로 시간이 필요했는지가 중요하다. 이나루의 말로는 3분도 채 소요되지 않았다고 했다. 그야말로 4층까지 계단을 오르내리는 시간과 집에 들러 폰을 챙겨 나오면 뚝딱 흘러갈 시간이다. 물론 빠르게 뛰어가면 3분까지는 안 걸릴 것 같지만.

마지막, 구미희는 왜 수면제를 복용하고 손목을 그었나. 아주 이상한 일은 아니라고 하지만 자연스러운 일도 아니다. 수면제를 미리 먹어둔다고 해서 고통이 줄어드는 것도 아니며 원하는 타이밍에 맞게 잠드는 것도 아니다. 냉정하게 말해서 손목을 그어서 자살하려는 사람이 수면제를 먹을 이유가 없다. 차라리 몽롱한 상태로 어디 높은 건물 위에서 뛰어내리기라도 한다면 모를까.

이유 없는 인과는 없을 텐데.

펜을 탁 내려놓은 우신이 말을 건넸다.

"월급 값 하러 가죠."

"뭐?"

"사건에 조금이라도 관계가 있거나 도움이 될 만한 사람들을 한 명씩 만나서 얘기해야겠어요. 저 혼자 할까요? 아님 같이 가실래요?"

일반적인 회사라면 사장이 직접 움직이는 일은 없을 테지만……

"같이 가야. 직원이 밖에서 사고라도 치면 안 되니까."

홀로 제자리를 지키는 김시준을 두고 우리는 사무실을 나섰다.

우신이 원하는 첫 번째 사람은 우리의 고객인 이나루였다. 그녀는 우리의 부름에 선뜻 시간을 냈다. 사건을 의뢰한 사람이니 당연한 일이었다. 우리는 그녀가 일하는 회사 근처의 작은 카페에 자리를 잡았다.

"점심시간을 계속 방해해서 미안합니다."

나는 의례적인 인사를 건넸다.

"괜찮아요. 오늘 물어보신다는 건 뭔가요?"

"이 친구가 물어볼 겁니다. 저희 사무실에서 가장 유능하고 똑똑한 친구이니 편하게 말씀하세요."

우신에게 손짓하며 주도권을 넘겼다.

"가르쳐주신 비밀번호 덕분에 사건현장인 407호를 조사해봤습니다. 들은 대로 집안에는 뭐가 없더라고요. 깔끔하긴 하지만 빈 공간이 너무 많아서 낯선 느낌이랄까요. 박수환 씨는 원래부터 집에 많은 물건들을 두지 않았나요?"

"저희가 사귄 지 오래되진 않아서 예전부터 그래왔는지는 모르겠지만, 제가 알기로는 그래요. 오빠는 불필요한 물건이 있는 건 싫다고 했어요."

"그렇군요. 사건 얘기로 넘어갈게요. 집으로 같이 들어가기 전과 집에서 다시 나온 뒤에 각각 박수환 씨만 따로 움직인 시간이 있어요. 다르게 말하면 이나루 씨가 따로 남겨진 시간이기도 하죠. 그 시간들이 얼마나 됐었나요?"

"정말 짧아요. 그런 행동들에 의문을 품고 이곳에 조사해달라고 의뢰한 건 맞지만요. 저는 폰으로 시간을 자주 보는 편이라 확실하게 알고 있어요. 오빠가 혼자 집에 먼저 들른 시간도, 나중에 폰을 놔두고 와서 다시 올라간 시간도 3분을 넘지 않아요."

우신이 심각한 표정으로 고개를 끄덕였다. 내가 본 그의 모습을 떠올린다면, 저 표정은 본인이 예상한 답이 나오지 않았을 때 짓는 표정이었다. 이나루가 말한 3분이라는 시간은 사건을 저지르기엔 불가능한 시간이 틀림없다. 우신이 강조하듯 이나루가 따로 남겨진 시간이라고도 덧붙였지만 마찬가지였다. 그 시간은 그녀에게도 무용지물이나 다름없었다.

　"제가 이나루 씨가 말해준 그날의 기록을 읽다가 걸리는 부분이 하나 있었는데요. 직접 파스타를 만드셨죠?"

　"네, 그랬어요."

　"그때 설거지거리는 정확히 어떤 게 있었나요?"

　이번엔 이나루의 낯빛이 어두워졌다.

　"파스타 이인분을 만들 때 나오는, 딱 그 정도였어요. 뭔가 이상한가요?"

　"뭔가 이상하다는 건 본인도 생각하신 것 같네요."

　"그건……."

　끼어들까 하다가 입을 다물었다. 왜지? 겨우 설거지거리를 가지고 왈가왈부할 게 있던가. 뜸을 들이던 우신이 말을 이었다.

　"사람이 어떤 기억을 떠올리며 말을 할 때는 자신의 감정을 내비치는 경우가 많아요. 아마 이나루 씨도 그날의 행적에 대해서 얘기하다가 깨달았을 거예요. 당시에는 별것 아닌 순간이 그 사람에겐 '중요한 시간'이었을 수도 있다는 걸. 그렇죠?"

　"무슨 말이야, 그게?"

내가 참지 못하고 물었다.

"단순하게 보자면, 설거지 시간이 너무 길었어요. 그날 요리는 이나루 씨가 했고 뒷정리는 박수환 씨가 했어요. 사실 특별할 것 없는 이 이야기 안에 시간의 틈이 생겼어요. 이나루 씨 본인에 의해서. 타이밍이라는 게 그렇죠. 만약 박수환 씨가 설거지를 하겠다고 했을 때, 이나루 씨가 화장실을 가지 않았다면?"

"잠깐만. 무슨 말도 안 되는 소릴 하는 거야. 어차피 구미희의 시체는 욕조에서 발견됐는데 그게 무슨 상관이라고."

"아직 사건과 연관 짓지 않았어요. 가능성 하나를 열어둔 것뿐이죠. 단지 박수환에게 잠깐의 시간이 있었단 거죠. 맨션 407호에서 두 사람이 함께 있는 동안 말이에요. 박수환이 무슨 일이라도 하려 했다면 혼자 있는 시간이 반드시 필요했을 거예요. 여기서 이나루 씨에게 질문 하나만 더 할게요. 너무 사적인 내용이라 불쾌하다면 대답하지 않으셔도 돼요. 그날 두 분이 침실에서 사랑을 나누실 땐 특별한 일이 없었나요? 이야기 안에서 그 부분은 의도적인 공백처럼 느껴져요. 아마 경찰 조사를 받을 때도 비슷하지 않았을까 싶은데요."

"숨기려고 한 건 아니에요. 그냥 말하기 애매해서……."

망설이는 이나루의 얼굴이 붉어졌다. 가지런히 모아서 까딱거리는 손가락에서 초조한 마음이 드러났다.

"사실 오빠가 콘돔을 사러 갔다 왔어요. 편의점에."

"콘돔이요?"

나도 모르게 목소리를 높였다. 참 철저하기도 하지.

우신이 말을 보탰다.

"솔직히 칭찬할 일이죠. 자, 아무튼 박수환 씨는 관계를 가지기 직전에 혼자서 외출을 했다는 얘기가 맞죠?"

"어…… 네, 맞아요. 15분 정도? 근데 그건 확실해요. 결제한 영수증도 있을 거고 편의점 CCTV에도 찍혔을 거예요."

"네, 그건 의심할 필요가 없겠죠. 추가적으로 몇 분의 시간이 박수환 씨에게 더 있었다는 게 중요한 사실이구요. 편의점까지 갔다 오는 동안 잠깐이나마 집 바깥에서 무언가를 할 수 있었다는 얘기니까요."

나는 우신이 말하는 것들을 수긍하기 힘들었다. 전혀 핀트가 맞지 않는 듯했다. 도대체 저게 다 무슨 소용이 있단 말인가. 박수환에게 한 시간 이상의 시간이 따로 존재했다고 하더라도 알리바이가 완벽하다. 절대 깨트릴 수 없다. 왜냐하면 결국 사건현장은 407호 집안이었기 때문이다. 아까부터 집밖에서 생기는 몇 분의 시간에 집착하는 우신이 이해되질 않았다.

"이나루 씨, 평상시 두 분의 관계에 있어서 주도하는 쪽은 누구인가요?"

빤히 답이 정해진 물음이었다.

"아무래도 오빠가 더 리드를 하는 편이에요."

"어떠한 상황을 만들거나 이끌어가는 건 박수환 씨의 몫이 크겠네요. 그렇죠?"

"네."

"마지막 하나만 더요. 처음 박수환 씨의 집을 방문했을 때와 이후에 다시 방문했을 때 달라진 점이 없었나요? 특별히 느꼈던 점이라던가."

소중한 고객의 눈이 깊은 심념으로 가득했다.

"집은 구체적으로 모르겠어요. 밝을 때와 어두울 때의 차이도 있을 것 같고요. 근데 함부로 말하기 애매한 게 하나 있는데요."

"그게 뭔가요?"

"진짜 추상적이어서요. 그냥 흘러가는 말로 들으세요. 귀담아듣진 마시구요. 저도 뭐 때문에 그런 건진 모르겠지만, 4층 복도를 보면 상당한 위화감이 들어요."

"4층 복도요?"

"네. 계단을 올라가서 4층 입구에 딱 들어선 상태로 기나긴 복도를 마주하고 있으면……. 설명하기에도 애매하네요. 앞서 말한 대로 그냥 추상적인 느낌에 불과해서."

신기하게도 이나루와 우신의 미간이 동시에 찌푸려졌다. 추상이라는 개념은 사건에 도움이 되지 않았다. 사람마다 살아온 환경과 감각이 다른 탓에 똑같은 시각을 가질 수 없기 때문이다. 가령 내가 누군가와 같은 장면을 봤다고 치자. 그 누군가는 해당 장면을 보고 A를 떠올리더라도, 나는 그렇지 않을 확률이 높다. 아마 A의 그림자도 떠올리지 못하겠지. 그만큼 추상이라는 개념은 사람마다 다른 법이다. 그럼에도 우신은 많은 도움이 되었다며 이나루에게 악수를 건넸다. 나도 덩달아 그녀와 악수를 한 뒤에 자리를 떴다.

맨션 주인의 전화번호는 부동산을 통해 알아냈다. 크게 도움이 될까 싶었지만 우신을 믿기로 했다. 우리 도움센터의 에이스니까.

족히 칠십은 되어 보이는 노인이 맨션 입구로 걸어 나왔다. 희끗해진 머리카락과 얼굴 곳곳에 핀 검버섯이 세월을 나타내고 있었다. 나도 언젠가 세월의 흔적을 증명하며 바깥을 나서게 되리란 짐작을 하고 있는데, 노인이 앞까지 다가왔다.

"와주셔서 감사합니다. 몇 가지만 여쭙고 싶어서 이렇게 연락했습니다."

"안 그래도 저번에 사람이 죽어서 이 노인네를 몇 번이나 불러댔는지, 원. 아직까지 조사가 안 끝난겨? 물어볼 거 있음 빨리 물어봐."

"4층에 사시는 분들에 대한 정보 좀 얻으려구요. 특히 407호 옆집에 계신 분들이요."

"계약할 때 우리 아들이 하는 경우도 있고, 내가 하더라도 그때만 보고 말아서……. 세만 따박따박 들어오면 딱히 다른 볼일도 없고. 요즘 이런 맨션은 사람들이 잘 안 와. 그래서 4층에도 비어 있는 집이 많은데, 몇 호가 차고 몇 호가 비었는지 헷갈리는구만. 보자, 옆집이면 406호는 나이가 좀 있는 여자였나. 계약할 때 얼굴을 본 것 같기도 한데. 근데 거긴 몇 달 전에 집을 뺐어. 사람 하나 죽은 뒤로 나갔지. 솔직히 그런 일이 있고 나서 몇 집이 다른 데로 나갔으니 이상한 일도 아니지만."

"혹시 다른 집들은 기억하세요?"

노인은 맨션을 올려다보며 손가락으로 4층의 집을 하나하나 짚었다.

"다른 집? 4층 앞쪽은 다 애들 있는 가정집인 건 확실해. 거긴 착실히 살고 있어. 그 뒤로 군데군데 비어 있는 집들이 있고. 407호가 바로 사람 죽었다는 그 집이지. 끝 쪽에 있는 두 집은 비었어."

"408호는요?"

"거긴 젊은 학생이 살고 있는데……. 아마 지금 시간엔 집에 있을 거야. 가서 직접 봐. 나는 부동산에 나가서 계약만 하지 사람들은 잘 몰라."

노인이 툴툴거렸다. 만사가 귀찮은 듯했다. 나는 한발 나서서 추가로 질문하려는 우신을 막았다. 그리고 노인에게 시간을 내주셔서 감사하다며 호들갑을 떨었다. 노인은 별다른 말도 없이 뒤돌아갔다. 헤어진 연인을 상대하듯 한치의 미련도 남지 않는 행동이었다. 우신이 나를 흘겨봤지만, 나는 어쩌겠냐는 의미로 어깨를 들썩였다.

"그래요, 뭐. 408호나 가보죠."

우신이 앞장섰다.

평일 오후의 한적한 시간대였지만 노인의 말로는 408호엔 학생이 살고 있다고 했으니 집에 있을 가능성도 있었다. 대학생이야 맞춰놓은 시간표에 따라 일정이 유동적이니까. 나는 기왕이면 그 학생이 집에 꼭 붙어 있기를 바랐다. 아니면 마음대로 노인을 보내버린 것에 대한 책임으로 우신에게 하루종일 시달려야 했다.

4층에 먼저 도달한 우신이 복도 끝에서 우뚝 멈춰 섰다.

"뭐해?"

"뭘까요?"

질문에 질문으로 답하는 우신이 못마땅했다. 게다가 맥락까지 빠져나간 대화는 본질을 잃어버린 부유물이었다. 다행히 내가 혼란스러워

하지 않도록 우신이 설명을 보탰다.

"사람이 가지고 있는 직감이 참 무서운 거거든요. 여태껏 누군가의 중요한 직감으로 인해서 풀어낸 실마리가 있기도 했고요. 이나루 씨가 느낀 위화감은 괜한 게 아니에요. 분명 이곳에서 본 광경 중에 어울리지 않거나 달라진, 혹은 순서에 따라 어색한 장면이 있었을 거예요."

나는 괜히 우신의 옆에 붙어서 길게 쭉 이어진 복도를 응시했다. 이런 맨션이나 아파트에서 흔히 볼 수 있는 일렬식 복도가 눈앞에 있다. 여기서 느낄 위화감이란 건 뭘까. 우신은 여기서 뭘 보고 확인하고 싶은 걸까.

"일반적으로 뭔가 달라졌나 싶을 땐, 가장 먼저 눈에 보이는 것일 확률이 높아요. 아직은 감이 잡히지 않지만."

우신은 눈에 가장 먼저 보이는 창고를 지나쳐서 401호 앞에 섰다. 그리고 말릴 틈도 없이 벨을 눌렀다. 나는 깜짝 놀라서 뭐 하는 거냐고 다그쳤지만 우신은 태연하게 히죽댔다.

안에선 아무런 인기척이 없었다. 우신은 금방 402호로 가서 똑같이 벨을 눌렀다. 가면서 벨을 모조리 누를 작정인 모양이다. 나는 한숨을 쉬며 그를 앞질러 403호의 벨을 눌렀다. 어차피 우신이 할 거라면 시간이라도 단축하는 게 낫겠지.

두 집 모두 조용했다. 안에 사람이 있을 시간이 아니거나 구태여 나오지 않는 게 분명했다. 노인의 말대로 비어 있는 집이 군데군데 있을 테니 애초에 사람이 없는 집일 거란 짐작도 해야 했다.

마치 짠 듯이 404호, 405호도 무응답이었다. 끝에 있는 두 집인 409

호와 410호는 빈집이라고 했으니 이제 사건의 중심지인 407호를 두고 양 옆집만 남은 셈이다. 노인이 406호는 이미 몇 달 전에 사람이 나갔다고 했다. 그렇다면 남은 건 408호뿐이다. 나는 우신에게 눈짓을 하고 408호로 갔다. 아무라도 좋으니 사람 좀 봤으면 좋겠다는 심정으로 벨을 눌렀다. 몇 초간의 정적이 흘렀고 사위는 숨 막힐 듯 고요했다. 조금이라도 소리를 내면 괴수가 와서 잡아먹기라도 할 것 같았다.

"전멸인가. 어떻게 한 층에 사람이 한 명도 없을 수가 있지?"

우신이 408호 문에 귀를 대고 있더니 고개를 절레절레 흔들었다. 나도 포기하고 걸음을 떼려는 찰나 "누구세요?"라고 묻는 소리가 들려왔다.

"어! 안녕하세요. 옆집에 대해서 잠깐 물어볼 게 있어서 눌렀어요. 잠깐 시간 좀 괜찮을까요?"

안에 있던 사람은 고민도 없이 문을 벌컥 열었다. 나와 우신은 408호 안에서 나온 사람을 한껏 반기며 인사했다. 딱 대학교 4학년처럼 보이는 남자가 겨우 눈을 뜬 채 얼굴을 드러냈다. 늘어난 티셔츠와 반바지가 한몸처럼 붙어 있었다.

학생이 말했다.

"잠깐만요. 잘 안 보여서."

다시 집안으로 들어가서는 금방 안경을 쓰고 나왔다. 동그란 안경을 쓰고 나니 제법 선하고 명석해 보이는 인상이었다. 기준에 따라서는 훈훈하게 여길 법도 했다.

"무슨 일이시죠?"

학생의 물음에 우신이 끼어들었다. 나는 엉거주춤 몸을 웅크리며 뒤로 물러났다.

"자고 있는데 미안해요. 407호에서 일어났던 사건 때문에 몇 가지 질문 좀 할게요."

"사건이요? 아, 그 여자가 자살했다는 거요? 저는 전혀 관련이 없는데요. 일면식도 없고. 심지어 그거 그냥 자살이라던데요. 요즘 옆집에 누가 사는지 관심도 없잖아요. 뭔 일이 생겨도 그런가보다 하죠."

입에 사탕이라도 문 사람처럼 중얼거리는 말투가 본래 말투인지 아직 잠이 덜 깨서인지 분간이 가질 않았다.

"학생은 주로 집에 있나요?"

"학교에 가지 않으면 그렇죠. 지금은 졸작 때문에 바쁘기도 해서요."

"사건이 일어난 날에 대해서 기억하거나 아는 게 있을까요?"

"저는 없어요. 정확한 날짜도 모르는걸요. 기억나는 것도 없어요. 옆집에 사는 사람, 남자로 알고 있는데. 워낙 조용한 데다 별다른 충돌이 없었거든요. 오다가다 딱히 마주친 적도 없어서 목소리도 못 들어본 것 같아요. 그 정도로 교류가 없어요."

안타깝게도 이 학생에게서 알아낼 정보는 조금도 없었다. 쉽게 말해서 허탕이다. 하지만 우신은 마지막 지푸라기라도 잡는 심정으로 질문을 던졌다.

"딱 하나만 더 물을게요. 혹시 집에 들어올 때, 4층 복도를 보면서 평소와 다른 점이 있다거나 이상한 분위기를 감지했던 적이 있나요?"

학생은 일말의 고민도 없이 칼같이 답했다.

"없었어요. 다만 짜증나는 일이 있긴 했는데. 요즘은 또 잠잠해서."

"뭔데요?"

"몇 달 전인가. 애가 복도를 계속 뛰어다니더라고요. 애인지 아닌지 확인하진 않았지만 아마도 애겠죠. 다 큰 어른이 복도를 왔다갔다 뛰진 않았을 테니까. 암튼 바로 앞에만 나가도 산책로가 있는데 복도에서 시끄럽게 뛰어다니니까 좀 짜증이 났죠."

"그게 언제였는지 기억하세요?"

"좀 되긴 했어요. 확답은 못하겠어요. 몇 달 전이기는 한데, 여러 번 반복되더니 지금은 그런 일이 없어요. 누가 주의를 준 건지."

우신은 알겠다는 듯 고개를 끄덕였다. 그리고 감사의 인사를 잊지 않고 학생을 토닥인 뒤 맨션을 빠져나왔다. 나는 뭔가 알아냈나 싶어서 기웃거렸지만 우신은 아무런 말도 해주지 않았다. 이거 원, 사장은 난데.

이럴 때마다 머릿속으로 망치질하듯 한 문장을 박아 넣는다.

'유우신은 우리 회사에서 가장 많은 돈을 벌어다주는 직원이다.'

다음은 욕조에서 시체로 발견된 구미희의 어머니를 찾아갔다. 이 귀한 연락처는 정보통인 김시준이 알아냈다. 거의 혼자서 묵묵히 사무실을 지키고 있을 김시준에게 밥이라도 한 끼 더 사줘야겠다. 외근만 돌고 있는 나머지 두 녀석들은 뭐 하고 있는 건지······.

구미희가 살던 집은 박수환의 맨션에서 5킬로미터 정도 떨어진 곳으로 비교적 근처에 있었다. 굳이 피해자(자살이 아니라 타살이라면)의 어머니에게 물어보거나 알아낼 것이 있는지 의문이 들었지만 우신의 태도는 확고했다.

"범인을 찾기 위해서는 소용없겠죠. 박수환의 행적과는 연관이 없으니까요. 여기서 찾고 싶은 건 구미희가 자살을 할 사람인가예요. 정작 그녀가 자살했음이 분명해지면 박수환과 이나루에 대해선 조사할 필요도 없어요. 그날에 대해서도요."

구미희의 어머니는 너무 말라서 볼이 홀쭉했다. 드러난 팔목은 조금만 힘을 줘도 부러질 것처럼 얇아서 애처로울 지경이었다. 긍정적으로 표현한다면 가녀린 여성상의 표본이었다. 하지만 그 속에선 딸의 죽음으로 여전히 썩고 있을 심정이 보였다.

"저희 딸은 자살할 애가 아니에요. 형사에게 몇 번이나 말했지만 정황을 따지면서 믿어주질 않았어요."

우리가 온 목적을 밝히자마자 어머니는 말을 쏟아냈다. 마지막 한 줄기 희망을 잡은 채 놓지 않으려 애쓰고 있었다.

"틀림없이, 틀림없이 수환이 그놈이에요. 그놈이 우리 딸을 죽였어……."

어머니의 목소리가 파르르 떨렸다. 금방이라도 쓰러질 것처럼 비틀거려서 얼른 한쪽 팔을 부축했다.

우신이 자세를 낮춰 어머니와 눈을 마주했다.

"왜 박수환의 짓이라고 생각하시는지 들을 수 있을까요?"

"미희는 그놈에게 몇 번이고 매달렸어요. 열네 살이나 많은 놈이 뭐가 좋다는 건지. 그놈은 우리 딸을 지겨워했어요. 끈질기게 들러붙는다고 떨쳐내려 했는데, 미희가 놔주지 않았어요. 그래서 그런 끔찍한 짓을 저질렀는지도 몰라요. 우리 미희를 죽이는 수밖엔 없다고 생각했는지도……."

어느새 눈물이 차올라 아랫입술을 깨무는 어머니의 모습이 안쓰러웠다. 나는 어머니를 달래며 대화를 이어가는 우신을 뒤로하고 슬쩍 구미희의 방으로 발을 옮겼다.

스물하나. 구미희는 스물한 살이었다. 대학교 2학년의 어린 여학생. 사회에 별로 발을 들이지 않은 그녀는 사랑이라는 허상의 덫에 걸렸다. 그저 측은했다. 조금만 경험이 많았더라면. 그까짓 남자는 얼마든지 만날 수 있는데. 직접 보지도 않은 박수환이 그저 그런 남자일 거란 확신을 가졌다. 우신이 알면 보나마나 선입견 운운하며 타박하겠지만 도리가 없다. 살아 있었더라면 가장 큰 행복을 누렸을 어린 여학생에게 연민이 생겼다.

구미희의 방은 평범했다. 미니멀 라이프를 지향하는 박수환의 집이 딱 있어야 할 물건만 간소하게 있었다면, 구미희의 방은 예쁘고 아기자기한 소품으로 채워져 있었다. 벽면에는 좋아하는 남자 아이돌그룹의 브로마이드와 앨범 사진이 덕지덕지 붙어 있었다. 어머니의 입장에선 차마 처리하지 못할 딸의 소중한 물건들이었다.

나는 작은 단서라도 찾을까 싶어서 화장대로 다가갔다. 이 방에서 수납공간이 있는 건 옷장과 화장대뿐이다. 거실에선 여전히 우신과 어머니의 대화 소리가 작게 들려왔다.

화장대 위엔 용도를 알 수 없는 화장품들이 휴가철을 즐기는 관광객들처럼 빽빽하게 나열되어 있다. 손을 뻗어 화장대 밑의 서랍을 열었다. 서랍 안에는 머리끈과 밴드, 팔찌와 귀걸이가 있었다. 특별해 보이는 건 없어서 다시 서랍을 닫으려는데, 안쪽에 살짝 접혀 있는 종이가 눈에 띄었다.

"아……."

안의 내용물을 확인하자마자 탄식이 흘러나왔다. 장담하는데, 구미희는 자살하지 않았다. 백퍼센트 타살이다. 중요한 건 박수환이 범인인지를 알아내는 것이다. 만약 다른 사람이 범인이라면 우신의 말대로 신경을 쓸 필요도 없을 테고. 나는 종이를 챙겨서 방을 나왔다. 우신은 울고 있는 어머니를 위로하고 있었다.

"그게 뭐예요?"

우신이 내 손에 들려 있는 종이를 보고 물었다. 그럴 상황은 아니었지만 나도 모르게 기세 좋은 톤이 나왔다.

"빌보드를 제패한 세계적인 아이돌의 콘서트 티켓이야. 5개월 전에 공연한 거지."

"…… 그게 왜요?"

상이한 의미로 소름이 끼쳤다. 유우신이 바로 눈치채지 못하는 분야가 있다니. 나는 티켓을 흔들어 보였다.

"네가 여기서 확인하고 싶었던 거야. 얘네들 콘서트 티켓이 얼마나 구하기 어렵고 귀한 건 줄 알아? 가격도 비싸지만 돈만 있다고 해결되는 것도 아니야. 구미희 양은 이 가수를 무척 좋아한 모양이야. 방에 들어가 보면 바로 알아차릴 정도로. 브로마이드와 앨범이 가득하니까. 그녀는 아주 노력한 끝에 이 티켓을 손에 넣었지."

우신은 여전히 모르겠다는 내색이었다.

"나를 믿어. 구미희는 절대 자살하지 않았어. 본인이 그토록 좋아하는 이 그룹의 보배로운 티케팅에 성공해놓고 자살했다고? 천만에. 이 가수의 팬들에게 물어봐. 죽더라도 콘서트는 보고 죽을 거야."

어느새 울음을 그친 어머니가 내 말에 동조했다.

구미희의 집을 나온 뒤, 우신은 폰으로 뭔가를 바쁘게 적었다. 통상적으로 상황을 정리할 때면 꼭 하는 일이었다. 나는 우신이 머리를 쓰도록 놔두고 빠르게 차를 몰았다. 이제 우리가 만나고자 했던 사람은 단 한 명이 남았다. 이 사건의 시작점이자 중심인물, 박수환을 볼 차례였다.

이나루에게서 미리 받아놓은 전화번호로 연락을 했다. 박수환은 갑작스러운 연락에도 놀라지 않고 본인의 퇴근시간을 알려주었다.

"이거 근로시간 추가인 건 알죠?"

농담조이지만 진심을 담아 우신이 말했다. 나는 못 들은 척하며 말끔하게 차를 댔다. 저녁이 찾아온 하늘이 서서히 어두워졌다.

사람들이 밥은 안 먹고 커피만 마시는지 카페 안이 북적였다. 나는 박수환의 실물을 본 적이 없으므로 다시 전화를 걸었다. 다행히 그는 먼저 도착해서 자리에 앉아 있었다. 우리를 보며 손을 살짝 드는 그의 태도엔 진중함이 묻어 있었다. 한 번만 봐도 눈에 띌 만큼 말끔하게 생겼고 삼십대 중반이라는 나이가 떠오르지 않을 만큼 어려 보였다. 실제 나이가 '그나마 젊은 나이'라면 표면적으로 보이는 나이는 '무게감 있는 어린 나이'라고 해야 할까. 자리에서 일어나 반갑다고 손을 내미는 그의 태도는 살인마라는 범주에서 벗어난 느낌이었다. 이 남자가 정말 사람을 죽였을까. 외모로 판가름해선 안 되지만 본능적으로 파악되는 내면도 있는 법이다. 이 남자는 살인자가 아닐 거란 생각이 들었다.

나는 최대한 예의 바른 표정으로 말을 건넸다.

"충격이 크셨을 텐데, 다시 그날의 일을 들춰서 죄송합니다. 박수환 씨 입장에서도 확실한 결말이 나오실 테니 마지막이라 생각하고 답해 주셨으면 좋겠습니다."

"그럼요. 그게 가족에게도 예의니까요."

박수환에게는 구미희 어머니의 요청으로 왔다고 말해두었다. 이건 어머니에게도 미리 양해를 구한 터라 의심받을 여지는 없었다. 하나뿐인 딸의 죽음을 끝까지 파헤치고자 하는 어머니의 깊은 심정을 건드리지는 못할 테니까.

찬찬히 분위기를 살피던 우신이 버릇처럼 질문을 던졌다.

"이나루 씨와 먼저 만나서 얘기를 듣고 왔어요. 그날의 일은 대부분 두 분이 같이 있을 때 일어났으니까요. 처음부터 집에 초대할 생각이었나요?"

"저녁에 같이 보기로 했던 공연이 있었어요. 그전에 시간이 비기도 해서 제 집에 갔죠. 다른 의도는 없었습니다."

"집에 들어가기 전에 박수환 씨만 먼저 4층으로 올라갔다고 들었어요. 3분 이내로 빨리 돌아오긴 했다지만 굳이 그럴 이유가 있었나요?"

"그거야, 뭐. 집이 완전히 정돈되어 있는지 먼저 가서 확인하려고 했죠. 기왕이면 말끔한 모습만 보여주고 싶으니까요."

"4층까지 같이 올라간 뒤에 잠깐 문앞에서 기다리게 하는 편이 나았을 텐데요. 괜히 박수환 씨가 계단을 왕복하면서 이나루 씨를 1층에 세워둔 건 수긍이 안 돼요."

"글쎄요. 더 잘 보여야겠다는 생각 말고는 정신이 없기도 했죠. 그 당시엔 제가 왜 그랬는지 6개월이 지난 지금 기억해내긴 어렵군요."

박수환이 능청을 떨었다.

"평상시에 물건을 자주 빠뜨리시는 편인가요? 겉으로 보기에는 그런 타입과 거리가 멀어 보이는데요."

"보통은 그런 경우가 없죠. 하지만 사람 사는 일이 보통으로만 흘러가지는 않으니까요. 저도 실수를 하는 경우가 있겠죠. 무슨 말을 하려는지 알 것 같네요. 네, 그날 밖으로 나오면서 깜빡하고 폰을 집에 둔 게 맞습니다. 순전히 실수였죠. 물건을 빠뜨리는 일은 누구나 겪는 일이니까요."

"네, 그렇죠. 두 번 모두 3분이 채 걸리지 않았다고 하더군요. 주차된 곳에서는 맨션이 정면으로 보이지 않아서 박수환 씨가 4층에 있는 건 확실히 못 봤겠지만요. 오해하지는 마세요. 애초에 그건 거짓말하기 곤란한 명제라는 걸 인식하고 있어요. 그것보다, 두 분의 사생활을 너무도 존중하지만 '사건'이 걸려 있으니 예의를 버리고 물을게요. 박수환 씨는 중간에 편의점에 가셨죠?"

앞뒤 자르고 한 말이지만 박수환의 표정이 일그러졌다. 그건 질문의 범위 탓은 아니었다. 내가 보기엔 그에게 주어졌던 시간에 걸리는 게 있다. 과연 우신이 잡아낼 수 있을까.

"그런 것까지 말하던가요? 뭐, 팩트는 중요하니까. 영수증 같은 건 버렸지만 결제 목록을 뒤지면 당시 편의점에서 구입한 내역이 뜰 겁니다. 보여드릴까요?"

"아니요. 중요한 건 정말 편의점에만 다녀오셨나 하는 건데, 당연히 그랬다고 하실 테니 소용은 없겠네요."

우신이 날카롭게 쏘았다.

"죽은 구미희 씨와는 왜 헤어지셨나요?"

"열네 살 차이였습니다. 아무래도 그게 제일 컸죠. 살아온 시대가 다르니 생각도 많이 다르고. 그래도 뒤끝은 없을 거라고 여겼는데, 그건 제 입장에서만 그랬나보더군요. 어쨌거나 미희가 스토커처럼 행동한 건 잘못되었죠. 안 그런가요? 제 집에서 자살한 애한테 뒷말은 하고 싶지 않지만, 미리 집 비밀번호만 바꿔놨어도 애꿎은 일은 없었을 텐데. 다 저의 불찰입니다."

얄밉다. 얄밉지만 빈틈이 없다. 나는 박수환과 우신을 번갈아 보며 그들의 표정을 살폈다. 둘 다 여유를 잃지 않았다. 눈에 훤히 보이는 기 싸움이 상당했다.

"이쯤 하도록 할게요."

우신이 먼저 꼬리를 내렸다. 적어도 표면은 그렇게 보였다.

"아, 이건 사건과는 상관없는데 그냥 호기심이 생겨서요. 미니멀 라이프를 지향하신다고 들었어요. 언제부터 그런 생활을 하셨나요?"

"그거요? 혼자 독립하고 나와 살면서부터 그랬습니다. 편하고 좋더군요."

이제 일어나려나 싶었는데 우신이 노골적으로 창 바깥으로 보이는 큰 건물을 쳐다보며 말했다.

"그래도 제가 다 아깝네요. 박수환 씨가 다니는 회사만 봐도 그렇고. 가진 능력이나 하고 다니는 패션만 보더라도 훨씬 맥시멀하게 사실 수 있을 것 같은데 말이에요. 그런 허름한 맨션이 아니라 고급 아파트에 살 수 있는 능력이 충분하지 않나요?"

박수환이 인상을 구겼다. 빨리 이 공간을 빠져나가고 싶어하는 게 눈에 보였다.

나는 자연스레 박수환의 인상착의를 살폈다. 우신의 말을 들으니 확실히 이상했다. 박수환이 입은 정장이며 팔목에 찬 명품시계는 집과 비교했을 때 과했다. 김시준의 자료에 따르면 소득수준도 높은 편이었고 타고 다니는 차도 집값보다 비싼 외제차였다.

"그렇지 않아도 새집을 알아보고 있습니다. 결혼 생각도 하고 있으니까요. 더 물을 게 남았습니까?"

"맨션에 거주하신 지 얼마나 되셨죠?"

"1년 가까이 됐습니다."

"굳이 그 집을 선택하신 이유가 있나요?"

"이봐요!"

드디어 한계선에 다다랐는지 박수환이 버럭 소리를 질렀다. 다른 테이블에 앉아 있던 손님들이 우리 쪽을 바라보며 웅성거렸다.

우신은 세상의 모든 물정에 달관한 사람처럼 인자하게 웃으며 고개를 까닥거렸다.

"오늘 시간 내주셔서 감사합니다. 추가로 떠오르는 게 있으면 연락드 릴게요. 어쩌면 저희가 아닌 다른 사람이 연락을 할 수도 있겠지만요. 아, 혹시라도 박수환 씨가 하실 말이 있으면 저희에게 먼저 연락을 주셔도 좋습니다."

어이없는 눈빛으로 올려다보는 박수환을 뒤로하고 우신은 자리를 박차고 나갔다. 나는 엉겁결에 그를 따라 나가면서 궁금증이 치솟았다. 우신은 무슨 이유로 박수환에게 반감을 표했을까. 당찬 우신의 태도엔 자신감이 가득했다. 설마 사건을 해결한 건가. 모든 진상을 알아냈나. 물어봤자 바로 대답해줄 리 없는 우신이 원망스러웠다.

게다가 방금 장면을 누군가 보면 내가 아랫사람인 줄 알겠다. 사장은 난데. 나라고.

4

거의 완성된 이야기는 끄트머리를 향해갔고 한 문단만을 남겨놓고 있었다. 단지 마침표를 찍기 위한 조각과 시간이 필요했다.

유우신은 사장인 송곤에게 전화를 걸었다. 오늘은 사무실로 출근하지 않고 밖에서 일을 보겠노라고 말했다. 실상은 직원이 대표에게 요청을 해야 하는 말이지만, 통보에 가까웠다. 곤은 투덜거리면서도 알겠다고 대답했다.

대부분의 실마리를 잡았다는 걸 감지했지만 커다란 한 방이 부족했다. 그걸 찾지 못하면 사건은 영영 풀지 못한다는 것을 깨달았다. 우신이 혼자서 해결 방안을 찾고자 하는 것도 그 까닭이었다. 만나볼 만한 사람은 이미 다 마주했다. 그들 속에 거짓이 있을지는 모르겠지만 알아내야 할 정보도 충분했다. 단서가 모두 주어진 상태라면 그걸 풀어내야 하는 건 철저히 본인의 역할이었다. 지금껏 반복해서 해오던 역할이지만, 우신은 이전의 사건들로 인해 심신이 지친 탓에 좀처럼 기운이 나질 않았다.

다 찾았어. 최후의 열쇠만 찾으면 돼.

어느덧 세 번째로 찾아온 맨션은 건물 외관을 이미지로 박제해 외울 지경이 되었다. 우신은 자기 최면을 걸며 계단을 올라갔다. 스스로 계속 자신감을 부여하지 않으면 머릿속이 복잡해졌다. 흔들리지 않도록 정신을 꽉 잡아야 했다.

4층에 다다른 우신은 저번에도 그랬듯이 복도의 끝에 서서 길게 이어진 길을 뚫어져라 관망했다.

'복도를 보면 상당한 위화감이 들어요.'

이나루의 목소리가 아른거렸다. 그녀는 자신도 모르는 사이에 작은 변화를 알아차렸다. 실체를 단언할 순 없지만 직감이 가리키는 곳. 그녀가 감지한 변화는 무엇이었을까. 복도의 끝에서 시각적으로 확인이 가능해야 한다. 우신은 가까운 곳부터 훑었다. 올라오면서 확인한 결과, 모든 층에서 제일 먼저 보이는 것은 창고였다. 그 뒤로 각각 1호부터 10호까지 줄지어 있다. 따라서 한 층에는 총 11개의 집이 있는 셈이다. 창고를 열어본 적이 없어서 그게 집의 크기인지, 문만 같은 건지는 알 수 없지만.

노인에게 부탁해서 창고를 확인해보는 방법도 있다. 하지만 우신은 창고의 내부구조에 연연하는 건 시간 낭비라고 간주했다.

그때 복도 먼발치서 문이 하나 열렸다. 몸을 내밀며 모습을 드러낸 사람은 저번에 대화를 나눈 408호 학생이었다. 그는 나를 알아보고는 다가오면서 눈을 끔뻑였다. 나름대로 최선을 다한 눈인사였다. 우신을 지나쳐서 계단을 내려가는 그를 보며 저번에 나눴던 대화가 귓속에 흘러들었다.

어린애가 뛰어노는지 복도에 시끄러운 소리가 몇 차례 반복되었다. 복도의 처음과 끝을 달리는 누군가가 있었다. 거기엔 숨은 의도와 진실이 있다. 모든 문앞을 빠르게 지나치며 뛰어간 사람……

우신은 황급히 폰을 들어 김시준에게 연락했다. 시준은 두 번째 신호음이 울리기도 전에 전화를 받았다. 우신은 부탁할 말을 연거푸 전했다. 최대한 빨리 알아봐달라는 당부를 하고 전화를 끊었다. 기다리는 시간이 초조했다. 가능성이 현실이 되는 순간은 늘 그러했다. 자신이 한 추리가 맞아떨어질 것이냐, 수포로 돌아갈 것이냐.

벨소리가 울렸다. 시준이 보낸 문자였다. 우신이 요청한 대로 이나루의 증언 파일이 이미지화되어 있었다. 필요한 부분만 찾아서 체크했다. 상상만으로 구현했던 내용들이 그대로 액정에 비쳤다.

"그 사람, 숨가빴겠네."

사람의 기억은 이런 놀라운 결과를 낳기도 한다. 정작 사건의 관계자는 낌새를 알아차리지 못했지만 말이다. 아마 본인이 어마어마한 힌트를 제공했다는 사실도 끝까지 모를 터였다.

딸깍.

마침내 시나리오에 가장 잘 맞아떨어지는 열쇠가 구멍에 들어갔다.

1층으로 내려와 건물을 나서는데 시준에게서 추가로 문자가 왔다. 그의 대단한 능력에 감탄하면서 문자를 확인했다. 그리고 우신은 자신의 추리 또한 만만치 않게 좋은 능력임을 각성하며 고객에게 연락을 취했다.

세미정장을 차려입은 이나루는 제법 직장인의 태가 났다. 스물여섯이면 사회인으로선 어린 나이인데 학생 티가 전혀 나지 않는 게 놀라웠다. 문득 우신은 다른 사람들이 자신을 평가한다면 똑같이 생각할지 궁금해졌다.

"더 조사하실 게 있으신가요?"

생글거리며 인사하는 이나루의 표정에서 걱정 따윈 읽을 수 없었다. 생각보다 의연하고 참을성 있는 여자였다.

우신은 그녀의 마음에 찬물을 끼얹어야 했다.

"의뢰한 일을 마감해서 전해드리러 왔어요."

말이 끝남과 동시에 이나루의 얼굴은 긴장으로 딱딱하게 굳었다. 그녀는 우신에게서 어떤 결과를 바라고 있을까. '남자친구가 살인을 저질렀는지 확인해주세요.' 그 의뢰에 대한 답은 우신이 가지고 있었다.

"말씀해주세요."

"네, 바로 결론부터 말할게요. 당신의 남자친구인 박수환은 6개월 전 살인을 저질렀어요. 구미희를 죽이고 그녀를 자살로 위장했죠."

이나루는 숨을 크게 들이마셨다. 그럼에도 호흡이 진정되지 않았다. 요동치는 심장은 맘대로 제어할 수가 없었다. 혼란스러웠다. 원하는 질문에 대해 확실한 결론을 들었다. 이걸 위해서 몇 달 치의 월급을 투자했다. 가지고 있던 의문이 해결된 지금, 이 감정은 뭐지?

"자세히 설명해주세요."

"박수환은 완전 범죄를 위해서 많은 시간을 투자했어요. 누구보다 고민했고 신중했죠. 집을 선택하는 것도, 삶의 방식을 속이는 것도 포함해서요."

"삶의 방식을 속이다뇨?"

"그놈의 미니멀 라이프. 박수환이 정말 미니멀 라이프에 심취한 사람처럼 보였나요? 전혀 아니에요. 살인을 위한 거짓말이었어요. 현재까지 살고 있는 그 맨션도 마찬가지예요. 사건은 마무리되었고, 시간이 지났으니 곧 이사를 하겠죠. 이제 그런 집에 살 필요가 없으니까요. 그곳은 오직 살인을 위해 오랜 시간을 공들인 무대예요. 그 무대에 함께 오를 사람이자 완벽한 알리바이를 입증해줄 사람은 단연 이나루 씨, 당신이고요. 박수환은 본인이 계획한 트릭을 실현하기 위해서 꼼꼼하게 집을 알아봤을 거예요. 왜냐하면 이 트릭은 시대가 많이 바뀌면서 실현시킬 수 있는 공간이 점차 사라지고 있거든요. 해당 구조의 맨션도, 문패도 말이죠."

얼이 나간 채 우신의 얼굴만 보고 있는 이나루의 눈에 절망의 빛이 스쳤다.

"박수환의 집은 몇 호죠?"

뜬금없는 질문에 이나루의 정신이 겨우 돌아왔다.

"그야 407호……."

"네, 그것도 맞아요."

"그것도요?"

"박수환의 집은 407호, 그리고 406호였어요. 이미 회사의 유능한 직원 덕분에 확인이 끝난 단계지만, 이나루 씨를 위해서 상세히 말씀드릴게요. 직접 계약을 하고 실질적인 생활을 하며 살인을 저지른 무대는 407호예요. 실제로 구미희의 시체는 407호에 있기도 했고요. 406호는 박수환의 어머니가 대신 계약했어요. 과연 어머니가 당신의 아들이 무슨 의도를 가지고 집을 대신 계약해달라고 했는지 알고 있을까요? 어쨌든 박수환은 406호와 407호 모두 소유하고 있으면서 두 집을 똑같은 구조로 만들어놨어요. 모르고 들어가면 같은 집이라고 착각하게끔 말이에요. 아마 완벽하게 쌍둥이 같은 공간을 만들기는 어려울 거예요. 그래서 만들어낸 핑곗거리가 있어요. 바로 미니멀 라이프죠. 최소한의 가구만 배치해놓고 싹 다 비운다. 그게 박수환의 작전이었어요."

"말도 안 돼요. 제가 그날 들어간 곳은 407호였어요. 그 정도는 똑똑히 기억하고 있다고요."

"왜 407호라고 생각하죠?"

"407호 문패가 달린 곳이니까요."

"그래서 그 맨션을 택한 거라고요. 능력에 맞지 않게 낡아빠진 맨션을! 요즘 어떤 건물의 문패가 그렇게 뺐다 끼웠다 할 수 있게 되어 있을 까요? 박수환은 그게 가능한 곳을 찾기 위해서 수많은 집을 돌아다녔 을 거예요. 다른 무엇보다도 가장 중요한 조건이었을 테니까요."

일반적으로 현관문에 번호가 고정되어 있는 것과는 달리, 그 맨션은 숫자가 적힌 나무판을 아크릴 패드에 끼우는 방식으로 되어 있다. 우신 이 4층 복도를 한참이나 내다보면서 찾아낸 차이점이었다.

"그날 있었던 일을 순서대로 말해드리죠. 406호와 407호에 있었던 일을 헷갈리지 않는 게 중요해요. 박수환은 그날 누구보다 바쁘게 움직 였어요. 먼저 구미희를 불러내어 수면제를 먹이고 407호 욕조에 눕혀 놨어요. 그러고 이나루 씨를 데리러 갔겠죠. 맨션에 도착해서 이나루 씨를 1층에 세워두고 먼저 4층으로 올라간 박수환은 재빠르게 나무판 을 빼내서 모조리 바꿔 끼웠어요. 제일 앞에 있는 창고부터 410호까지 총 11개. 제일 먼저 창고 자리엔 401호를 끼우고, 401호 자리엔 402호 를 끼우고, 402호 자리엔 403호를 끼웠죠. 이런 식으로 409호 자리엔 410호, 마지막 410호엔 창고가 적힌 판을 끼웠을 거예요. 그러면 본인 의 첫 번째 집인 406호에는 407호 판이, 두 번째 집인 407호엔 408호 판이 오게 돼요. 작업을 마치고 1층으로 내려가 당신과 함께 다시 올라 갔죠."

"그랬다가 들키기라도 하면요?"

"반복해서 말하지만 박수환은 조건에 맞는 장소를 찾기 위해서 어마 어마한 시간과 노력을 들였어요. 그 맨션처럼 사람들이 많이 살지 않고 왕래도 적고 흔하디흔한 CCTV조차 없는 곳을 찾아야 했으니까요. 설사 4층에 사는 사람이 복도에 나와서 바뀐 호수를 발견하더라도 누군가의 장난으로 여기고 말았을 거예요. 철벽의 알리바이를 입증할 당신에게만 걸리지 않으면 되니까요."

"……."

"이나루 씨가 느꼈던 상당한 위화감은 그 때문이에요. 맨션을 처음 방문해서 4층에 올라갔을 땐 분명 401호가 먼저였는데, 나중엔 쭉 창고가 그 자리를 차지하고 있었죠. 무의식에 잡힌 장면이 무언가 달라진 걸 잡아냈지만 눈치를 채긴 어려웠어요. 박수환이 신경써서 당신의 시야를 가렸을지도 모르고요."

"그럼 제가 실제로 들어간 곳은 406호란 말인가요?"

"맞아요. 이나루 씨가 박수환과 함께 처음 들어간 곳은 406호였어요. 참고로 당신이 406호로 들어간 건 그때가 유일하죠. 이제부터 사건이 시작돼요. 박수환은 당신과 관계를 갖기 전에 콘돔을 핑계 대며 편의점에 갔죠? 만약 그게 안 먹혔어도 중요한 전화를 해야 한다는 등 어떤 핑계를 대서라도 빠져나왔을 거예요. 박수환은 곧장 407호로 갔어요. 물론 문에는 408호 문패가 끼워져 있죠. 박수환은 수면제를 먹인 채 미리 욕조에 눕혀놓았던 구미희의 손목을 깊게 긋고 나서 뜨거운 물을 틀었어요. 그리고 편의점에 갔다 와서 다시 406호로 돌아가 태연하게 당신 앞에 나타났어요."

철저하게 준비한 범죄였고 죄책감은 조금도 찾아볼 수 없다. 박수환은 구미희를 바로 옆집에서 죽인 후에 이나루와 섹스를 했다. 어느 인간이 그럴 수 있을까. 정상적인 인격체라면 절대 못할 짓이다.

"박수환에게는 계속 티끌 같은 시간이 필요했어요. 결코 범죄를 입증할 수 없는 시간의 조각들이죠. 완벽한 증언을 해줄 당신이 있었고 알리바이도 성립해요. 그렇게 해괴한 방법으로 장소를 속였을 거라고는 아무도 생각 못할 테니까요. 또다시 중요한 전화 같은 걸 운운해서 타이밍을 잴 수도 있었겠지만, 박수환이 선택한 두 번째 타이밍은 바로 설거지였어요. 그때 우연히 당신이 화장실로 들어가는 바람에 시간이 생겼죠. 혹시 모르니 박수환은 폰 정도는 들고 갔을 거예요. 싱크대 물이야 실수로 잠그지 않았다고 하면 그만이니까. 서두르면 30초도 걸리지 않아요. 406호를 나와서 407호로 들어가 구미희의 시체가 담긴 욕조에 틀어둔 물을 잠갔어요. 이로써 구미희의 정확한 사망 추정시각은 알 수가 없죠. 뜨거운 물에 장시간 담기게 되고, 욕조의 물이 계속 틀어진 상태가 아니라 가득 채워진 채 잠긴 상태가 되니까요. 욕조의 물이 잠긴 건 굉장히 중요해요. 자살이 아닌 타살이라면 범인에게 물까지 잠글 시간이 필요한데, 적어도 박수환 씨에겐 그럴 시간이 없게 되는 셈이라 더욱 알리바이가 견고해지니까요."

이나루의 눈시울이 붉게 물들었다. 끝까지 믿고 싶었던, 본인이 사랑하는 사람이 살인을 저질렀다는 사실은 충격이 굉장했다.

우신은 아랑곳하지 않고 마무리했다.

"데이트 일정이 있던 둘은 다시 바깥으로 나와서 주차장까지 갔어요. 박수환은 폰을 놔두고 왔다는 시답잖은 핑계를 대며 혼자 4층으로 다시 올라갔죠. 물론 문패를 되돌려놓기 위해서요. 그렇게 시간이 흘러서 밤늦게 다시 돌아온 당신은 똑같이 생긴 407호로 들어가게 돼요. 실상은 당신이 처음 방문하는 집이었죠. 이후의 전개는 추가로 말하지 않아도 될 것 같네요. 박수환은 정말 철두철미했어요. 4층 복도를 뛰어다니며 연습까지 해두었으니까요. 408호에 사는 청년이 그러더군요. 누군가 복도를 반복해서 뛰어다니는 소리 때문에 짜증이 났다고."

"증거는요? 단지 그럴듯한 추측이 아닌가요?"

"지문이요. 일단 문패가 있겠죠. 4층의 모든 호수에 박수환의 지문이 묻어 있었을 거예요. 원래라면 그것만으로도 결정적이었겠지만, 6개월의 시간이 지나는 동안 박수환이 가만히 두진 않았을 거라고 생각해요. 철저한 사람이니까 분명히 그 지문들은 남김없이 지웠겠죠."

"그럼……."

"하지만 어디에 남겨져 있을지 모르는 두 사람의 지문까지 몽땅 지우는 게 가능할까요? 사건 이후에 406호는 계약을 해지하고 모든 짐을 뺐죠. 언제까지나 물질적인 것만요. 집안에 남아 있을 두 사람의 지문까지 모두 없애진 못했을 거예요. 경찰이 조사한다면 증거는 바로 확보가 돼요. 이론상으로는 한 번도 406호에 들어가본 적이 없는 당신의 지문이 나올 테니까요."

어깨를 들썩이며 흐느끼는 이나루는 세상 전부를 잃어버린 사람처럼 보였다. 우신은 따로 위로해주지도 못하고 그녀를 바라보기만 했다. 자리를 뜨기도 애매하고 계속 있기에도 불편한 시간이 흘러갔다.

겨우 진정한 그녀가 눈물을 찍어 누르며 말했다.

"솔직히 고백하자면, 제가 이곳에다 사건을 의뢰한 건 의심이 가는 구석이 하나 있어서였어요. 마술처럼 신기하고 이상한 일이었는데……. 6개월 전에도, 지금도 미리 말하진 못했지만요."

"의심이 가는 구석?"

"개수대요."

"네?"

"오빠가 설거지를 다하고 접시를 개수대에 담았는데, 나중에 봤을 땐 아무것도 없었거든요. 이젠 그 이유를 알겠네요."

그건 우신도 간파하지 못한 사실이었다. 이나루가 요리를 하고 박수환이 설거지를 했던 건 406호였다. 구미희의 시체는 407호에 있었으니 설거지의 흔적이 없는 게 당연했다. 애초에 407호에선 이나루가 파스타를 만들지 않았으니까.

"왜 빨리 말하지 않았나요? 심지어 6개월 전에 형사에게 말했다면 사건을 바로 해결할 수도 있었을 텐데요."

"믿고 싶었나봐요. 내가 사랑하는 사람이 살인자가 아니기를……. 아니 어쩌면, 살인을 저질렀다고 생각하면서도 감추려 했는지도 몰라요. 이런 저는 범죄자랑 뭐가 다른 걸까요."

"달라요. 당신은 살인 같은 추악한 짓을 저지르지 않았거든요."

우신이 시계를 확인했다. 그만 막을 내려야 했다.

"또 모르죠. 사람은 선택에 따라 바뀌기도 하니까요. 이나루 씨, 저희가 하는 일은 여기까지고 더 이상 간섭하지 않아요. 사장님의 철칙이고 계약서에 담긴 내용이거든요. 이나루 씨는 돈을 내고 사건을 의뢰했고, 저희는 제시한 돈을 받고 그 문제를 풀어냈어요. 그게 뭘 뜻할까요? 저희 쪽은 사건과 관련해서 경찰에 신고하지 않는단 얘기예요. 따라서 제가 이만 물러간다면 다음 결정은 오롯이 이나루 씨가 해야 돼요."

우신이 자리에서 일어났다.

"영원히 감춰도 되고 경찰에 신고해도 돼요. 본인의 선택이겠죠."

테이블에 혼자 남겨진 이나루의 얼굴엔 수심이 가득했다. 그녀는 두 가지 커다란 감정의 소용돌이 속에서 합당한 길을 찾으려는 듯, 몇 시간을 자리에서 움직이지 않았다.

우신은 그녀의 최종 결단을 예측하지 못했지만 하나는 확실히 알고 있었다. 어떠한 선택을 하든, 앞으로 남은 인생에서 그 선택을 영원히 후회하며 살리라는 것을. 단지 후회의 크기만 다를 뿐이라는 것을.

홍
성
호

2011년 단편소설 〈위험한 호기심〉으로 '계간 미스터리 신인상'을 수상하며 등단했
다. 2014년 단편소설 〈각인〉으로 '한국추리문학상 황금펜상'을 수상하였다. 이후 여
러 편의 단편소설을 발표하였으며, 2016년 셜록 홈즈 패스티시 앤솔로지 《셜록 홈
즈의 증명》에 참여하였다. 2019년 장편소설 《악의의 질량》을 출간하였다. 현재 법
원에서 양형조사관으로 일하고 있다.

용서

아들을 잃은 아버지를 기다리고 있다. 그는 불의의 교통사고로 초등학생 아들을 먼저 떠나보냈다.

약속시각보다 10여 분 일찍 도착해 자리에 앉아 그를 기다렸다. 약속시각에 정확히 커피숍 출입문에 들어선 그는 나를 알아보고 테이블로 다가왔다.

"다 끝난 거 아니었나요?"

그가 아무런 표정 없이 자리에 앉으면서 말했다.

"네, 법적으로는 모두 끝났습니다. 사건은 판결선고 후 확정되었으니까요."

"그런데 무슨 일로?"

"합의해주신 것에 대해 다시 한 번 감사하다는 말씀을 드리려고 왔습니다."

"이런 것도 국선변호인 업무인가요?"

"그런 건 아닙니다. 오늘은 개인적으로 찾아온 겁니다."

"굳이 그러지 않아도 되는데……. 단지 가해자의 변호인일 뿐이잖아요."

"변호인으로서 많은 교통사고 사건을 처리했지만, 이번 사건은 저에게 특별한 사건이라서요."

"어떤 점이?"

"제가 이 사건의 피해자 유족이었다면 가해자와 합의하지 않았을 거예요. 아니, 합의하기 힘들었겠죠. 마음속의 원망과 분노를 사그라뜨리지 못했을 테니까요."

나의 말에 그는 고개를 살짝 끄덕였다.

"그래서 합의를 해주신 아버님 결정에 존경심이 생길 정도였어요. 게다가 합의금도 받지 않고 말이에요."

"혹시 일종의 사례 분석을 하러 오신 건가요? 이를테면 합의금을 받지 않고도 합의를 해주는 피해자 유족의 심리를 파악해서 다음 유사 사건에 써먹으려고 말이죠."

그의 얼굴에 짙은 경계심이 어렸다.

나는 예상치 못한 반응에 당황했다. 아무리 너그러운 피해자 유족이라도 가해자 측 말에 예민하게 반응하는 건 당연했다. 나는 그에게 여전히 가해자의 국선변호인일 뿐이니까.

"아, 그렇게 들렸다면 죄송합니다. 그런 의도는 전혀 없었습니다. 가해자에 대한 용서가 쉽지 않았을 텐데 그 어려운 결정을 해주신 아버님께 인사드리고, 가해자를 용서한 후 심정은 어떠신지, 잘 지내고 계시는지 안부를 여쭈려고 한 것뿐입니다. 불편하셨다면 죄송합니다."

나는 그를 향해 고개를 푹 숙였다.

"미안합니다. 아무래도 사건 이야기가 나오면 예민해져서요."

"아닙니다. 아버님 마음을 헤아리지 못한 제가 더 죄송하지요."

그의 마음을 충분히 이해할 수 있었다. 나는 다시 고개를 숙였다. 그는 큰 숨을 한 번 내쉬더니 테이블 끄트머리를 바라보며 입을 열었다.

"변호사님은 많은 사건을 다뤄왔겠지만, 직접 사건 당사자가 돼본 적은 없으시잖아요. 아마 아이를 잃은 저희 부부의 고통과 절망은 이해하지 못할 겁니다. 사건 후 머릿속에 아무런 생각도 떠오르지 않을 정도로 피폐하게 지냈어요. 문득문득 찾아오는 아이와의 추억은 칼로 살을 도려내는 것 같은 고통으로 변했어요. 지옥이 진짜 있다면 이런 게 지옥이 아닐까 하는 생각이 들 지경이었죠. 괴로웠지만, 제 아이는 이제 다시 돌아올 수 없다는 걸 인정할 수밖에 없었어요. 되돌릴 수 없는 일이고, 사고였으니까……. 그래서 용서하기로 마음먹은 겁니다. 가해자와 할머니가 며칠을 찾아와 무릎 꿇고 용서를 빌었는데, 그 모습을 보고 가해자가 진심으로 자신의 잘못을 뉘우친다는 확신이 생긴 건 아니었지만, 최소한 거짓은 아닌 것 같아 합의서에 서명해주었습니다."

"아…… 그랬군요. 진심으로 피해자의 명복을 빕니다."

"전 사무실에 잠깐 볼일이 있다고 하고 나온 거라서 이제 들어가봐야겠습니다."

"네, 어서 들어가세요. 바쁘신데 이렇게 시간 내주셔서 감사합니다."

"본인이 사고 낸 것도 아닌데 사건이 모두 끝난 후에도 잊지 않고 찾아와 안부를 물어주니 고맙습니다. 그런데…… 더는 사건 관련해서 연락받고 싶지 않네요. 이제 잊고 싶어서요."

그는 말을 마치고 자리에서 일어났다.

"네, 알겠습니다. 말씀대로 앞으로 연락드리지 않겠습니다. 그럼, 항상 좋은 일만 있길 기원하겠습니다."

인사를 한 나는 뜨끔했다. 마지막 인사말이 마음에 걸렸다. 자식의 죽음이라는 불운을 마주했던 부모에게 좋은 일만 있길 기원하겠다니…….

나는 자책하면서 그의 표정을 살폈다. 다행히 아무런 표정의 변화는 없었다.

"변호사님도 좋은 일만 있길 바랄게요."

마지막 인사와 함께 그는 밖으로 나갔다.

가해자는 오토바이로 배달을 했다. 사고는 배달 오토바이들이 흔히 범하는 신호위반 때문에 일어났다. 피해자는 녹색불이 켜지자마자 횡단보도에 발을 내디뎠고, 달려오던 오토바이에 치여 머리를 심하게 다쳐 결국 세상을 떠났다.

교통사고로 인한 사망사건은 보통 8개월에서 1년 사이의 금고형이 선고된다. 실형은 피할 수 없었다. 고의가 아닌 과실이라고 하지만 누구도 되돌릴 수 없는 결과를 초래했으니 당연한 것이다. 하지만 피해자 가족과 합의가 성립되면 집행유예 선고를 받는다. 남겨진 사람들의 의

사를 판결에 반영하기 때문이다.

가해자는 고등학교 졸업 후 대학에 진학하지 않았다. 아니, 못했다는 표현이 더 정확하다. 성적이 전교 최하위권이었을 뿐만 아니라 집안형편도 좋지 않았다. 어머니는 이혼과 함께 가해자 곁을 어렸을 때 떠났고, 아버지는 전국을 떠돌며 일용직으로 밥벌이를 하는데 일 년에 한두 번 볼까 말까 했다. 가해자는 할머니와 함께 영구임대 아파트에서 살았다. 한 달 수입은 병든 할머니가 기초생활수급자로서 받는 수급비 60여만 원이 전부였다. 가해자는 함께 사는 할머니와 좀더 맛있는 저녁을 먹기 위해 오토바이 배달을 시작했다.

배달 오토바이를 몰다가 사고를 낸 녀석들을 많이 접해봤다. 다 그런 건 아니었지만 어깨에 힘이 들어간 녀석들이 많았다. 고등학교를 제대로 졸업하지 않은 녀석들도 많았고, 심한 녀석들은 어릴 적부터 소년보호사건으로 경찰서를 들락거린 경우도 많았다. 하지만 이번 사건의 가해자는 그런 부류의 사람은 아니었다. 전과도 없었고, 학생부에도 생계곤란이라는 기재 외에는 별다른 특이사항이 없었다.

사고는 일을 시작한 지 2개월 만에 일어났다. 그동안 가해자가 모아둔 돈은 고작 몇만 원뿐. 보통 사망사건의 합의는 피해자 가족으로부터 용서도 받아야 하지만, 수천만 원에 달하는 합의금도 있어야 한다. 때에 따라서는 합의금이 억 단위로 필요한 경우도 있다.

합의는 불가능해 보였다. 가해자의 국선변호인이지만, 실질적으로 아무런 도움을 줄 수 없었다. 단지 반성하고 있으며, 경제형편이 좋지 않고, 몸이 불편한 할머니를 모시고 살고 있으니 선처를 베풀어달라는 하나마나 한 읍소를 변론이랍시고 하는 수밖에 없었다.

　가해자에게 본인이 처한 현실을 솔직하게 이야기해주었다. 가해자도 이번 사건으로 한쪽 다리와 손가락이 골절되고 광대뼈가 함몰되는 중상을 입었지만, 합의가 되지 않으면 예외 없이 교도소에 가게 된다는 사실을 알려주었다. 미리 몸과 마음의 준비를 하는 게 좋을 것 같았다. 그리고 마지막으로 한 가지 더 조언을 해주었다. 교도소에 가게 되더라도 이번 일에 대해 진심으로 반성하고 사죄하며 피해자 가족에게 용서를 빌라고 말이다. 사실 그게 이상적인 정답이었다.

　하지만 진정한 사죄와 용서라는 것이 있기는 한 건가. 나 자신도 확신이 서지 않는다. 그런 것은 책 속에만 존재하고 이 세상에 현실로는 존재하지 않을 것 같다.

　가해자가 진정으로 반성하는지 알 수도 없고, 피해자 가족이 용서해줄 가능성은 거의 없어 보였지만, 국선변호인으로서 해줄 수 있는 것은 손에 잡히지 않는 망상 같은 추상적인 단어들을 가해자에게 쭉 펼쳐놓는 것뿐이었다.

　이후 믿기지 않는 일이 일어났고, 가해자는 금고 1년 집행유예 2년의 판결을 받았다. 보통은 합의하고 집행유예를 받더라도 판결선고 후에 가해자가 피해자 측을 찾는 것은 드문 일이었지만, 가해자와 할머니는 판결선고 후 피해자 가족을 찾아 재차 사죄하고, 합의해준 것에 대해 감사를 표했다.

　나는 좀 전에 만난 피해자 아버지의 얼굴을 떠올리며 이번 사건을 다시금 생각했다. 그의 입장에선 오늘 나의 방문이 뜬금없는 것일 수도 있었다. 아까 사례 분석을 위해 찾아온 것 아니냐는 그의 말에 아니라고 대답은 했지만, 그런 마음이 전혀 없었던 건 아니었다. 유사한 다른 사건에 참고하려는 것은 아니었지만, 가해자를 용서한 피해자 가족의 심정을 알고 싶어서 찾아간 것은 사실이었다.

"어이, 김 프로. 오늘도 닭가슴살로 때우는 거지?"

한참 생각 중인데 법전원 동기인 성철이 형이 점심을 먹으러 동료들과 나가면서 나에게 물었다.

나는 대답 없이 미소와 함께 고개만 끄덕였다.

"사람이 일관성이 있다니깐. 법전원 다닐 때도 점심을 내내 혼자 해결하더니 변호사가 돼서도 변함이 없네. 참 대단해. 난 탄수화물과 조미료 국물로 뱃살 좀 늘리고 올 테니, 김 프로는 구린내 나는 닭가슴살 많이 드셔."

성철이 형은 별로 재밌지 않은 농담을 던지고는 동료 변호사들과 함께 사라졌다.

나는 눈으로는 다음날 있을 재판 기록을 훑으면서 퍽퍽한 닭가슴살을 씹었다.

총무과에서 소지품을 맡기고 여직원의 안내를 받아 접견실이 있는 다른 건물로 이동했다.

"계장님, 안녕하세요. 오랜만에 뵙네요."

접견실로 통하는 복도 초입에서 근무를 서는 교도관에게 인사하며 신분증을 건넸다.

"네, 교정위원님도 안녕하셨지요?"

이곳을 자주 드나들면서 안면을 익힌 오십대 초반의 그는 사람 좋은 얼굴로 나를 반겼다.

"오늘은 2호실입니다."

나는 안내를 받고 금속탐지문을 통과했다.

삐삐삐.

경보음이 울렸다.

"오늘도 스마트폰을 보관함에 안 넣으신 거 아닌가요?"

교도관이 말했다.

나는 안주머니에서 스마트폰을 꺼냈다.

"죄송합니다. 개인 전화기랑 업무용 전화기 두 개가 있는데, 하나를 보관함에 넣어두는 걸 깜박했네요."

"바쁘면 그럴 수 있죠. 총무과에 다시 가서 보관함에 넣으려면 시간이 걸릴 테니 저한테 맡기세요. 나올 때 드릴게요."

그가 씽긋 웃으며 말했다.

"편의를 봐주셔서 정말 감사합니다."

"별말씀을요. 어서 다녀오세요."

나는 스마트폰을 교도관에게 맡기고 복도를 조금 걸어 접견실 문을 열었다.

회의용 테이블 같은 널따란 테이블에 노인이 먼저 와서 앉아 있었다. 푸른색 수의에 빨간 명찰을 단 흰머리가 무성한 노인은 누런 이를 드러내며 나를 반겼다. 방 한쪽 모퉁이 낮은 칸막이 뒤 테이블에 앉아 있는 또 다른 교도관이 얼굴을 내밀어 내 얼굴을 확인하더니 도로 자리에 앉았다. 나는 노인의 맞은편에 앉았다.

오늘은 구치소에 변호사로 온 것이 아니었다. 교정위원 자격으로 형이 확정된 수형자의 교화를 위해 정기적으로 방문하는 날이었다.

"김변, 왜 저번 달에는 안 온 거야? 보고 싶었잖아. 하하하."

"저번 달엔 재판이 많아서요."

"매달 보다가 못 보니까 엄청나게 보고 싶더라고."

"별일 없었죠?"

"그럼, 사방을 높다란 벽으로 둘러싼 이곳에 뭐 특별한 일이 있겠어?"

"저번에 말씀드린 건 확인해보셨어요?"

"그게 뭐였지?"

노인은 전혀 생각이 안 난다는 표정이었다.

"피해자 가족으로부터 온 편지를 뜯어봤냐고요."

"아, 그 편지. 김변 말 듣고 그간 보관해둔 편지를 뜯어보려고 했는데, 시간도 없고 해서 그냥 놔뒀어."

"시간이 없어요? 여기에선 남는 게 시간 아닌가요?"

"그렇긴 하지. 실은 내가 저지른 일이긴 하지만, 편지를 읽으면 예전 일이 떠오르면서 힘들어지더라고. 그래서 안 열어봤어. 일이 년도 아니고, 따져보니까 무려 25년간 한 해도 빠지지 않고 편지를 보내오고 있는데, 내가 지은 죄가 있으니 답장은 안 했어도 처음 10년 정도는 꼬박꼬박 편지를 뜯어서 읽긴 했어. 근데 그 이후부터는 전혀 열어보지 않았어. 내가 나쁜 놈이라는 걸 다시 생각나게 하는 편지였으니까. 하여튼, 이렇게 따져보니 이곳에서 있은 지 벌써 25년이 된 거네. 세월 진짜 빠르군. 이제 이곳이 나의 고향이 된 느낌이야. 밖에 있을 땐 삼시 세끼 제대로 먹은 적이 손에 꼽을 정도였는데, 여기에선 25년간 하루도 빠지지 않고 삼시 세끼를 챙겨 먹고, 운동도 매일 하니 나이는 먹었지만, 몸이 밖에 있을 때보다 더 날래고 튼튼해졌어. 그러니 여기가 고향 맞겠지? 허허."

"그래도 피해자 가족이 매년 편지를 보냈는데, 그걸 읽고 답장을 해줘야 하는 거 아닌가요."

"내용은 매년 똑같았던 거 같아. 왜 그런 일을 저지른 것이냐, 왜 하필이면 우리집이었냐, 잊을 수 없다, 지금은 반성하고 있느냐…… 뭐 대충 이런 내용이었어. 예전에 한번은 많이 뉘우치고 있고, 미안하다고 답장을 하려고 했는데, 뒤늦게 그게 무슨 소용인가 하는 생각이 들어서 관뒀어."

"그랬군요."

"그런데 김변은 요즘 돈 많이 버나? 티브이를 보니 요즘은 변호사가 많아져서 망하는 변호사도 있다던데. 내가 밖에서 사고치고 돌아다닐 때는 변호사가 아주 귀해서 얼굴 보기도 힘들었어. 재판 때나 잠깐 얼굴 보는 정도였지. 그러고보면 세상이 무척 빨리 변하는 거 같아."

"제 걱정은 안 해도 됩니다. 사선변호인이든, 국선변호인이든 열심히 해서 먹고살 정도로 적당히 벌어요."

"그렇다면 참 다행이네. 내가 혼거실 생활하면서 같이 있는 사람들한테 김변 소개 많이 하고 있어. 이곳에선 나 같은 빨간 명찰한테 다른 수형자들이 제법 대우를 해주거든."

노인은 손가락으로 자신의 빨간 명찰을 가리키며 말했다.

"나는 여기 터줏대감이니까 혼거실을 들고나는 사람들한테만 김변 이야기를 해도 김변을 알게 되는 사람이 일 년에 수십 명은 될 거야. 그 사람들이 옆방 사람들한테도 이야기하거든. 여기도 사람 사는 곳이라서 소문이라는 게 있어. 내가 꾸준히 김변 똑똑하다고 자랑하고 있으니 아마 계속 사람들이 찾아갈 거야."

"네, 재판받는 피고인 가족이 소문 듣고 왔다면서 변호사 선임을 위해 사무실을 찾는 경우가 있더라고요."

"그럼, 그렇지. 변호사도 장사랑 똑같아서 입소문이 잘 나야 하거든. 내가 여기서 김변을 위해 계속 노력할 테니 기대해봐."

"그러지 않으셔도 됩니다. 먹고사는 일은 제가 알아서 할 수 있으니까요."

"그래, 김변은 워낙 똑똑한 사람이니 제 밥그릇 간수는 잘하겠지. 아 참, 김변 나이가 올해 몇 살이지?"

"서른일곱이요."

"근데 왜 결혼은 안 해? 아직 미혼이라면서?"

"아직 생각 없어요."

"왜? 똑똑하지, 얼굴 잘생겼지, 허우대 멀쩡하지, 어디 내놓아도 손색없는 사람이라서 인기가 많을 거 같은데, 왜 생각이 없어. 어여 결혼해. 결혼해서 애도 낳고 해야 생활이 더 안정되고 하지."

"여자한테 인기 없어요. 성격이 외곬이라서 그런가봐요."

"하핫, 그렇구먼. 사람이 다 좋을 수는 없지. 완벽해 보이는 김변도 단점이 있었네. 하하."

"정말 안 보실 거예요?"

"갑자기 뭔 말이야?"

"피해자 가족이 보낸 편지 말이에요."

"김변, 요즘 찾아올 때마다 왜 그래."

"구치소 측으로부터 행형성적이 우수하다는 이야기를 들었어요."

"그야 물론 나도 나름대로 꿈이 있어서 그렇지. 그건 아마 나만의 꿈이 아닐 거야. 모든 사형수가 같은 꿈을 가지고 있겠지. 2008년쯤인가, 여섯 명의 사형수가 감형을 받았어. 무기징역으로 말이지. 우리한텐 그야말로 꿈같은 이야기였어. 그리고 무기징역은 10년 복역하면 가석방 심사 대상에 포함될 수 있으니, 감형된 사람들은 교도소로 이감 가서 말 잘 듣고 10년이란 시간을 잘 보내면 죽기 전에 바깥세상을 구경할 수도 있다는 또 다른 꿈도 가질 수 있어."

"그래서 구치소 직원 말에 잘 따르는 거군요."

"그렇게 이야기한다면, 아니라고 대답할 수는 없지. 여기서 가질 수 있는 희망이 그게 전부니까."

"그런데 좀 이해가 안 가요."

"뭐가 이해가 안 된다는 거지?"

"감형되거나 출소하고 싶은 게 최고의 꿈이라면서 정작 제일 중요한 건 안 하고 계시잖아요."

"제일 중요한 게 뭔데?"

"25년간 여기 있으면서 뭐가 제일 중요한지 아직 깨닫지 못했나요?"

"……."

"진정한 뉘우침과 사과요."

"뭔가 좀 어렵구먼."

"편지를 읽지도 않는 건 뭐죠. 그런 건 행형성적에 반영되지 않아서 그래요? 지금 하는 말씀을 들으면 정말 반성하고 있는 거 맞나, 하는 생각이 들어요."

"아…… 그런가."

"그렇죠. 피해자 가족이 보낸 편지를 뜯어보지도 않는데, 그런 사람이 무기징역으로 감형되거나 출소를 한다면 사람들이 어떻게 생각하겠어요. 안 그런가요?"

"흠…… 그래, 내가 거기까지 깊이 생각해보지 못한 거 같네. 내 생각만 했군."

"오늘 돌아가시면 곰곰이 생각해보세요."

"그러지."

"다음에 올 때까지 열어보지 않은 편지들을 모두 읽어봤으면 좋겠네요. 진정으로 참회한다면 말이에요. 말로만 말고요."

"생각해볼게."

나는 더 할 말을 찾지 못했다. 이제 인내심이 바닥났다. 자리를 박차고 일어났다. 접이식 의자가 접히면서 큰소리를 내며 바닥에 쓰러졌다. 칸막이 뒤 교도관이 벌떡 일어났다.

"저는 이만 가보겠습니다."

내가 문을 열고 나가려고 할 때 노인이 물었다.

"김변, 다음달에도 올 건가?"

노인이 불안한 눈빛으로 물었다.

"글쎄요."

나는 뒤돌아보지 않고 대답했다.

"교수님, 논문 제출을 철회하겠습니다."

나의 말에 지도교수님의 눈이 커졌다.

"어? 다음주에 논문 심사가 있는데, 지금 논문을 철회한다고?"

"네, 논문이 너무 현실성 없는 거 같아서요."

"아니야. 학계를 들었다놨다 할 만한 대단한 논문은 아니라도 심사 정도는 거뜬히 통과할 만한 논문이라고 생각되는데."

"찬찬히 들여다보니 제 양심에 반하는 논문이었어요."

"참, 별일 다 있네."

"죄송합니다."

"그래, 무슨 사연이 있는 거 같은데 깊이 물어보지는 않겠네. 그럼, 다른 주제로 다시 논문을 쓰려면 일 년 정도는 걸리겠지?"

"글쎄요. 쓸 수 있을지 모르겠습니다."

"그건 또 왜?"

"학업을 중단하려고 합니다. 개인사정이 생겨서요. 그간 지도해주셔서 감사합니다."

교수님은 나의 태도에 무척 당황한 듯 보였다. 하지만 학업중단 사유에 대해 더는 묻지 않았다. 말 못할 사정이 있는 것이라고 미루어 짐작하는 것 같았다. 기품 있고 유머러스한 교수님은 법전원 시절부터 지금 박사과정에 이르기까지 항상 나의 의견을 존중해주셨다. 오늘도 여느 때와 마찬가지였다. 학업을 중단하더라도 가끔 학교에 나와 얼굴을 보자며 나의 선택을 지지해주셨다. 언제나 고마운 분이었다.

나는 법전원에서 법 공부를 시작한 이래로 나름의 방식으로 형사사법 체계에 대해 고민하고 연구했다. 근대에서 현대에 이르기까지 죄지은 자에 대한 국가의 형벌은 그 야만성이 많이 약화되긴 했지만, 크게 본다면 아직도 '눈에는 눈, 이에는 이'라는 간단명료한 고대 원칙 테두리 안에 있다. 국가가 피해자를 대신해서 범죄자를 죽이고, 가두고, 벌금을 부과하여 고통을 주고 속죄하게 하는 시스템은 국가나 시대에 따라 명칭만 다를 뿐 그 기본 골격은 변한 적이 없었다. 그리고 피해자는 언제나 구경만 하는 방관자였다.

'회복적 사법.' 나를 매료시킨 새로운 시도였다. 회복적 사법은 단지 범죄자를 처벌하고 끝나는 것이 아니라, 가해자 및 피해자가 객체가 아닌 사건의 해결 주체가 되어 서로의 이야기를 하고, 진정한 뉘우침과 사과 그리고 용서를 통해 개인과 사회의 평화를 다시금 회복한다는 전혀 새로운 이념의 형사사법 체계를 추구한다.

나의 논문 주제도 회복적 사법에 관한 것이었다.

진정한 반성과 사과, 그리고 용서.

나는 피식 웃었다. 그런 건 없다. 사람의 머릿속에서 만들어낸 허상에 불과했다. 교정위원을 하면서 몇 년간 만났던 사형수와의 대화를 통해 그걸 확인했다. 인내심을 가지고 그를 관찰했다. 하지만 25년간 피해자 가족으로부터 편지를 받았고, 그에 대해 한 번도 사죄의 편지를 보내지 않았다는 대목에 이르러서는 도저히 참을 수가 없었다. 그는 일면식도 없던 두 명의 사람을 죽인 살인자였다. 감형을 바라며 성실하게 수형생활을 해왔던 그의 마음속엔 자신의 행동에 대한 반성이나 피해자에 대한 추모는 없었다. 단지 담장 밖으로 나가고 싶다는 가당치 않은 희망만 있을 뿐이었다.

여태껏 그 노인에게 투자한 시간이 아까웠다. 하지만 지금 와서 생각해보니 얻은 것도 있었다. 나는 접견실에서 그를 직접 대면할 수 있다.

순간 깨달음이 찾아왔다.

역시 원칙이라는 것은 간결해야 한다. 고대인의 지혜는 정말 대단하다. 나는 간결하고, 명료한 원칙에 따를 것이다.

하하하.

"깜짝이야. 김 프로, 왜 그래? 미쳤어? 왜 혼자 웃고 난리야."

나도 모르게 소리 내어 웃었나보다. 옆자리에 앉아 있던 성철이 형이 나를 쳐다보며 말했다.

성철이 형에게 내가 지금 깨달은 것을 이야기해주고 싶었지만 그럴 수 없었다.

"법원에 제출할 변론요지서를 쓰다가 기막힌 문구가 떠올라서 웃음이 나왔나봐."

"변론요지서? 지금 네 컴퓨터 꺼져 있잖아."

성철이 형이 고개를 내밀고 내 모니터를 확인하면서 말했다.

"너 아까 학교에서 교수님 만나고 온 이후로 내내 의자를 젖히고 눈을 감고 있었어. 요즘 일이 너무 많아서 그러냐? 얼른 집에 들어가서 쉬든지, 병원에 가보든지 해."

"그래, 형 말대로 오늘은 일찍 들어가서 쉬어야겠다. 가는 길에 마트에 들러서 살 것도 있고 말이야. 흐흐흐."

나는 새어나오는 웃음을 참을 수 없었다.

성철이 형이 고개를 갸웃했다.

발걸음이 가벼운 하루였다.

여느 때와 마찬가지로 총무과에 소지품을 맡기고 접견실이 있는 건물로 이동했다.

"안녕하세요, 계장님!"

나는 교도관에게 인사하며 신분증을 건넸다.

"오늘따라 교정위원님 얼굴이 되게 환해 보이네요. 좋은 일 있으신가 봐요."

"아, 그렇게 보여요?"

"네, 아주 좋아 보여요. 어서 들어오시죠."

교도관이 손으로 금속탐지문을 가리키며 말했다.

항상 지나다니는 탐지기였지만 오늘은 꽤 긴장됐다. 조심스럽게 문을 통과했다.

삐삐삐.

예상대로 경보음이 울렸다.

"스마트폰 주세요."

교도관이 웃으며 말했다.

나는 안주머니에서 스마트폰을 꺼냈다.

"매번 죄송해요."

"괜찮습니다. 2호실로 가세요."

"고맙습니다."

아무 일 없이 금속탐지문을 통과했다. 나는 복도를 걸으면서 양복을 더듬어 안주머니에 있는 어제 마트에서 산 칼을 확인했다.

"김변! 왔구먼. 저번달에 그러고 가서 안 올 줄 알고 많이 걱정했는데."

흰머리 노인이 자리에서 벌떡 일어나 나를 반겼다. 칸막이 뒤에 있는 교도관이 목을 빼서 나를 확인한 후 자리에 앉았다. 오늘이 자신의 제삿날인지도 모르고 함박웃음으로 나를 반기는 노인이 한편으론 애처로워 보였다.

오늘은 가슴속 켜켜이 쌓인 원망과 저주를 털어내고 정의를 실현하는 날이었다.

넓은 테이블을 사이에 두고 노인과 마주했다.

"김변, 오늘 아주 싱글벙글이야. 좋은 일 있어?"

"네."

"뭐지? 결혼이라도 하는 건가?"

"좀 있으면 아시게 될 거예요."

"그래, 아주 기대되는걸."

"여기 생활 지겹지 않아요? 25년이나 됐는데."

"안 지겹다고 하면 거짓말이지. 그래도 적응이 돼서 살 만해. 여기도 사람 사는 곳이니까 말이야."

"우리가 이 방에서 만난 지 3년이나 됐네요."

"그래? 김변이 교정위원으로 날 처음 접견 온 게 엊그제 같은데, 벌써 그렇게 됐군. 난 김변이랑 만나서 세상 돌아가는 이야기하는 게 제일 좋더라고. 목사님이나 수녀님들은 너무 좋은 말씀만 많이 해주셔서 같이 있으면 계속 하품이 나오거든."

"전 별로였어요."

"어? 왜?"

노인이 깜짝 놀라며 반문했다.

"하나도 변한 게 없으니까요."

노인은 나를 멍하니 바라보기만 할 뿐 아무 말도 하지 않았다.

"기회를 많이 줬는데도 불구하고 본체만체했죠."

"또 그 편지를 말하는 건가."

노인이 작은 목소리로 말했다.

"알아들었나보네요. 그래요."

"그게 말이지……."

"아직도 읽지 않았나보군요."

"그게 말이야……."

"됐어요. 이젠 읽지 않아도 돼요. 너무 늦었거든요. 대신 제가 읽어드리죠."

　나는 노인에게 희생당한 피해자들의 아들 모습을 떠올렸다. 피해자 아들은 여전히 답장 없는 편지를 쓰고 있었다. 눈시울이 뜨거워졌다.

　"열두 살이었던 피해자 아들은 새벽 무렵 찾아온 경찰들로부터 부모님이 강도의 칼에 희생되었다는 믿지 못할 이야기를 들었죠. 밤늦게 치킨집 장사를 마치고 가게를 정리하던 부모님이 그날 번 돈을 노리고 침입한 강도에게 살해당했다고 하더군요.

　다행히 범인은 금세 잡혔고, 살인죄로 사형을 선고받았죠. 피해자 아들은 부모님을 죽인 범인이 사형선고를 받았다는 이야기를 듣고 잠시나마 마음이 편해졌어요. 부모님 원혼을 조금이나마 달래드릴 수 있다는 생각에 말이죠.

　하지만 악몽은 그때부터 시작됐어요. 아들은 느닷없이 자신을 찾아온 불운에 매일 밤 제대로 잠을 잘 수 없었죠. 아무리 생각해도 남에게 싫은 소리 한 번 듣지 않으면서 착하고 올바르게 살았던 부모님이 왜 흉악범의 칼날에 허무하게 세상을 떠났는지 이해할 수 없었어요.

　사람들은 범인이 사형선고를 받았으니 법적으로 모두 끝난 일이라고 했고, 피해자 아들도 그렇게 생각했어요. 하지만 날이 갈수록 누적되는 분노에 몸과 마음이 서서히 비틀어지고 있었어요.

　원망과 울분을 토해낼 대상이 절실히 필요했죠. 그래서 아들은 펜을 들었어요. 사형수가 된 범인에게 편지로 원망과 저주를 토해냈죠. 그래야만 살 수 있었어요. 그런 편지를 쓰지 않는다면 그 아들은 마음속에 담아둔 원망과 울분이 자신을 집어삼킬 것을 알았거든요. 그래서 매년 원망이 담긴 편지가 가해자에게 배달된 거예요.

다행인지 불행인지, 피해자들은 아파트 한 채와 얼마간의 현금을 남겨두고 떠났어요. 작은아버지는 뜻하지 않은 사건으로 졸지에 고아가 된 피해자 아들을 키워주셨죠. 작은아버지와 작은어머니 그리고 사촌들은 피해자 아들에게 잘해줬어요. 부모를 잃은 불쌍한 아이였으니까요.

하지만 피해자 아들의 불운은 끝나지 않았어요. 피해자 아들이 사춘기에 들어섰을 무렵 IMF가 터지고, 봉제사업을 하던 작은아버지도 빚더미에 올라서게 되었죠. 피해자 아들이 나중에 안 사실이지만, 그때 작은아버지가 부도를 막기 위해 피해자들이 남긴 재산을 돌려쓰다가 모두 함께 날려버렸지요. 중고등학교 내내 작은아버지 식구와 월세방을 전전했죠. 시간이 흘러도 경제형편이 나아질 기미가 보이지 않자, 식구들은 점점 지쳐갔죠. 피해자 아들은 빨리 독립해야겠다는 압박을 스스로 느꼈어요.

그 시기에 가해자에게 배달된 편지들은 원망의 정도가 더욱더 강했을 거예요. 피해자 아들은 그런 상황이 모두 가해자가 저지른 일 때문에 생긴 거로 생각했죠. 따지고 보면 그게 맞는 말이죠. 피해자 부모님을 가해자가 살해하지 않았더라면, 그 아들이 작은아버지 집에서 살지도 않았을 거고 눈칫밥을 먹지도 않았을 테니까요.

피해자 아들은 대학교, 대학원을 다니면서도 편지 쓰는 걸 멈추지 않았어요. 가해자를 향한 원망은 사그라지지 않았으니까요. 그 시기에 피해자 아들은 장학금을 받기 위해 항상 긴장의 끈을 놓을 수 없는 전쟁같은 삶을 살았죠. 빡빡한 삶을 살다보니 친구를 사귈 시간도 없었어요. 돈을 아끼기 위해 점심은 굶거나 혼자 대충 때웠죠. 주변에 피해자 아들을 경제적으로 도와주는 사람은 없었어요. 다들 먹고살기 힘드니까요. 국가도 마찬가지였죠. 피해자 아들에게 국가가 베풀어준 은전은 '고아 사유 전시근로역 편입'이라는 병역면제가 고작이었죠.

성인이 되어서도 피해자 아들은 여전히 답장 없는 편지를 썼어요. 그런데 그 내용은 예전과 사뭇 달라졌죠. 과거에는 일방적인 분노의 발산과 원망이었다면, 그때부터는 가해자가 자신의 과오에 대해 진심으로 뉘우치고 자신에게 사과하길 바란다는 내용이 주를 이뤘어요.

시간이 많이 흘러서 그런지 피해자 아들도 새로이 깨달은 게 있었어요. 원망과 분노만으로는 아무것도 바뀌지 않는다는 걸요. 피해자 아들은 가슴속에 담아둔 원망과 분노가 자신을 계속 갉아먹고 있었다는 걸 깨달은 거였어요. 피해자 아들은 가해자에게 절규한 겁니다. 제발 자신에게 용서를 빌어달라고 말이죠. 그러면 나도 용서하고 늪과 같은 과거의 상처에서 벗어나고 싶다는 이야기를 하고 있었던 거였죠. 그런데…… 가해자는 그걸 읽지 않았죠."

"미안해, 김변. 어려운 환경에서도 이렇게 훌륭한 변호사가 되다니……. 다 내 탓이야. 용서해주게."

노인은 울고 있었다.

"뒤늦게나마 편지를 읽긴 읽었나보군요."

나는 노인이 흘리는 악어의 눈물을 보며 말했다.

노인은 대답 없이 고개를 끄덕였다.

"이미 늦었어요. 난 이제 용서할 마음이 없거든요."

"김변……."

나는 교도관이 앉아 있는 칸막이 쪽을 돌아봤다. 고개를 숙이고 있는지 교도관의 모습이 보이지 않았다.

이때다.

"이제 죽음으로 용서를 빌어보시지."

나는 노인에게 나지막이 이야기하고 자리에서 슬며시 일어나 안주머니로 손을 가져갔다. 노인은 나를 물끄러미 바라봤다.

안주머니에서 칼을 빼는 순간, 노인이 앉아 있던 의자가 우당탕 소리를 내며 쓰러졌다.

맞은편에 앉은 노인이 튀어 올라 테이블을 미끄러지듯 타고 넘더니 칼을 들고 있는 나의 손목을 잡아챘다. 순식간의 일이었다.

노인은 어느새 나의 등뒤로 가서 팔로 나의 목을 휘감았다. 손목과 목에 전해져 오는 힘은 노인의 것으론 생각할 수 없을 만큼 강력했다.

"빨리 칼 도로 집어넣어. 어서."

노인은 내 귀에 대고 속삭였다.

"뭐 하는 거야! 2389번 수형자! 빨리 놓아줘!"

등뒤에서 성난 교도관의 목소리가 들렸다.

"교도관이 보기 전에 어서 집어넣으라고."

노인은 완력으로 내 손목을 양복 안쪽으로 쑤셔넣었다.

퍽! 퍽! 퍽!

둔탁한 소리와 함께 내 앞으로 노인이 고꾸라졌다.

나는 칼을 들고 있는 손을 양복 안쪽에 넣은 채 몸을 돌렸다. 눈을 부릅뜬 교도관이 진압봉을 치켜들고 바닥에서 꿈틀대는 노인을 내려다보고 있었다.

"교정위원님! 괜찮으세요?"

교도관이 흥분한 목소리로 물었다.

"저는 괜찮습니다."

나는 최대한 차분히 대답했다.

"오, 좋은 소식인데. 올해 우리나라 예산 250만 원 절약하겠네."

손가락을 튕기며 모니터를 바라보던 성철이 형이 키득거리며 말했다.

"뭐가?"

"지금 인터넷 기사 보니까, 어젯밤에 사형수 하나가 죽었다는 기사가 떴어. 사형수 한 명한테 연 250만 원의 예산이 들어간다잖아. 밥 먹이고, 옷 입히고, 난방해주고 하려면 말이야. 그러니까 입 하나 줄면 그 예산이 세이브된다는 이야기지."

"왜 죽었지?"

"자살이겠지. 우리나라는 실질적 사형 폐지 국가인데, 갑자기 사형 집행이라도 했을라고."

나는 급히 인터넷 신문기사를 검색했다.

노인이 교도소에서 스스로 목을 맸다.

며칠 후, 교도소에서 온 편지를 받았다. 보낸 이는 죽은 노인이었다. 나는 편지봉투를 뜯었다. 두 장짜리 편지지를 펼치자 그 위에 정성스럽게 눌러 쓴 글자들이 일제히 나를 바라봤다. 나는 편지를 천천히 읽어

내려갔다.

김 변호사에게

이 편지는 내가 직접 쓰는 게 아니야. 같은 방에 있는 사람이
내 이야기를 대신 써주는 거야. 이야기가 서툴러도 이해해줘.

부끄러운 말인데, 난 글을 읽거나 쓰지 못해. 난 술만 마시면
날 두들겨 패는 아버지와 내 속옷 빨래를 한 번도 해주지 않았던
계모 밑에서 자랐어. 집이 가난해서 국민학교만 겨우 졸업했지.
머리가 나빠서 그런지 국민학교를 졸업했어도 한글을 읽거나 쓰
지 못했어.

친구들이 중학교에 진학할 때 나는 부모님의 학대를 참지 못
하고 집을 나왔어. 그 이후로 남한테 해코지하며 해충 같은 생활
을 하면서 교도소를 들락날락했어. 전과자인 데다가 한글도 몰
라서 제대로 된 직업을 가질 수 없었어. 결혼도 하지 못했지.

여기에서 한글을 깨치지 못한 수형자에게 한글 교육을 하는
데, 내가 워낙 머리가 나쁜 데다가 나이까지 들어서 아직도 한글
을 읽고 쓸 줄을 몰라. 변명 같지만 그래서 김 변호사의 편지를
읽지 못한 거야. 미안해.

25년 전 처음 편지를 받고, 같은 방에 있던 사람에게 편지를
대신 읽어달라고 했지. 이후 10여 년 동안은 배달된 편지를 그렇

게 꼬박꼬박 읽었어. 편지를 읽고 미안하다고 용서해달라고 답장을 써야겠다는 생각을 했지만, 답장을 쓰려면 누군가의 도움을 받아야 했기 때문에 그게 생각만큼 쉬운 일이 아니었어.

그리고 남이 읽어주는 편지를 옆에 앉아서 듣고 있는 것도 아주 힘들었어. 그 편지 안에는 내가 김 변호사 부모님께 저질렀던 나쁜 짓이 쓰여 있었고, 김 변호사가 고통스럽게 사는 모습이 쓰여 있었어. 그걸 대신 읽어주는 사람에게 부끄러워서 어디 쥐구멍에라도 숨고 싶더라고. 그래서 옆 사람들에게 편지를 읽어달라는 부탁을 더 하지 못했어. 이후에 배달된 편지는 뜯어보지는 않았지만, 차곡차곡 내 사물함에 보관해뒀어.

모아둔 편지들은 얼마 전에 모두 꺼내서 지금 이 편지를 써주고 있는 친구에게 읽어달라고 했어. 그간 뜯지 않았던 편지 내용을 모두 들으니 김 변호사는 내 생각보다 훨씬 힘들게 살아왔더라고. 그런데도 훌륭한 변호사가 되었다니 믿기지 않았어. 나는 나의 우울한 환경이 모두 남 탓이라고 생각하면서 세상에 복수한답시고 이 사람 저 사람한테 폐를 끼치며 살았는데, 안 좋은 환경을 스스로 이겨내고 성공한 김 변호사를 보고 난 정말 태어날 때부터 나쁜 놈이었고 구제불능인 놈이었구나 하는 생각을 했어.

3년 전 교도관으로부터 새로운 교정위원이 나를 접견 대상으로 지정했다는 소릴 들었어. 내가 머리는 나쁘지만 세상 밑바닥에서 굴러먹던 놈이라서 촉이 빨라. 모르는 사람이 나를 지정해서 만난다고 한다면, 그 사람은 분명 나를 알고 있는 사람일 거라 생각했어. 그리고 김 변호사를 처음 만나 이야기하면서 느낌이 오더라고. 나에게 편지를 썼던 그 아이구나 하는 느낌 말이야.

그런데 그 아이가 변호사가 되어 교정위원 자격으로 굳이 나를 찾아온 걸 보니, 뭔가 원하는 게 있겠구나 하고 생각했지. 그런데 나는 모른 척했어. 미안하다고 말하고 용서를 빌기에는 너무 많은 시간이 흘렀다고 생각했어. 나의 말을 진심이라고 믿어 주지도 않을 거 같았고 말이야.

두서없이 말이 길어졌네.

김 변호사. 그날 내가 김 변호사를 막은 건 죽는 게 두려워서가 아니었어.

김 변호사가 좋지 않은 환경을 극복하고 어렵게 성공했는데 한순간의 실수로 모든 것을 잃으면 안 될 거 같아서 그랬던 거야.

내가 25년이나 흐른 후에 용서를 빈다고 해서 과연 용서를 받을 수 있을까?

내가 생각해도 김 변호사가 말한 대로 너무 늦은 거 같아.

그런데 난 과거 내가 저지른 일에 대해서 진심으로 뉘우치고 있어. 부모님의 명복도 빌고 있어. 미안해, 이렇게 편지로나마 용서를 빌게. 그동안 나 때문에 너무 고생 많았어. 정말 미안해.

나의 이런 진심을 증명할 방법을 곰곰이 생각해봤어.

그런데 그 방법은 한 가지밖에 없더라고. 내가 지금 이 안에서 가진 건 하나밖에 없으니, 그걸로 증명할게. 나의 진심을 믿어줬으면 좋겠어.

너무 늦은 답장 읽어줘서 고마워.

김 변호사! 앞으로 돈 많이 벌고, 결혼도 하고, 애도 많이 낳고 행복하게 살아.

앞으로 김 변호사에게 항상 좋은 일만 있기를 바랄게.

죄인 고영수

"할머니는 어떠셔?"

"맨날 똑같죠. 종일 누워계시고, 일주일에 두 번 병원에 가시고요."

"넌 요즘 뭐 하고 지내?"

"아직 다리가 불편해서 집에 있어요."

"집에서는 뭐 해?"

"뭐 그냥 티브이 보고, 밥 먹고, 할머니 약 챙겨드리고……."

"친구는 안 만나?"

"돈이 없어서 친구는 못 만나요."

"당분간 여기서 일해볼래?"

"제가요?"

"그래, 법원에 가서 문서 접수하고 기록 복사하는 일이야. 너 몸이 좋아질 때까지만 일해. 할머니 모시고 살려면 당장 돈이 필요하잖아. 나중에 다리가 다 나으면 네 적성에 맞는 일을 우리 같이 찾아보도록 하고 말이야."

"써주시면 저야 좋죠."

"그럼, 내일부터 출근해."

"네, 고맙습니다."

아직 앳된 얼굴의 남자가 인사를 하고 다리를 약간 절룩이며 사무실을 나갔다.

"누구야?"

성철이 형이 물었다.

"내가 맡았던 국선변호 사건의 피고인."

"아, 사망사고인데, 피해자가 합의금도 받지 않고 합의해준 사건 말이지?"

"응."

"근데, 저 친구 몇 살인데?"

"열아홉 살."

"우리 사무실에서 일하기에는 너무 어린 거 아니야?"

"일은 가르치면 되는 거고, 몸이 좋아질 때까지 당분간만 일하는 거야. 걱정하지 마."

"그래, 점심이나 먹으러 가자."

성철이 형이 손목시계를 확인하고는 말했다.

"오늘은 김치찌개 먹을까?"

"오케이. 그거 봐, 내내 혼자 점심 먹다가 같이 점심 먹으니까 좋지?"

"응."

"지금 와서 하는 이야기지만, 예전에 법전원 다닐 때 점심시간에 강의실에서 너 혼자 책 보면서 도시락 먹는 모습 볼 때마다 청승맞으면서도 독하다고 생각했었는데."

성철이 형은 과장해서 고개를 절레절레 흔들었다.

나는 살며시 웃으며 재킷을 걸쳤다. 재킷에서 진동이 느껴졌다. 스마트폰을 확인하니 문자메시지가 와 있었다. 지도교수님이었다.

〔다음 학기에 그 논문 다시 제출할 생각 없나? 아무리 생각해도 그냥 썩혀두기 아까워서 말이야. 한번 고민해보고 연락해줘.〕

메시지를 확인하고 나니 영수 아저씨의 편지가 떠올랐다.

교수님께 바로 문자메시지를 보냈다.

황
세
연

스포츠서울 신춘문예에 당선되며 소설을 쓰기 시작했다. 소설 몇 권을 출간한 뒤
출판사에 취직해 편집자로 일하다가 회사 합병으로 잘린 뒤 다시 열심히 소설을 쓰
고 있다. '교보문고 스토리 공모전 대상', '한국추리문학상 신예상', '한국추리문학상
황금펜상', '한국추리문학상 대상' 등을 수상했다. 작품으로 장편추리소설 《내가 죽
인 남자가 돌아왔다》 등이 있다.

인생의 무게

지영은 냉장고의 문을 열고 얼음을 꺼내 술잔 속에 가득 집어넣었다. 벌써 세 잔째였다. 그녀가 아무리 머릿속의 불길한 생각을 떨쳐버리려고 해도 그것은 계속 그림자처럼 따라다녔다. 그럴 리가 없다. 그이가 그럴 리가 없다. 내가 미쳐가고 있는 건가? 편집증일 것이리라…….

그녀는 얼음이 녹기도 전에 술만 단숨에 들이켜고 나서 다시 한 번 확인하기 위해 서재에 있는 남편의 컴퓨터 앞으로 갔다. 컴퓨터의 파워 버튼을 누르자 귀에 거슬리는 희미한 소리를 내며 화면이 천천히 떠올랐다. 그녀는 워드프로그램을 띄운 뒤 수많은 소설 파일들 중에서 제목이 '아내의 무덤'인 파일을 클릭했다.

비밀번호? 1464…….

그녀는 자판을 확인하며 천천히 숫자를 쳐 넣은 뒤 엔터키를 쳤다. 컴퓨터의 하드드라이브가 돌아가기 시작했다. 그녀는 책상 위에 놓았

던 잔을 다시 들어 술이라고는 하나도 남아 있지 않은 얼음 녹은 물을
쭉쭉 소리가 나도록 빨아댔다.

(전략)

혜숙과 매리, 둘은 떼어놓을 수 없는 존재였다. 혜숙은 용민의
밥을 챙겨주는 것은 잊어도 옷까지 말끔히 차려입힌 쥐새끼를
닮은 푸들, 매리의 밥 주는 것은 한 번도 잊은 적이 없었다.

또한 그녀는 언제나 육중한 비곗덩어리를 소파에 비스듬히 누
이고 바보상자 앞에만 매달려 살았다. 그렇다고 뉴스나 교양 프
로를 보는 것도 아니었다. 결혼 후 한 번도 창의적인 생각을 한
적이 없었던 것처럼 취향 역시 변하지 않고 연속극으로 시작해
연속극으로 끝났다.

게다가 그녀는 인생의 값어치란 주렁주렁 달린 목걸이와 귀걸
이, 비싼 옷가지들 이외에는 없다고 생각하는 것 같았다. 무엇이
든 사들이는 것이라면 사족을 못 썼다. 눈에 띄는 것이라면 세일
이라고 사고, 외제라고 사고, 필수품이라고 사고, 소장가치가 높
다고 사고…….

그러나 그녀가 그렇게 하루가 멀다고 사들였어도 용민은 언제
나 찻잔 같은 필요한 것들을 찾기 위해 온 집안을 뒤지고 다녀야
했다. 그녀가 비싼 돈을 들여 사들인 것들 중에는 집안에서 쓰이
는 것보다 며칠 뒤 창고에 모셔둬야 하는 것이 태반이 넘었다.

며칠 전 저녁 일만 해도 그랬다. 용민이 퇴근을 하고 집에 들어서며 보니 베란다 아래 화단에 못 보던 커다란 고철덩어리 하나가 놓여 있었다. 그 물건은 '고슴도치'라는 이름의 명찰을 달고 있었는데, 소쿠리를 엎어놓은 것 같은 둥그런 쇠기둥에 창같이 뽀족한 침들이 수없이 박혀 있었다. 그는 그것이 무엇인지 아내에게 물어보지 않고도 단박에 알 수 있었다. 아내가 또 어디선가 엿장수도 주워 가지 않을 고철덩어리를 예술작품이라는 사기꾼의 말에 속아 누가 사갈세라 허겁지겁 웃돈까지 얹어주고 사들였을 터였다. 그리고 분명 그 대금은 카드로 계산했을 테고, 그것을 갚기 위해서는 몇 달 동안 그의 월급 대부분을 고스란히 밀어넣어야 할 것이 틀림없었다. 늘 그래왔듯이.

 몇 번이나 그런 것을 사들이지 말라고 경고를 했음에도 불구하고 계속해서 끝없이 반복되는 일에 너무 화가 난 그는 아내를 보자마자 당장 고슴도치를 눈앞에서 치우라고 호통을 쳤다. 그러나 아내는 죽으면 죽었지 절대 그렇게는 할 수 없다는 말과 함께 오히려 예술의 '예'자도 모르는 무식한 인간이란 말로 그에게 잔소리를 늘어놓았다.

 아내의 그런 무시성 발언에 몹시 화가 나기는 했지만, 그는 아내와 더 싸워봤자 '소귀에 경 읽기'이며 목만 아프다는 생각으로, "분명 당신이 당신 입으로 이것이 그렇게 훌륭한 예술작품이라고 말했으니, 앞으로 이것을 보이지 않는 곳으로 치운다거나 지금의 위치에서 다른 곳으로 옮길 생각은 추호도 하지 마! 이것을 이곳에서 조금이라도 움직여봐라, 그때는 정말 가만히 있지 않을 테니……" 하고 엄포를 놓은 뒤 뒤도 돌아보지 않고 집안으로 들어갔었다. 늘 그렇듯, 아내는 분명 며칠 지나지 않아 그것이 꼴도 보기 싫다며 다른 훌륭했던 예술작품(?)들처럼 창고에 처박아두려들 것이 틀림없었다. 때문에 그렇게라도 해서 그녀의 변덕을 묶어놓는 것이 그가 그녀에게 내릴 수 있는 최대의 벌이었다.

이런 것 저런 것, 용민은 아내에 대한 불만이 3박4일을 말해도 다할 수가 없을 정도로 많았다. 그중에 시간이 아무리 흘러도 절대 용서 못할 것이 있었는데, 그것은 하나뿐인 자식 상용의 죽음이었다. 어떻게 집에서 온종일 빈둥거리며 노는 여자가 다섯 살짜리 어린아이에게 라면을 사 오라고 심부름을 시켜 교통사고를 당하게 만든단 말인가?

아내를 생각하며 고개를 옆으로 흔들던 용민은 몇 달 전에 이웃집으로 이사 온 미망인 강씨 부인을 생각했다. 그녀는 아내의 실체와 자신의 처지를 재삼 떠올리게 만드는 여자였다. 그를 향해 눈웃음치며 생글거리는 얼굴, 한 손에 잡힐 듯한 가는 허리와 미켈란젤로의 조각 같은 미끈한 다리, 지성과 교양이 진득하게 묻어 나오면서도 애교가 넘치는 말투. 그녀와 아내는 같은 여자이면서도 모든 것이 극과 극이었다.

용민에게 인생의 가장 큰 실수이자 후회되는 일을 단 하나만 꼽으라고 한다면 말할 것도 없이 결혼이었다. 그때는 어찌 그리도 세상 물정에 어두웠었는지. 그러나 그런 상황이면 누구라도 속지 않을 수 없었을 터였다. 그 접대용 목소리와 철저히 위장된 행동들……. 아내는 집에서 하는 행동과 밖에서 하는 행동이 '지킬 박사와 하이드 씨'보다도 더 판이했다. 집안은 돼지우리같이 어질러놓고 살면서 대문 밖이나 골목은 날마다 청소를 해 동네 사람들로부터 칭찬이 자자했다. 그리고 외출할 때는 옷에 머리카락이라도 하나 붙었을까봐, 눈에 눈곱이라도 끼었을까봐, 수십 번도 더 옷매무새를 확인하고 열심히 거울을 들여다보며 화장을 고쳐댔다. 그럴 때는 꼭 결벽증이라도 있는 여자 같았다. 그러나 집에 돌아와서는 세면은 고사하고 입고 있던 옷을 벗어 아무 곳에나 휙 내팽개치며 속옷바람으로 소파에 벌렁 드러눕기 일쑤였다.

또 그녀는 집안에서는 갖은 쌍소리를 하며 동네여자들의 흉을 보면서도 밖에 나가 당사자를 만나면 칭찬을 하느라 입이 부르트지 않는 게 이상할 정도였다.

목소리도 그랬다. 집에서는 '놀람 교향곡'을 틀어놓은 것처럼 톤을 높였다 낮췄다 하며 튀어나오는 대로 말을 내뱉다가도 전화만 오면 금방 접대용 목소리로 바꿔 음악 프로의 디스크자키 같이 옥구슬 굴러가는 소리를 냈다.

용민은 이런 아내를 볼 때마다 마치 휴전선 너머의 선전용 가옥들을 보는 것 같은 느낌이 들었다. 한마디로 아내는 세평에는 민감하지만 내면은 형편없는 여자였다. 그는 아내의 실체가 하나썩 드러날 때마다 정말 환멸이 느껴지며, 인생의 무덤이니 사기를 당했다느니 하는 말이 다름 아닌 바로 이런 거구나 하는 비애가 찾아들었다. 그래서인지 용민은 정말 듣기 싫은 말 중의 하나가 바로 '천생연분'이었다. 사람들은 그런 형편없는 아내와 자신이 어디가 닮았다고 둘이 같이 있는 것을 보기만 하면 "정말 천생연분이다. 닮으면 잘 산다는데……"라고 말하는 것이었다. 그 '천생연분'이라는 말은 둘이 조화가 잘된다는 뜻보다도 서로 닮았다는 뜻 같았다. 용민은 사람들의 그런 얘기를 들을 때마다 진저리가 났다. 그것은 '노트르담의 꼽추'를 닮았다고 하는 것보다 더 기분 나쁜 말이었다.

결혼할 무렵에는 닮았다는 말을 거의 듣지 못했는데 세월이 흘러가면 갈수록 닮았다는 말을 많이 듣고 있었다. 사실 용민도 아내와 외형적으로는 어느 정도 닮은 면이 있다는 것은 부정할 수 없었다. 지나치게 큰 눈과 지나치게 큰 귀, 날카로운 코, 웃는 모습 등은 자신이 보기에도 서로 닮은 면이 많았다.

그러나 용민은 외모라면 몰라도 행동이나 성격까지 아내와 닮았다는 것은 절대 인정할 수 없었다. 무엇을 봐도 자신은 지성과 교양을 두루 갖춘 지성인이었으며, 성격도 치밀하고 꼼꼼하며 한 번 마음먹은 일은 반드시 해내고야 마는 의지의 인간이었다. 하지만 아내는 결코 그렇지 못했다. 그저 곰처럼 단순무식하고, 게으르고, 한없이 털털하기만 한 것이 바로 아내의 본 모습이었다. 그런데도 사람들이 둘의 성격이 닮았다고 말하는 것은 아내의 그 철저히 위장된 행동들만을 줄곧 보아왔기 때문이었다.

아내와는 천생연분이 아니라 분명 '천생악연'이었다. 결혼 전에는 그런 여자를 수개월씩이나 따라다니며 같이만 있을 수 있다면 죽어도 좋다고 목을 맸었으니, 정말 한심하고 한심한 일이 아닐 수 없었다.

(중략)

사이가 급진전되고 있는 이웃집의 미망인이 아니더라도 용민은 분위기조차 파악하지 못하고 시도 때도 없이 귀가 따갑도록 잔소리만 늘어놓으며 돈만 축내는 아내를 죽이기로 작정했다. 생각해보면 진즉 했어야 할 일이었다. 지금까지 그런 여자를 데리고 말없이 살아온 자신이 참으로 미련스러워 보이기까지 했다. 하지만 아직도 결코 늦은 것은 아니었다. 그 밥버러지 같은 여자가 소리 없이 사라져만 준다면 위자료를 지급할 필요도 없었고, 1억 원이 넘는 보험금까지 손에 들어온다. 귀찮은 쓰레기를 처분하고 돈도 벌고. '일석이조'라는 말은 아마도 선조들이 이런 상황을 적절히 표현하려고 만들어놓은 것이 틀림없다는 생각까지 들었다.

용민은 보험금이 손에 들어오면 생활고에 시달리다 얼마 전부터 어쩔 수 없이 나가게 된 출판사에 사표를 던진 뒤 모든 것을 정리하고 고향으로 내려가 낚시질이나 하며 소설을 써야겠다는 생각을 했다. 그렇게만 된다면 편하게 여생을 즐기며 자연스레 옆집의 강씨 부인을 만날 수도 있을 것이다.

그는 오랜만에 짜릿한 생각을 하자 온몸에 힘이 솟구쳤다. 그
러나 그의 머리에는 경찰이 눈치를 못 채도록 아내를 자연사나
사고사로 위장해 죽이는 방법이 쉽게 생각나지 않았다. 그는 고
심 끝에 며칠 뒤 휴가를 신청하기로 마음먹었다. 한적한 시골에
가서 낚시나 하며 그 방법을 연구해보려는 속셈이었다.

용민이 아내를 감쪽같이, 그리고 우아하게 죽이는 방법을
생각해볼 것.

소설은 여기서 멈춰 있었다.

지영은 남편이 쓰다만 소설을 다시 한 번 더 꼼꼼히 읽고 나서 컴퓨
터를 껐다. 손이 떨려왔다. 무엇인가 잘못되어 가고 있는 것이 틀림없
었다.

그녀는 한동안 컴퓨터 앞에 멍청히 앉아 있다 갑자기 일어나 들어왔
던 흔적을 없애기 위해 삐뚤어진 키보드를 원래대로 해놓고 책상 위에
서 치웠던 담뱃갑과 재떨이도 있던 대로 놓아두었다.

서재의 불을 끄고 거실로 걸어 나오자 술잔을 쥐고 있기 힘들 정도로
손에 땀이 나 있었다.

괘종시계가 저녁 8시를 알렸다. 곧 그녀의 남편이 들어올 시간이었
다. 술잔을 치운 뒤, 그녀는 평상시대로 올리브를 안고 소파에 앉아 리

모컨으로 텔레비전을 켰다. 그리고 채널을 돌려 막 연속극이 시작되려는 방송에 고정했다. 그러나 다른 때는 자면서도 귀에 들어오던 연속극의 내용이 오늘은 하나도 들어오지 않았다.

밖에서 언덕을 올라오는 자동차 소리가 났다. 남편이었다. 그가 차에서 내리자 미리 약속이라도 했던 것처럼 옆집의 미망인 박씨 부인이 쓰레기봉투를 들고 나와 웃으며 인사하는 것이 커다란 창문으로 보였다. 둘은 무슨 할 얘기가 그리도 많은지 가로등 밑에서 한참 동안 얘기를 나눈 뒤에야 헤어졌다.

딩동! 딩동!

올리브가 먼저 지영의 품을 벗어나 출입문으로 달려갔다.

"나 밥 먹었어."

"당신, 말도 없이 어딜 쏘다니다가⋯⋯."

지영은 무의식적으로 잔소리를 한바탕하려다가 갑자기 말을 얼버무렸다.

"뭐라구?"

"아, 아녜요."

남편은 평소처럼 양말을 먼저 벗어 들고 세면장으로 들어갔다.

남편이 세면장에서 나온 것은 연속극이 거의 끝나갈 무렵이었다.

"나 내일모레쯤 대천에 며칠 다녀와야겠어."

"대천엘요? 왜 갑자기⋯⋯."

"응, 바닷가에 가서 쓰다만 소설의 내용도 더 생각해보고, 머리도 쉴 겸 해서 내일부터 며칠 휴가를 냈어."

남편은 지영에게 무뚝뚝한 말투로 한마디 던지고 서재로 들어갔다. 갑자기 지영은 온몸에 소름이 쫙 끼쳐왔다.

남편이 소설을 쓰기 시작한 것은 그녀를 만나기 이전부터였다. 그리고 줄곧 소설은 그에게 있어 삶의 목적처럼 보였다. 어떤 때는 두문불출하고 서재에 틀어박혀 며칠씩 날밤을 새우며 소설을 쓴 적도 있었다. 그뿐만 아니라 그는 소설의 소재가 될 만한 일이 있으면 어디든 쫓아다녔다. 어떤 사건이 일어나면 몇 달씩 집을 비워가며 형사나 보험회사 직원들보다 더 깊숙이 사건을 추적하고 그 배경과 인물, 지형지물을 익혔다. 언젠가는 심지어 이라크전쟁을 직접 가서 보겠다며 비자와 여권을 신청했다 무산된 일도 있었다.

그러나 지영이 남편의 미완성된 소설을 읽게 된 것은 극히 최근의 일이었다. 그것은 그가 추리소설을 쓰게 된 시기와도 비슷했다. 그는 쓰고 있는 소설을 다른 사람이 보지 못하도록 문서파일에 항상 암호를 걸어놓고 있었다. 하지만 어느 날, 컴퓨터에 완전 초보임에도 불구하고 그녀가 암호를 푸는 데는 단 몇 분도 걸리지 않았다. 처음에는 집 전화번호를 입력해보고 그다음으로 남편의 이름과 생년월일을 입력했다가 안 되자 그의 주민등록번호 뒷자리 숫자를 입력했더니 암호가 풀렸다. 남편은 주민등록번호 뒷자리 숫자 하나만으로 모든 파일에 암호를 걸어놓고 있었는데, 여러 가지 비밀번호를 섞어 씀으로써 생기는 혼동을 피하려고 그런 것 같았다.

처음에 지영은 남편의 소설을 재미와 호기심으로 몇 번 훔쳐봤었다. 그러나 언젠가부터는 어떤 의문 때문에 계속 볼 수밖에 없었다. 그것은 사건의 진행이 궁금한 것보다도 '###'로 시작되는 문장 때문이었다. 남편은 소설을 쓰다가 막히거나 더 조사해봐야 할 부분에 '###'로 시작되는 간단한 메모를 해놓고 자료를 찾아본다거나 충분히 연구하여 계속 소설을 써나가거나 수정을 했다. 그 메모는 미심쩍은 부분이나 더 생각해야 할 부분, 더 자세히 알아봐야 할 부분에 붙여놓는 것 같았다.

한번은 사람이 사람의 피를 마시는 부분에서 소설이 중단되고 '### 사람이 사람의 피를 먹어도 괜찮은지 알아볼 것'이라는 내용이 쓰여 있었다. 그러고 며칠이 지난 어느 날, 외출했다가 집에 돌아온 지영은 깜짝 놀라지 않을 수 없었다. 남편이 화장실에서 구토하고 있는데 변기 안이 온통 피투성이였다. 그리고 부엌의 싱크대 위에는 아직도 반쯤 남은 병원용 혈액주머니와 피 묻은 유리컵이 놓여 있었다. 그때 지영은 그것이 정력에 좋다는 건강보조식품인 사슴의 피라는 남편의 말에 아무렇지 않게 넘어갔었다. 그러나 다음날 남편은 밤을 새워 소설을 완성했는데 그 내용 중에는 '사람의 피는 최토성(催吐性)이라서 사람이 한 컵 정도만 먹어도 구토를 한다'는 내용이 있었다.

지영은 밤새 한숨도 못 잔 탓인지 머리가 지끈지끈 아파왔다. 하지만 오늘 하루는 바쁘게 보낼 작정이었다. 그녀는 자리에서 빠져나오자마자 우선 남편의 머리맡에 우유와 신문을 가져다놓았다. 다른 때 같으면 그녀가 먼저 일어났을 경우 남편을 깨워 청소라도 하라고 들볶았을 테지만 오늘은 늦잠을 자도록 내버려뒀다. 대신에 그녀는 돼지우리 같은 집안을 직접 쓸고 닦았다. 청소가 끝나자 그녀는 오랜만에 정성 들여 밥과 반찬을 만들었다. 식사 준비가 모두 끝났을 때까지도 남편은 잠을 자고 있었다.

지영은 평소보다 좀 이른 시간이었지만, 집 앞을 청소하기 위해 생각 없이 빗자루를 잡았다가 다시 놓았다. 대신에 그녀는 뜰로 나가 줄넘기를 찾았다. 줄넘기줄은 보리수 가지에 걸려 있었다. 언제 쓰고 안 썼는지 쇠로 된 고리는 모두 녹으로 덮여 있었고, 플라스틱으로 된 부분도 햇볕의 자외선 때문에 바스러지기 일보 직전이었다. 그래도 그녀는 아랑곳하지 않고 그것으로 줄넘기를 시작했다. 그러나 그녀는 줄넘기를 하는 것이 아니라 '줄밟기'를 하고 있었다. 매번 두세 번째에서 줄이 발에 걸려 짜증이 났다.

"오늘은 일찍 일어나셨네요?"

나이에 어울리지 않게 분홍색 미니스커트에 노란색 스웨터를 입고 출근을 하는 옆집의 박씨 부인이었다.

"아, 네에. 건강을 생각해서요."

박씨 부인은 별일도 다 있다는 듯이 고개를 갸웃거리며 골목길을 내려갔다.

지영은 운동을 끝내고 줄넘기줄을 원래 있던 보리수 가지에 걸다가 화단 중앙에 보란 듯이 놓여 있는 철제 조각상 '고슴도치'를 보자 짜증이 났다. 집안에서 베란다 근처로만 가도 정면으로 내려다보이는 그것은 며칠 전부터 눈엣가시 같았다. 처음에는 첫눈에 반할 정도로 무척이나 아름다운 예술작품으로 보였는데, 보면 볼수록 눈이 멀었었다는 생각이 들었다. 어쩌다 저런 끔찍한 고철덩어리를 비싼 돈을 주고 사다가 집 한가운데에 놓게 되었는지……. 그녀는 누가 자신의 싸구려 감상벽을 눈치라도 채기 전에 그것을 보이지 않는 곳으로 치우고 싶었으나 지금은 남편의 신경을 건드릴 수 있는 상황이 아니었다.

식사시간 내내 신문을 들여다보며 밥알을 세던 남편은 식사가 끝나자 서재로 들어갔다. 그는 오늘도 다른 휴가 때처럼 온종일 서재에만 틀어박혀 공상에 잠겨 있을 것이리라.

지영은 오전 내내 집안을 유심히 살폈다. 가스밸브는 어느 정도 안전한지, 가스레인지가 폭발할 확률은 없는지, 목욕탕의 온수가 나오는 수도꼭지는 어떤지, 이층으로 올라가는 계단은 미끄럽지 않은지…….

오후에 그녀는 동네 앞의 시장에 가서 반찬거리를 사 가지고 돌아오다 서점에 들러 '자동차 구조학'이라는 제목의 전문서적 한 권을 사서 시장바구니 밑에 찔러 넣었다.

다음날 남편은 간단한 짐을 꾸려 들고 현관을 나섰다.

"며칠 있다가 오실 거예요?"

"한 삼사일 정도."

"자동차 가져가실 거예요?"

"글쎄……?"

"대천이면 기차를 이용하는 것이 피곤하지 않고 좋을걸요. 또 제가 자동차를 쓸 일이 있는데……."

"그럼, 그러지 뭐."

지영은 속으로 일이 잘 풀리고 있다고 생각했다.

"다녀올게, 집 잘 봐!"

"걱정 말고 다녀오세요."

남편이 떠난 뒤 지영은 거실로 돌아와 침대 밑에서 어제 사다놓은 책을 꺼냈다. 자동차에 대해서는 아는 것이 너무 없어 몇 번씩 읽어도 내용이 머리에 들어오지 않았다. 차라리 다른 방법을 연구해볼까도 생각했으나 시간도 없을뿐더러 집안에는 위험한 일이나 물건이 너무 없었다.

남편은 다음날 안부 전화를 걸어왔다. 묵고 있는 여관 이름을 알려줬고 이틀 뒤에 돌아온다고 했다. 하지만 아직 안심하기는 일렀다. 일정에 변수가 생길지도 모르는 일이었다. 그녀의 심장이 더욱 빠르게 쿵쾅거렸다.

정말 남편이 나를 죽이려는 것일까? 그녀는 신중함을 잃지 않으려고 자신에게 반문을 해보았다. 그러나 누구보다 정확하다고 자부하는 직감 외에는 명확한 것이 하나도 없었다. 남편의 소설 다음 부분만 알 수 있다면 모든 것이 보다 확실해질 텐데 아직 쓰이지 않은 소설의 내용을 알 수는 없었다. 그리고 그 소설이 완성되었을 때는 이미 자신은 이 세상 사람이 아닐 수도 있었다.

문제는 바로 '죽느냐 사느냐'였다. 확실한 것은 유비무환뿐이었으며 최선의 방어 역시 공격밖에 없었다.

그리고 사실 그녀도 남편에게 너무나 지쳐 있었다. 아들 영석이 죽은 뒤로 남편은 언제나 소설을 쓴답시고 방에만 틀어박혀 집안이 어떻게 돌아가는지, 쌀이 떨어졌는지 돈이 떨어졌는지 한 번도 신경을 쓴 적이 없었다. 영석이 죽던 날도 남편은 소설의 배경을 알아본다고 집을 나가서 일주일째 연락이 없었고, 그녀는 감기에 걸려 온종일 앓아누워 있었다. 세상의 어느 부모가 철없는 아이를 길거리로 내몰겠는가? 그녀는 자신이 먹는 것은 고사하고 아들 밥해줄 힘조차 없어 라면을 사 오라고 심부름을 보냈다 사고를 당한 것인데…….

분명, 아들의 죽음이 그녀의 책임만은 아니었다. 그러나 남편은 모든 책임을 그녀에게 돌리고 있었다. 게다가 남편은 그녀에게 직접적인 표현은 안 했어도 얼굴이 못났다느니, 뚱뚱하다느니, 무식하다느니 하는 불만이 대천해수욕장의 모래알보다도 많은 듯했다. 싫다는데도 죽어라 따라다닐 때는 언제고.

지영은 자유롭고 화려하게 살고 싶은 욕구가 어느 누구보다 강했다. 그녀도 가꾸지를 않아서 그렇지 여건만 조성이 되었다면 처녀 때처럼 누구보다도 훤한 인물로 남아 있었을 것이다. 간섭하는 사람이 없고 돈만 많았다면…….

또 그녀가 어쩌다 취미인 쇼핑이라도 할 양이면 남편은 허파에 바람이 들어서 쓸데없는 물건만 사들인다고 언제나 그녀를 구박해왔다. 남편은 자기의 틀에 맞춰 제멋대로 정한 규정으로 그녀를 저울질하며 그것에 따르도록 강요했다.

지영은 지금까지 어떻게 살아왔는지 자신조차도 알 수가 없었다. 그러나 다행히 아직 살아온 날들보다 살아갈 날들이 더 많았다. 남편이 조용히 사라져 그의 저작권과 재산, 그리고 보험금을 타내게 된다면……. 이제부터라도 나이트클럽을 드나들고, 백화점에서 우수고객 대우를 받으며 마음대로 쇼핑을 하고, 꿈에서나 가능했던 해외여행도 자유롭게 하며 여유 있는 삶을 살 수 있을 것이리라. 남편은 결혼 후 지금까지 해외는커녕 삼류식당 한 번 데려가준 적이 없었다. 그녀는 아내가 아니라 어쩌면 가정부였다.

생각이 여기에 미치자 그녀는 서둘러 공구상자를 찾았다. 그것은 현관의 신발장 위에 가지런히 놓여 있었다. 작업을 밤에 할까도 생각해봤으나 그러다 무슨 소리라도 나면 오히려 더 의심을 받을 것 같아 차라리 동네가 텅 비는 낮에 하기로 마음을 먹었다.

그녀는 행동에 앞서 자신의 계획이 무사히 성공할 수 있을지 최종적으로 분석을 해보았다. 일만 잘 처리한다면 틀림없이 성공할 수 있을 것 같은 확신이 들었다. 곰을 잡으려면 곰이 즐기는 먹이로 유인을 하거나 평소에 다니는 익숙한 길에 덫을 놓아야 한다는 것을 그녀는 누구보다 잘 알고 있었다.

남편의 자동차는 차고에 주차되어 있었다. 자동차 아래는 생각보다 좁아 뚱뚱한 그녀가 기어들어가는 것은 무리였다. 그래서 그녀는 벽돌 몇 장을 쌓아놓고 자동차를 약간 움직여 벽돌 위에 오른쪽 앞바퀴를 올려놓았다.

작업은 쉽지 않았다. 자동차의 브레이크가 평소에는 괜찮다가 고속주행 중에 급정거를 한다든지 해서 높은 압력을 받으면 파열이 되도록 만들어야 했다. 그리고 파열된 부분이 자연적인 결함으로 보여야 했다. 얼마 전에 안전검사까지 받은 매일 타고 다니던 자동차가 하루아침에 갑자기 문제를 일으킬 것이라 생각하는 사람은 별로 많지 않을 것이다. 그녀의 남편이라고 예외일 리는 없었다.

그녀가 살해도구로 자동차를 선택한 또 다른 이유는 그것이 집에서 사고를 일으키는 것이 아니라 밖으로 나가 예측할 수 없는 곳에서 사고를 내주는 장점이 있어서였다. 사건현장과 집의 거리가 멀면 멀수록, 그 공간과 시간에 비례해 범죄의 혐의에서도 멀어질 수 있을 거라는 생각이 들었다. 물론 그것도 타살의 혐의점이 발견되었을 경우에 해당되는 말이지만.

작업은 저녁때가 다 되어서야 간신히 끝났다. 지영은 자동차를 원래대로 해놓고 모든 지문을 닦아냈다. 그리고 공구의 지문도 닦아 원위치시켰다. 그녀는 작업 시 입었던 옷을 세탁기에 던져 넣고 파워버튼을 누른 뒤 실수한 것이 없는지 생각해보았다. 없었다. 이제는 모든 것을 운명에 맡겨야 했다.

일을 끝낸 지영은 술에 얼음을 넣어 들고 소파에 앉아 연속극이 방영되기에는 좀 이른 시간이었지만 텔레비전을 켰다.

남편은 시골에 갔다 오더니 기분이 좋은 모양이었다. 오래간만에 서재에서 콧노랫소리가 들려왔다. 그러나 좀처럼 외출을 할 기미는 보이지 않았다. 지영은 남편이 무슨 생각을 하고 있을지 알 수 없어 몹시 두려웠다.

다음날 그녀는 아침부터 시장을 보러 간다며 집을 나가 좋아하지도 않는 시장바닥에서 평소보다 몇 배 더 긴 시간을 보냈다. 아무래도 집에 남편과 같이 있기는 불안했다. 그녀는 시장에서 돌아오며 내일은 친정에라도 가서 당분간 있다가 와야겠다고 생각했다.

지영은 온종일 목덜미가 서늘했다. 반찬을 만들거나 설거지를 할 때도 자주 뒤를 돌아보았다. 남편이 갑자기 달려들어 목이라도 조를 것 같았다. 그러나 남편은 보통 때와 같이 서재에 틀어박혀 수상한 어떤 행동도 하지 않았다.

저녁에 지영은 평소대로 텔레비전을 켰다. 그러나 정작 그것에는 신경이 전혀 가지 않았다. 다른 때 같으면 쉬지 않고 채널을 돌리고, 텔레비전의 볼륨을 높였다 낮췄다 하고, 화질이 조금이라도 좋지 않으면 이층의 베란다로 달려가 안테나를 이리 만지고 저리 만지고 했을 그녀가 어쩐 일로 얌전한 고양이처럼 조용히 앉아 있었다. 그녀는 스웨터의 호주머니에 손을 집어넣었다. 조그마한 손칼의 차가운 감촉이 느껴졌다. 오늘밤도 틀림없이 뜬눈으로 새워야 한다는 것을 그녀는 잘 알고 있었다.

지영은 새벽에 자리에서 빠져나왔다. 거울을 보니 얼굴이 부스스하고 눈이 충혈되어 십 년은 더 늙은 것처럼 보였다. 하지만 그녀는 자신에게 아무 일도 일어나지 않았음을 인식하고 안도의 숨을 내쉬었다. 어쩌면 자신이 너무 신경과민이 아닌가도 싶었다. 그러나 이런 문제를 남들에게 얘기해봤자 자신만 정신병자 취급을 받을 테고, 또 방심하다 당하고 나서 물려달라고 할 수도 없는 일이고보니 아침밥을 먹은 뒤에는 바로 친정오빠네 집이든 어디든 달려가야겠다는 생각이 들었다.

아침밥을 먹으며 그녀는 외출해야겠다는 말을 꺼내기 위해 남편의 눈치를 살폈다. 예전 같았으면 자연스럽게 할 수 있는 얘기인데도 쉽게 입 밖으로 나오지 않았다.

"여보, 나 오늘 공주에 다녀와야겠어."

밥알을 세며 신문을 살피던 남편이 고개도 들지 않은 채 갑자기 말을 꺼냈다.

"공주요?"

"그래. 여기 관심을 가질 만한 신문기사가 하나 실렸어. 사람이 개를 물어 죽였다는군. 가서 취재를 해보면 괜찮은 소설거리가 나올지도 몰라."

남편의 말에 지영은 하려던 말을 깨끗이 잊어버렸다. 남편이 집에서 나가만 준다면야 자신이 도피할 이유가 전혀 없었다. 또 이제 남편에게 벌어질 일을 지켜보며 대책도 마련해야 할 터였다.

"오늘이 휴가 마지막 날인 일요일이니, 저녁에는 돌아오겠네요?"

지영은 남편의 휴가가 얼마나 남았는지 매일 손꼽아보고 있었음에도 모르는 척 달력을 들여다보며 말했다.

"바람도 쐴 겸 같이 갈까?"

"아, 아뇨. 저는 할일도 있고 해서 집에 있을 테니 혼자 다녀오세요."

"그럼 그러지 뭐."

남편은 아침을 먹자마자 서둘러 자리에서 일어났다.

지영은 남편의 차가 차고에서 빠져나가는 것을 불안하게 지켜보았다. 다리가 후들후들 떨렸다. 다행인지 불행인지 남편은 아무런 낌새도 알아채지 못하는 것 같았다. 그런데 차가 언덕을 미끄러져 내려가기 시작하자 그녀는 남편을 향해 차에서 내리라고 외치고 싶은 충동이 강하게 일어났다. 하지만 이미 주사위는 던져졌다. 그녀는 골목 어귀에 나가 남편의 차가 보이지 않을 때까지 지켜본 뒤 천천히 발길을 돌렸다.

집에 돌아오자마자 지영은 남편의 서재로 들어가서 컴퓨터를 켰다.

암호를 쳐 넣은 뒤 그녀는 남편이 쓰다만 소설을 읽기 위해 파일을 불러냈다. 그러나 더는 아무것도 쓰여 있지 않았다. 소설은 그전처럼 혜숙의 남편인 용민이 휴가를 내려는 부분에서 멈춰 있었다. 다만, '### 용민이 아내를 감쪽같이, 그리고 우아하게 죽이는 방법을 생각해볼 것'이라는 메모가 지워져 있었다. 또 소설의 제목이 '아내의 무덤'에서 '인생의 무게'로 바뀌어 있었다.

'인생의 무게? 인생의 무게……?'

지영은 암호를 해독이라도 하려는 것처럼 소설의 새로운 제목인 '인생의 무게'를 몇 번이나 되뇌어봤다. 그러나 제목을 그렇게 바꾼 이유를 전혀 짐작조차 할 수 없었다. '아내의 무덤'은 '아내를 죽이는 이야기'라는 내용에서 따온 제목임을 알 수 있는데, 난데없이 '인생의 무게'라니?

그러나 이제는 소설의 제목이 어떻든 신경쓸 필요가 없었다. 주사위는 던져졌고, 모두 끝난 일이었다.

지영은 천천히 거실로 돌아와 버릇대로 텔레비전을 켰다. 화면 속 사람들의 얼굴이 일그러져 보일 정도로 노이즈가 심하게 일었다. 그리고 그녀가 가장 싫어하는 퀴즈프로그램이 나오고 있었다. 하지만 그녀는 안테나를 손본다거나 채널을 바꿀 생각은 하지 않은 채 그냥 멍하니 텔레비전을 바라보고 있었다. 그녀가 정작 신경쓰는 것은 전화였다. 그러나 오전이 다 가도록 전화는 한 통도 오지 않았다.

오후가 되자 지영은 조금씩 긴장이 풀렸다. 그녀는 천천히 움직이며 식사도 하고 올리브의 밥도 챙겨줬다. 그리고 좋아하는 프로를 찾아 텔레비전의 채널도 돌렸다. 그렇게 여유가 생기자 텔레비전의 노이즈와 잡음이 드디어 신경쓰이기 시작했다. 그녀가 소파에서 무거운 몸을 천천히 일으켜 이층의 베란다에 있는 안테나를 손보러 올라가려고 할 때 전화벨이 울렸다. 순간, 가슴이 철렁 내려앉았다. 한 번, 두 번, 세 번, 네 번. 그녀는 전화벨이 다섯 번째 울릴 때 조심스럽게 수화기를 집어 들었다.

"여보, 나야! 집에 무슨 일 없지?"

미친 사람의 웃음소리처럼 소름 끼치는 남편의 목소리였다.

"아, 아뇨. 당신도 무슨 일 없죠?"

"응. 아직 여기 공준데, 저녁때쯤 집에 도착할 거야."

"예, 조심……."

지영의 접대용 목소리가 끝나기도 전에 전화가 뚝 끊겼다. 그녀는 전화기를 내려놓자마자 냉장고 속의 양주를 꺼내 컵에 넘치도록 따라서는 뱃속에 불이라도 난 사람처럼 벌컥벌컥 들이켰다. 그러나 심장은 아직도 커다란 소리를 내며 쿵쾅거리고 있었다. 아무것도 생각할 수가 없었다. 남편이 죽기 전에 자신이 먼저 심장마비로 죽을 것만 같았다. 그녀는 정신없이 전화기의 코드를 뽑아버렸다.

남편의 주검은 이미 영안실로 옮겨져 있었다. 경찰은 지영의 남편이 집으로 돌아오다가 차선을 침범한 오토바이를 피하려다 중앙선을 넘었다고 했다. 그 사고로 차체는 걸레가 되었고 그녀의 남편은 즉사했다. 경찰은 그녀의 남편이 아마도 술을 많이 마신 것 같다는 말을 덧붙였다.

　모든 장례를 끝마쳤을 때, 지영은 얼마나 울었는지 목이 쉬어 말도 하기 어려웠다. 그녀는 남편을 화장하고 집에 돌아와선 이틀 동안 꼬박 잠을 잤다. 그녀가 자리에서 일어난 것은 경찰이 찾아왔기 때문이었다.

　"몇 가지 물어볼 것이 있어서 그러는데…… 실례가 안 될는지?"

　"뭔지는 몰라도 일단 들어오세요."

　아직도 피곤함이 줄줄 흐르는 지영이 대충 몸단장을 하고 커피포트에 물을 받고 있을 때 얼굴이 원숭이처럼 생긴 박 형사라는 사람이 본격적으로 입을 열었다.

　"형식적인 겁니다만, 댁의 남편께선 평상시에도 음주운전을 했습니까?"

　"글쎄요. 어쩔 수 없는 상황에 가끔은……. 남편이 정말 술을 마셨나요?"

　"혈중알코올농도 측정결과를 보면 남편께선 꽤 취한 상태로 운전을 했습니다. 거기다 사고 차량의 스키드마크, 즉 도로에 난 바퀴자국을 보면 남편이 장애물을 발견하고 급하게 자동차의 브레이크를 밟았을 때 갑자기 한쪽 바퀴의 브레이크가 파손된 듯합니다. 그러니 급제동을 할 수 없음은 물론 차가 한쪽으로 쏠려 중앙선을 침범했던 것이겠죠. 피할 수도 있는 사고였습니다만, 이런 요소들이 겹쳐서 결국은……."

　"남편이 혼자서 술을 마셨나요?"

　"잘은 모르지만, 우리가 알기로는 그렇습니다. 혹시, 평소에 남편께서 우울증 같은 증상을 보인 적은 없습니까?"

"좀 피곤해 보이기는 했어도 그런 정도는 아니었는데요."

경찰은 커피를 마신 뒤 시간이라도 때우려는 듯 형식적인 말 몇 마디를 더 물었다. 지영은 브레이크의 파손에 관해 물을까봐 바짝 긴장했으나 그것에 대해서는 더는 언급이 없었다.

평소에 술도 잘 마시지 않고, 특히 음주운전을 큰 범죄로 생각하던 남편이 낮술을 하고 운전한 것이 이상하기는 했으나, 이제 모든 것이 끝난 마당에 아무려면 어떠나 싶었다.

지영은 점심때 반찬거리를 사기 위해 동네 앞의 구멍가게에 들렀다.

"오랜만이유. 마음고생이 컸을 텐데……."

"어쩌겠어요. 운명이라고 생각해야죠."

가게 여주인의 말에 지영이 쓸쓸히 웃으며 대답했다.

"그런데 꼭 원숭이같이 생긴 어떤 형사라는 사람이 가게에 들어와서 담배를 사며 이것저것 물어보데요."

"뭘요?"

"아주머니와 남편의 사이가 어땠냐는 둥, 아주머니 행실은 어떠냐는 둥……."

지영은 가슴이 철렁 내려앉았으나 태연함을 유지하려고 애쓰며 손에 잡히는 물건 몇 개를 집어 들었다.

"뭐, 사고가 나면 형식적으로 그렇게 묻는 것이라나……?"

지영이 아무 말도 하지 않자 주인은 그녀의 눈치를 살폈다.

"아주머니야 이 동네 최고의 법 없이도 살 사람이고……. 금실이야 성격으로 보나 행동으로 보나 그런 천생연분이 없었는데……."

'천생연분'이라는 말이 귀에 좀 거슬리기는 했지만 지영은 주인의 대답에 어느 정도 마음이 놓였다. 형사에게 한 가게주인의 대답이 그녀에게 득이 됐으면 됐지 해가 되지는 않았을 것이다.

그녀는 주인에게 고맙다는 말 대신 어색한 미소를 지어 보이고 가게를 빠져나왔다.

지영은 몹시 초조했다. 경찰이 어떤 냄새를 맡은 것일까? 그러나 그럴 리는 없었다. 사고는 완벽했고, 또 설사 경찰이 이상한 낌새를 알아챘다고 해도 증거가 없는데 심증만으로 어쩌겠는가 싶었다. 아마도 그 형사는 담배를 사다가 몸에 밴 습관대로 질문을 던졌으리라.

남편의 찢기고 부러지고 터진 처참한 주검이 자꾸 떠올라 지영은 마음이 심란했다. 그녀는 집안에서 눈에 띄는 남편의 사진을 모두 찾아 갈기갈기 찢어 쓰레기통에 처넣었다. 그녀는 자신이 남편의 자동차에 함께 탔다면 어떻게 되었을까 생각하니 몸서리가 쳐졌다.

"같이 드라이브나 가자구? 자기가 언제부터 나를 데리고 다녔다구!"

그녀는 남편의 말을 상기해내곤 빈정거리며, 하마터면 자신이 만든 덫에 자신이 걸려들 뻔했던 것을 생각하고 쓴웃음을 지었다.

그녀는 밤늦도록 이런저런 생각이 떠올라 좀처럼 잠을 이룰 수가 없었다. 그것들은 대부분 남편과 관계된 기억들이었다. 불쌍한 인간, 바보 멍청이……. 그녀는 억지로 잠을 청하며 머리를 비우기 위해 노력했다. 더 이상 생각하고 싶지 않은, 이제는 모두 끝난 일이었다. 어쨌든 확실한 것은 운명이 준비하는 자의 편에 섰다는 것이다. 고통은 순간, 행복은 영원! 결과는 만족할 만했다. 이제 그녀는 자유였다.

지영은 아침에 늦잠을 잤다. 앞으로도 매일 늦잠을 자고 아침 겸 점심으로 식사를 시켜 먹은 뒤 올리브를 데리고 산책하러 나가거나 여러 백화점으로 쇼핑이나 다닐 계획이었다.

시력 나쁜 사람이 잠자리에서 일어나면 가장 먼저 안경을 찾듯, 그녀가 눈을 뜨자마자 리모컨을 집어 텔레비전을 켰을 때는 마침 위성방송에서 아침드라마를 하고 있었다. 그녀는 평소의 행동보다 몇 배 빠르게 밖으로 나가 우유를 가지고 들어와 소파에 자리를 잡았다. 최근 연속극이 절정을 향해 치닫고 있었는데 그녀는 남편의 죽음 때문에 며칠 연속극을 보지 못했다.

죽은 남편 같은 부류는 텔레비전이 바보상자라고 말하지만, 그러면 어떻고 아니면 어떻단 말인가? 인생이 얼마나 길다고…….

막 남자주인공이 다른 여자 때문에 여자주인공으로부터 오해를 받으려고 할 때 텔레비전에 잡음이 일어 그녀는 말소리를 알아들을 수 없었다. 그리고 바로 연속극이 끝나버렸다. 한동안 위성안테나를 손보지 않은 것 때문에 결정적인 장면을 놓친 것이었다.

그녀는 남편의 생명보험금을 타면 우선 고성능 위성안테나를 하나 새로 사야겠다고 생각했다. 그리고 텔레비전도 최근에 나온 신제품 중 가장 큰 사이즈로 바꿔야겠다는 생각이 들었다.

그녀는 보지 못한 연속극 장면 때문에 투덜거리다 이런 여러 가지 즐거운 생각을 하자 다시 상쾌한 기분이 되어 이층의 베란다로 올라갔다. 낡은 위성안테나는 베란다의 한쪽 끝에 비스듬히 매달려 있었다. 안테나를 살펴보니 위쪽에 낡아서 끊어진 것처럼 보이는 선이 있었다.

그녀는 조심스럽게 베란다의 나무난간에 엎드려 끊어진 부분의 선을 이어 보려고 노력했다. 그러나 손이 닿을 듯 말 듯하며 쉽게 이어지지 않았다.

"안테나가 자주 고장인가보죠?"

옆집의 할아버지였다. 그는 종종 옥상에서 운동을 하거나 일광욕을 즐기고 있었다.

"안테나가 너무 낡았어요. 집에 남자가 없으니 이런 일도 제가 직접 하는 수밖에요."

"저런! 집에 남자가 있기는 있어야 해요. 얼마 전만 해도 그런 일은 남편이 했었는데……. 쯧쯧쯧……."

"옛, 뭐라구요?"

"얼마 전에 댁의 남편이 안테나가 고장났다고 손을 보던데……."

순간, 지영은 머리에 벼락이라도 맞은 것 같은 느낌으로 베란다 아래를 내려다봤다. 그리고 동시에 난간에서 급히 몸을 일으키려고 했으나 그녀는 이미 게임이 끝났음을 깨달았다. 안테나에서 손을 거두기도 전에 그녀를 지탱하고 있던 나무난간이 소리도 없이 푹 꺼져 내렸던 것이다.

지영이 떨어진 화단 위에는 이름이 '고슴도치'인, 창같이 뾰족한 커다란 침들이 수십 개나 박힌 쇠 조각상이 놓여 있었다. 그것은 언젠가 남편의 반대에도 불구하고 그녀가 비싼 돈을 주고 직접 사들인 예술작품이었다.

지영은 조각상에 온몸을 찔린 채 죽어가며, '고슴도치'와 어우러져 고통스럽게 누워 있는 자신이 새로운 하나의 훌륭한 예술작품이 되었다는 것을 깨달았다. 남편이 휴가지에서 며칠을 고심한 끝에 겨우 이름 붙였을 터인, 바로 '인생의 무게'라는 이름의 예술작품이. 그리고 그녀의 희미해지는 의식 속에 이제는 영원히 묻혀버린 남편의 소설 '인생의 무게'의 다음 부분이 떠올랐다.

(중략)

용민은 아내인 혜숙을 우아하게 죽이는 방법을 드디어 생각해냈다. 곰을 잡으려면 곰이 즐기는 먹이로 유인을 하거나 평소에 다니는 익숙한 길에 덫을 놓아야 한다는 것을 그는 누구보다 잘 알고 있었다…….

베란다의 나무난간을 어느 정도 손봐야 아내의 몸무게 75킬로그램으로 부러질지 실험해볼 것.

신인상

홍
정
기

네이버 블로그에서 '엽기부족'이란 닉네임으로 13년째 쉬지 않고 약 1,300여 권의
장르소설을 리뷰하고 있는 리뷰어이다. 추리와 SF, 공포 장르를 선호하며 장르소설
이 줄 수 있는 재미를 좇는 장르소설 탐독가이다. 2020년 단편집 《이제 막 독립한
이야기》에 공포소설 〈쓰쿠모가미〉를 발표했다.

백색살의

1

"이런 젠장……. 콜록."

홧김에 떠밀긴 했지만 결코 죽이려던 건 아니었다. 쓰러지면서 탁자에 머리를 부딪친 충격에 죽어버린 것 같았다. 미동 없는 여자는 숨을 쉬지 않았다.

"아…… 이년은 진짜 끝까지 내 인생에서 걸리적거리네."

이년 때문에 비참한 인생을 더욱더 깊은 나락으로 추락시킬 수는 없었다. 이 위기를 피해갈 묘수를 생각해야 했다. 그때 탁자 위의 물건이 눈에 띄었다. 한 가지 묘수가 떠올랐다.

"자살! 자살로 위장하자."

일단 목표를 정하니 해야 할 일이 순서대로 떠올랐다. 시간이 얼마 없었다. 떠오른 생각을 지체 없이 그대로 실행에 옮겼다. 오랜만에 몸을 쓰니 열이 오르고 더웠다. 땀방울이라도 흘릴까봐 연신 손수건으로 이마를 닦아냈다. 이제 대강의 준비는 끝났다.

'철커덩.'

문밖으로 사라진 범인이 몇 분 뒤 다시 모습을 드러냈다.

자살로 위장시킬 모든 준비가 끝났다.

범인은 라이터를 들었다. '딸각, 퐁' 엄지손가락을 튕기자 오묘한 빛깔의 불꽃이 일렁였다. 범인은 기름으로 번들거리는 벽에 불꽃을 가져갔다. 순간적으로 '확' 치솟은 불길이 순식간에 천장까지 닿았다. 경주라도 하듯 불꽃은 사방으로 번져갔다.

이제 서둘러야 한다.

범인은 주변을 살피고 재빨리 밖으로 빠져나갔다.

"큭큭큭…… 완벽해."

완전범죄를 자신하는 범인은 미처 알지 못했다. 죽었다고 생각한 여자의 꼭 쥔 손이 꿈틀거린 것을…….

2

인간이 느끼는 통각 중 가장 높은 순위에 랭크된 참을 수 없는 고통. 열기로 피부와 근육의 수분을 빼앗아 수축시키고 서로 엉겨붙어 전신을 찌르는 작열감을 주는 화상의 고통이다. 이 시체를 보니 당시 피해자가 경험했을 극단의 고통이 떠올랐다. 생살을 지지는 지글거리는 열기. 폐부를 찔러대는 매캐한 유독가스. 마치 내 몸이 타들어가는 듯한 환상통을 경험하게 하는 처참한 모습이었다. 활짝 열린 냉장고 사이로 비어져나온 새까맣게 타버린 상반신. 사체에서 피어오르는 매캐한 수증기. 비명을 지른 채 박제되어버린 벌어진 입. 나뭇가지 같은 앙상한 손가락. 윗몸일으키기를 하듯 양팔이 머리를 잡고 하늘을 향해 누워 있는 사체는 양귀를 손바닥으로 막고 절규하는 흑색 토르소와 다름없었다. 타버린 손가락에 끼워져 있던 그을린 반지가 아니었다면 시체의 성별조차 분간하기 힘들었으리라.

영섭은 처참한 시체에서 눈을 돌려 냉장고 안쪽을 살폈다. 상대적으로 화기에 닿지 않은 하반신은 어느 정도 신체의 원형을 유지하고 있었다. 알록달록 젖소가 그려진 파자마 바지가 사체 다리에 아슬아슬하게 걸려 있었다. 휴식 중 봉변을 당한 걸까.

검게 그을린 냉장고 주위로 녹아버린 반찬통이 어지러이 널려 있었다. 군데군데 열기에 녹아내린 구멍 사이로 흘러내린 반찬국물 자국들. 소화수로 흥건히 젖은 바닥에 흘러내린 색색의 국물은 뒤틀린 시체와 함께 그로테스크를 연출했다.

'이토록 고통에 몸부림치다 숨이 끊어진 여성의 사연은 무엇인가? 자살인가? 타살인가?'

3

매일 야근, 철야, 잠복으로 집구석에 얼굴은 코빼기도 안 비치는 영섭에게 오랜만에 맞은 비번 일요일은 휴일이 아니다.

"또 소파랑 한몸으로 디비져 있을 거면 기필코 이혼서류에 도장 찍는다. 난 내일 10년 만에 친구들 모임 갈 거니까 당신이 애들 잘 보고 있어!"

토요일 저녁부터 서슬 퍼런 아내의 불호령에 영섭은 일요일 아침 댓바람부터 일어나야 했다. 아빠 얼굴을 잊어먹기 직전인 일곱 살, 다섯 살 두 딸아이와 근처 공원에 나간 영섭은 모처럼 두 아이에게 열혈 봉사했다. 숨바꼭질, 잡기놀이, 달리기, 공뺏기 등등……. 더 이상 다리가 들리지 않을 정도로 실컷 놀아준 영섭은 점심시간이 한참 지난 오후가 돼서야 집에 돌아올 수 있었다.

"아이고, 죽겠다……. 얘들아, 이제 만화 보자. 아빠가 만화 틀어줄게."

땀에 절어 등짝에 달라붙은 축축한 티셔츠를 힘겹게 벗으며 영섭이 말했다.

아직 쉬기에는 한참 부족하다는 아이들의 땡그런 눈망울을 애써 외면하고 어린이용 디즈니 케이블 채널을 틀었다.

"와, 만화다."

이내 두 아이들의 눈망울이 티브이에 고정됐다. 그제야 영섭은 두툼한 등짝을 소파에 기댈 수 있었다. 하루종일 무리한 탓일까. 티브이에 열중한 아이들을 물끄러미 바라보던 영섭은 까무룩 선잠에 빠져들었다. 얼마나 지났을까. 영섭의 귀에 희미하게 들려오는 사이렌 소리와 부산스러운 아이들의 외침이 달콤한 단잠을 방해했다. 영섭은 치밀어 오르는 짜증을 가까스로 참아내고 붙어 있으려는 두 눈을 억지로 떴다.

'히익.'

영섭은 아연했다. 잠깐 동안의 졸음이 믿기지 않을 정도로 집안은 쑥대밭이 되어 있었다.

"불자동차. 불자동차. 삐용. 삐용. 삐용."

"부자동차. 부자동차. 삐웅. 삐웅."

거실 바닥은 온통 장난감 천지였다. 그 사이를 두 팔을 펼치고 사이렌 소리를 따라 하는 아이들이 이리저리 뛰어다녔다. 정신이 아득해졌다. 아내의 귀신같은 얼굴이 떠올랐다.

"애들 보랬더니 집안을 난장판으로 만들어놔? 당신 정말 이럴 거야!"

아내의 앙칼진 목소리가 귓전에 들리는 것 같았다. 보고만 있을 수는 없었다. 영섭은 급히 아이들 사이로 뛰어들었다. 한 팔에 하나씩 붙들고 나서야 폭주기관차처럼 날뛰는 아이들의 흥분을 가라앉힐 수 있었다. 되는대로 급한 불을 끄고 한숨 돌린 영섭은 그제야 사이렌 소란의 원흉인 거실 창밖을 내다봤다.

영섭이 살고 있는 113동 맞은편의 103동이 무척이나 혼잡했다. 어두워진 밤을 환히 밝히는 소방차와 경찰차의 경광등이 어지러이 빛과 어둠을 교차시켰다. 아무래도 불이 난 것 같았다. 103동은 대피한 사람들, 구경나온 사람들로 인산인해를 이루었다. 영섭은 모여든 사람들에게서 시선을 돌려 천천히 103동을 훑었다. 경광등 불빛 사이로 5층 오른편 끝집에서 약하게 연기가 새어나왔다.

"우리 앞 동에 불났나보다. 애들아, 잠깐 만화 보고 있어. 아빠 금방 다녀올게."

"아빠, 나도 같이 가."

"나두 가치 가."

영섭이 일어서자마자 두 아이가 득달같이 달려와 다리를 붙들고 매달렸다. 영락없이 고목나무에 매달린 매미들이었다. 영섭은 아이들에게 단호하게 일렀다.

"안 돼! 얌전히 만화 보고 있어."

"시러!"

"나두 시져!"

아이들은 꿈쩍도 안 했다. 전혀 효과가 없었다. 숨겨둔 특단의 방법을 써야 했다. 영섭은 난장판이 된 마룻바닥을 뒤져 겨우 리모컨을 찾아냈다. 뒤이어 재빨리 출시된 지 얼마 안 된 극장판 〈타요〉 VOD를 결제했다. 치킨 한 마리 값인 만사천 원이 카드에서 빠져나갔다. 티브이에서 〈타요〉 주제가가 흘러나오자 아빠에게 고정됐던 아이들의 시선이 티브이로 향했다. 이제 됐다. 기회는 단 한 번뿐이다.

"얌전히 있어야 돼. 엄마 금방 올 거야."

영섭은 아이들의 감시가 소홀해진 틈을 타 잽싸게 다리를 빼내 밖으로 나왔다.

'하아. 마누라가 난장판인 집안 꼴에 애들만 두고 나간 걸 알면 기어

이 날 죽일 거야.'

영섭은 한숨을 푹 쉬고 휴대폰을 꺼냈다. 아내에게 간단한 상황 설명과 빨리 집으로 귀가하라는 문자를 보냈다. 뒷일이 두려웠지만 어쩔 수 없었다. 경찰 밥 10년을 차려준 아내로서 이 정도 상황은 이해해주리라. 일단 자유의 몸이 된 영섭은 103동으로 발걸음을 서둘렀다.

가을의 쌀쌀한 밤공기가 남아 있던 졸음기를 싹 날려버렸다. 흐릿했던 정신이 금세 맑아졌다. 영섭은 잰걸음으로 103동 초입에 도착했다. 주차장 주변으로 몰려든 사람들이 경찰이 쳐놓은 안전가드 뒤로 모여 있었다. 사람들 사이를 지나자 저마다 한마디씩 내놓는 걱정 섞인 목소리가 영섭의 귀에 들려왔다.

"510호 여자가 불에 타죽었대. 쯧쯧쯧. 아니 이게 무슨 일이야."

"혼자 사는 여자였다면서요? 어쩌다 집밖으로 나오지도 못하고 안에서 타죽었대?"

"아이고 아파트값 또 떨어지게 생겼어. 가뜩이나 집값 떨어져서 속상해 죽겠는데…….."

"근데 출동한 소방관이 그러는데, 여자가 요상하게 죽어 있었대요."

"네? 이상하게요? 어, 어떻게요?"

영섭은 장사진을 이룬 사람들을 헤집고 어렵사리 103동 정문에 다다랐다. 안전가드 뒤로 정복순경이 출입을 통제하고 있었다. 영섭의 얼굴을 알아보지 못한 앳된 순경이 경광봉을 들어 영섭을 제지했다. 영섭은 입고 있던 바람막이 주머니에서 경찰신분증을 꺼내 순경의 얼굴 앞에 가져갔다. 뒤이어 주머니에 함께 있던 레종 담뱃갑에서 담배 한 개비를 꺼내 입에 물고 말했다.

"동남경찰서 강력반 오형사야. 비번이라 집에서 쉬고 있다가 사이렌 소리에 나왔는데, 무슨 일인가?"

후줄근한 추리닝 바지의 영섭을 아파트 주민으로 알고 막았던 순경 은 그제야 깍듯이 거수경례를 하고 상황을 설명했다.

"저희도 신고받고 출동 나온 상황이라 자세한 건 아직 모르겠습니다. 510호 닫힌 문틈 사이로 새어나오는 연기를 본 이웃이 119와 112에 신 고했다고 합니다."

"그래서, 불난 집에서 사망자가 발생한 건가?"

"네, 먼저 도착한 소방관이 잠긴 문을 뜯고 안으로 들어갔는데 거주 인으로 보이는 불에 탄 시체를 발견했습니다."

"화재로 인한 사고사란 말인가? 그런데 왜 사망자는 밖으로 나오지 못한 거지? 대피도 못할 정도로 큰 화재는 아닌 것 같은데."

영섭이 의아한 눈으로 바라보자 순경이 우물쭈물 대답했다.

"그게 좀 이상한데요. 510호에 들어간 소방관 말에 따르면 불에 탄 사체의 모습이 이상했다고 합니다."

"이상? 어떤 부분이."

강력반 특유의 날카로운 눈빛을 빛내며 영섭이 물었다.

"그게 말입니다. 시신이 발견된 곳이 냉장고랍니다……."

"냉장고 속에 있었다고?"

아직 불이 붙지 않은 담배를 혓바닥으로 까딱이며 영섭이 말했다.

"정확히 말하면 냉장고 속은 아니고 말입니다. 하반신은 냉장고 안에, 상반신은 냉장고 문밖에 나와 있는 상태였다고 합니다."

담배 필터를 질겅질겅 씹던 영섭은 생각했다.

'불길을 피해 냉장고에 들어간 건가? 그렇다 쳐도 좀 이상한데⋯⋯.'

"화재 진압은 모두 마쳤나?"

"네, 다행히 불이 번지기 전에 진화했습니다. 좀 전에 잔불 처리까지
모두 마쳤습니다. 지금은 방화인지, 단순 실화인지 판단하기 위해 국과
수가 도착할 때까지 현장을 통제하고 있습니다."

"그렇군. 알았어. 수고해."

영섭은 국과수가 도착하기 전에 먼저 사고현장을 눈에 담아야겠다고
생각했다. 휴대폰을 꺼내 동남서 강력반 팀장에게 간단히 문자보고를
했다. 순간 영섭의 수사파트너 우성이 떠올랐다. 아직 신입티를 벗지
못한 1년차 우성에겐 좋은 현장경험이 되리라. 영섭이 놓친 부분을 우
성이 캐치할지도 모르는 일이었다.

영섭은 우성에게 전화를 걸었다. 몇 차례 통화음이 지난 뒤 우성이
전화를 받았다.

"선배님, 우성입니다. 일요일 저녁에 웬일이세요?"

영섭이 친근하게 불렀다.

"우성아, 집이야?"

"네, 외로운 솔로가 자취방 방구석 말고는 있을 곳이 없죠. 흑."

"딱하긴 한데, 더 안 좋은 소식을 전해서 미안하다. 사건 때문에 전화
했어."

"네? 선배님 오늘 비번 아니세요? 사건이라뇨?"

깜짝 놀란 우성에게 영섭이 한숨을 쉬며 말했다.

"하아. 사건이 우리 아파트에서 터져버렸어. 우리 아파트 알지? 얼른 준비해서 103동 510호로 와. 먼저 가 있을게."

전화를 끊으려는 영섭에게 우성이 다급하게 말했다.

"무슨 사건인지는 말씀해주셔야죠."

영섭이 귀에서 뗀 휴대폰을 입에 대고 말했다.

"와보면 알아."

화재사고로 엘리베이터는 운행을 중단했다. 영섭은 아파트 왼편 비상계단의 층계로 올라갔다. 5층에 올라서니 벌써부터 매캐한 냄새가 영섭의 코를 찔렀다. 그 사이를 파고드는 동물의 지방을 태운 냄새. 영섭은 곧 그것이 기름진 죽음의 냄새라는 걸 깨달았다. 사람이 타죽은 냄새는 이렇게 역한 것인가. 영섭은 갑자기 구토감이 치밀었다. 구역질을 누르기 위해 담배가 필요했다. 그제야 여태 침으로 흠뻑 젖은 담배를 입에 물고 있었음을 깨달았다. 서둘러 젖은 담배를 버리고 새 담배를 꺼내 불을 붙였다. 고통 속에 죽어간 망자를 위한 향이라 생각하며 담배의 유해성분을 흠뻑 들이마셨다. 니코틴이 폐의 모세혈관을 거쳐 몸 전체에 퍼지자 비로소 안정감이 찾아왔다. 아파트 복도의 어둠을 가르고 담뱃불이 어지러이 춤췄다. 영섭은 필터 직전까지 빨아들인 뒤에야 담배를 비벼 껐다. 이제 준비는 끝났다. 영섭은 510호를 향해 불빛 하나 없는 어두운 복도를 걸어갔다.

대낮같이 밝은 지상과는 달리 5층은 어둠으로 가득했다. 영섭은 휴대폰 플래시를 켜 천천히 510호를 비췄다. 플래시 불빛 사이로 어둠 속에 가려져 있던 긴박한 흔적들이 하나둘 드러났다. 활짝 열린 현관 걸쇠의 날개 부분이 밖으로 휘어 있었다. 보조 잠금장치는 나사 하나로 위태롭게 매달려 있었다. 잠긴 문을 열기 위해 억지로 뜯어낸 듯 보였다. 문 안쪽으로 시꺼먼 그을음이 물과 엉켜 검은 눈물을 흘렸다. 영섭이 집안으로 들어가려는 찰나 멀리서 파트너 우성의 목소리가 들렸다.

"선배님, 저 왔어요."

영섭이 현관을 비추던 플래시를 복도로 돌리며 말했다.

"왔어? 빨리 왔네. 이제 막 들어가려던 참이야."

영섭은 거미줄처럼 입구를 막아선 노란색 폴리스라인을 손으로 북북 뜯었다. 안으로 들어선 영섭과 우성은 콧속을 파고드는, 지방덩어리를 태운 역한 냄새에 정신을 차릴 수 없었다.

"사람의 몸을 태운 냄새가 이렇게 지독해. 앞으로 이런 역겨운 냄새를 많이……."

영섭의 말이 끝나기도 전에 우성은 현관문 밖으로 달려갔다. 문밖에서 위장을 끌어올리는 토악질 소리가 진동했다. 영섭은 고개를 절레절레 흔들곤 시체가 있는 냉장고 앞으로 갔다.

까맣게 타들어간 시체…… 그리고 주변 가득한 애벌레들…….

"애, 애벌레?"

어느새 왔는지 우성이 손으로 입가를 훔치며 말했다.

"선배님, 저 애벌레들은 뭐죠?"

영섭은 바닥에 쪼그려 앉아 플래시로 애벌레들을 비췄다. 한참을 관찰하고서야 그 애벌레의 정체를 확인했다. 꽁초. 소방관들이 뿌린 물에 불은 수십 개의 담배꽁초였다. 근처 탁자 위 재떨이에 수북이 쌓여 있던 꽁초들이 화재로 바닥에 쏟아진 것 같았다.

"꽁초. 꽁초들이야. 개수로 보아하니 지독한 골초였나봐."

"으아! 전 시체 냄새를 맡고 온 곤충들이 까놓은 애벌레인 줄 알았어요."

대충 헤아려도 수십 아니, 수백 개의 널브러진 꽁초들을 보자 영섭은 다시금 담배 생각이 간절해졌다. 하지만 사건현장을 어지럽힐 수는 없었다. 입맛만 다시던 영섭은 꽁초에서 눈을 돌려 까맣게 타버린 시체를 살폈다.

인간이 느끼는 통각 중 가장 높은 순위에 랭크된 참을 수 없는 고통. 열기로 피부와 근육의 수분을 빼앗아 수축시키고 서로 엉겨붙어 전신을 찌르는 작열감을 주는 화상의 고통이다. 이 시체를 보니 당시 피해자가 경험했을 극단의 고통이 떠올랐다. 생살을 지지는 지글거리는 열기. 폐부를 찔러대는 매캐한 유독가스. 마치 내 몸이 타들어가는 듯한 환상통을 경험하게 하는 처참한 모습이었다. 활짝 열린 냉장고 사이로 비어져나온 새까맣게 타버린 상반신. 사체에서 피어오르는 매캐한 수증기. 비명을 지른 채 박제되어버린 벌어진 입. 나뭇가지 같은 앙상한 손가락. 윗몸일으키기를 하듯 양팔이 머리를 잡고 하늘을 향해 누워 있는 사체는 양귀를 손바닥으로 막고 절규하는 흑색 토르소와 다름없었다. 타버린 손가락에 끼워져 있던 반지가 아니었다면 시체의 성별조차

분간하기 힘들었으리라.

영섭은 처참한 시체에서 눈을 돌려 냉장고 안쪽을 살폈다. 상대적으로 화기에 닿지 않은 하반신은 어느 정도 신체의 원형을 유지하고 있었다. 알록달록 젖소가 그려진 파자마 바지가 사체 다리에 아슬아슬하게 걸려 있었다. 휴식 중 봉변을 당한 걸까.

검게 그을린 냉장고 주위로 녹아버린 반찬통이 어지러이 널려 있었다. 군데군데 열기에 녹아내린 구멍 사이로 흘러내린 반찬국물 자국들. 소화수로 흥건히 젖은 바닥에 흘러내린 색색의 국물은 뒤틀린 시체와 함께 그로테스크를 연출했다.

'이토록 고통에 몸부림치다 숨이 끊어진 여성의 사연은 무엇인가? 자살인가? 타살인가?'

골똘히 생각에 잠긴 영섭 뒤에서 곁눈질로 시체를 보던 우성이 말했다.

"끔찍하네요. 얼마나 고통스러웠을까요?"

"아마 불에 타기 전에 질식으로 숨졌을 거야. 물론 질식도 고통스러웠겠지만……."

"그런데 의식을 잃어가면서 스스로 귀를 막은 이유가 뭘까요?"

"화재로 인한 폭발음 때문 아니었을까? 아니면 고통스러워 자신도 모르게 머리를 감싸쥔 것일 수도 있겠지."

"보통 호흡곤란이 오면 코와 입을 막기 마련인데, 이 피해자는 모든 소리를 차단하려는 것처럼 귀를 막고 있는 게 특이하네요."

영섭은 곰곰이 생각했다.

"조금 부자연스럽긴 해. 혹시 피해자가 고통 속에 죽어가면서 남긴 다잉 메시지일까?"

"그렇다면 자살이 아니라 타살이라는 말인데요?"

우성이 무언가 떠올린 듯 영섭을 보고 말했다.

"귀를 막는 행위가 소리를 들을 수 없다는 의미라면 혹시 범인은 청각장애를 가진 사람 아닐까요?"

"독특한 귓바퀴 같은 신체적 특징을 의미하는 것일지도 모르지. 일단 이 문제는 부검결과가 나온 후 팀원들과 논의하는 게 좋겠어."

영섭은 몸을 돌려 새까만 뼈대를 드러낸 소파를 지나 베란다로 향했다. 베란다로 통하는 거실 유리는 전부 깨져 있었지만 새시의 잠금장치는 안쪽에서 잠긴 상태였다. 베란다 외부 창문 역시 안쪽에서 잠긴 상태였다.

"선배님, 저기도 꽁초 애벌레들이 즐비하네요."

우성이 가리킨 손가락 끝에는 베란다 구석 배수관 아래로 종이컵에 가득 쌓인 꽁초들이 있었다. 주변엔 쓰러진 종이컵에서 흘러나온 침과 섞인 타르가 흥건했다.

"캬! 선배님, 여기 살던 분 정말 장난 아니게 피워댔군요."

"골초도 골촌데 치우지도 않고 살았나보군."

영섭과 우성이 베란다 꽁초들을 바라보는 사이 현관 앞이 대낮처럼 환하게 밝아졌다. 뒤이어 랜턴을 든 국과수 요원들이 부산스럽게 들어왔다.

월요일 오전, 동남경찰서에서는 전일 발생한 대진아파트 화재사건을 두고 수사회의가 열렸다. 강력계 팀장을 포함한 팀원들이 모두 자리했다. 직접 현장을 확인한 영섭이 국과수의 현장감식결과를 토대로 회의를 진행했다.

"9월 15일 18시경에 발생한 대진아파트 화재사건의 브리핑을 시작하겠습니다. 우선 발견된 사망자는 33세 여, 김은경 씨로 확인됐습니다. 최초 신고는 옆집 509호에 사는 39세 남, 김종주 씨로 확인됐고, 천안소방서에서 출동한 소방차가 18시 10분에 도착, 18시 17분 현관문을 개방하고 화재 진압을 시작했습니다. 이후 43분이 지나 19시에 진압을 완료했습니다."

영섭은 프로젝터 스크린에 사체의 사진을 띄웠다.

"사진을 봐주십시오. 불에 탄 피해자는 510호에 혼자 살던 김은경 씨로 확인되었습니다. 사인은 정밀부검결과가 나와야겠지만 현장증거를 토대로 연기로 인한 기도폐쇄 및 호흡기능 저하에 따른 질식사로 추정했습니다.

한 가지 특이점은 사체의 상태인데, 하반신은 냉장고 안에 상반신은 거실 밖으로 걸쳐진 상태였습니다. 사체의 양 손바닥은 귀를 압박하고 있었습니다. 호흡곤란에 따른 사망 후 그대로 불에 타 4도 이상의 심각한 화상을 입은 것으로 판단됩니다. 금일 국과수에서 사법해부 후 18시까지 결과보고를 회신 예정입니다."

영섭은 노트북의 다음 사진을 클릭했다.

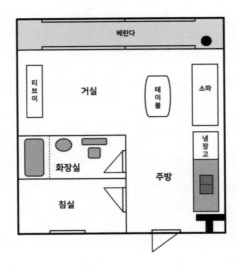

"지금 보시는 사진은 화재사건이 발생한 아파트 내부 사진입니다. 화재 진압에 참여했던 소방관과 국과수 결과를 토대로 말씀드리겠습니다. 화재 원인은 거실에서 발견된 133밀리리터 용량의 지포라이터 기름통으로 확인됐습니다. 벽면을 통해 동시다발적으로 화재가 발생, 진행된 것으로 미루어 인위적 방화로 추정하고 있습니다. 불은 거실 창, 거실 벽, 출입문, 화장실문 등 사면에서 진행되었고, 모든 방문과 창문이 잠겨 있던 상태로 510호는 완전한 밀실 상태였습니다. 또한 510호로 인입되는 수도밸브가 잠겨 있었고, 방문과 화장실문, 현관문 일부의 틈을 테이프로 막은 점으로 보아 거실에 있던 김은경 씨가 자살을 목적으로 한 방화로 추정하고 있습니다. 다만 발화지점 근처에서 녹은 촛농

자국이 발견되었습니다. 국과수 조사로는 이 초가 화재에 직접적인 영향을 끼쳤는지 여부는 확인할 수 없어 정확한 화재시점을 추정하기 어렵다는 답변을 받았습니다. 여기까지 질문 있으십니까?"

손을 든 재만 경감이 말했다.

"화재 발생시간을 추정할 수 없으니 난제로군. 혹시 외부에서 침입한 흔적이 전혀 없었나?"

"현관문은 자체 도어록과 보조자물쇠가 모두 잠겨 있었습니다. 그 때문에 소방관이 진입에 애를 먹었고요. 화장실과 방문은 똑딱이로 된 도어록이 잠긴 상태였습니다. 피해자가 방밖에서 방안의 잠금단추를 누르고 문을 닫은 것으로 추정됩니다. 외부침입은 피해 세대가 5층 높이라 진입이 불가합니다. 복도와 맞닿은 방 창문 역시 잠겨 있었고 방범창이 있어 외부침입이 불가능합니다. 더구나 현관문 도어록과 보조키 열쇠가 든 지갑이 거실 소파 부근에서 발견됐습니다. 드러난 정황들로 추정했을 때 화재가 난 510호는 완벽한 밀실이었습니다."

승종 경감이 손을 들고 말했다.

"창문과 문틈에 테이프가 붙어 있었다고 했는데, 현관의 일부는 무슨 뜻인가?"

"실제로 화재 열기에 일부 소실되었지만 거실 창문과 화장실, 방문 틈에 테이프로 연기를 막은 흔적이 발견되었습니다. 현관문은 하단을 제외하고 테이프가 붙어 있었습니다. 화재 신고 당시 김종주 씨의 녹취록에 510호 현관문 아래로 새어나온 연기를 목격한 내용이 언급돼 있습니다."

영섭의 답변에 이어 팀장이 물었다.

"외부침입이 불가능하고 화재 원인이 인위적 방화라면 피해자는 자살했다는 말인가?"

영섭이 팀장 쪽으로 몸을 돌려 대답했다.

"사실 정황적 증거는 자살을 가리키고 있습니다. 다만 자살을 기도했던 피해자가 냉장고 안에서 발견된 점이 마음에 걸리는데요."

"자네는 다르게 생각한다는 말이군. 근거는?"

"현장 정황으로만 따졌을 때 자살로 결론 내릴 수 있다고 생각합니다. 한순간의 격정에 출입구를 포함한 거실에 라이터 기름을 뿌리고 불을 붙일 수 있죠. 그 뒤 피해자는 덮쳐오는 뜨거운 열기와 죽음의 공포에 마음을 바꿉니다. 하지만 출입문으로 가는 길은 불길로 뒤덮였고 창밖은 5층입니다. 결국 냉장고 안으로 열기를 피해 숨을 수밖에 없죠. 영화 〈인디아나 존스〉에서 존스 박사가 냉장고 안에 숨어 폭발을 피해 살아남는 장면이 있을 정도니 허무맹랑한 시도는 아니었을 겁니다. 하지만 불행하게도 밀폐된 냉장고 안의 공기는 소방관이 올 때까지 버티기엔 부족했습니다. 결국 폐쇄감과 호흡곤란에 냉장고 문을 열었던 것으로 보입니다. 결과적으로 피해자는 중간에 마음을 바꿨지만 자살한 거죠. 다만 이 사건이 걸리는 점은 사망자가 자살을 번복하기까지 오랜 시간이 걸렸고 방법 또한 이례적이라는 것입니다."

"오랜 시간이 걸렸다……."

팀장은 영섭의 말을 천천히 되풀이했다.

영섭은 팀장의 말에 이어 답했다.

"보통 자살의 경우 순간의 감정을 주체하지 못해 목숨을 끊는 극단적 선택이지만 그 방법적인 면에서는 대부분 비슷한 성향을 보입니다."

"이를테면?"

"대부분 죽음의 고통이 가장 적은 방법으로 자살을 시도하는 겁니다. 투신, 가스 질식, 목을 매는 자살 등 대다수 자살자들은 최단시간, 최소한의 고통으로 목숨을 버리는 방법을 취합니다. 죽음의 공포를 극복하려는 그들에게 고통은 가장 큰 적이죠. 그런데 이 사건의 피해자는 자살의 방법으로 인간이 느낄 수 있는 가장 극단의 고통인 화재를 선택했습니다. 게다가 화재 후 공포로 마음을 바꾸기까지 너무나 오랜 시간이 걸렸습니다. 처음 불을 붙인 직후 충분히 탈출할 시간이 있었음에도 탈출로가 전부 불길에 막힐 때까지 기다렸다가 냉장고로 몸을 숨긴 건 상식적으로 이해가 되지 않는 행동입니다."

영섭의 말에 고개를 끄덕인 팀장이 날카롭게 말했다.

"일단 사건성이 있을 수 있다는 말이군."

영섭은 힘주어 말했다.

"당시 화재 열기와 진압 시 뿌린 물 때문에 현장에 남았을지 모를 유전적 증거는 소실되었습니다. 또한 부검결과가 나오지 않아 아직 약물이나 타살 여부는 판단하기 힘들지만, 허락해주신다면 제가 살인사건을 전제로 조사하고 싶습니다. 어젯밤 103동 아파트 출입구에 설치된 폐쇄회로 영상을 확인했습니다. 화재 신고가 접수된 18시 4분을 기점으로 신고 전 16시까지 폐쇄회로에 찍힌 사람은 두 명입니다. 한 명은 16시 52분에 103동을 나간 죽은 김은경 씨의 남자친구 33세 조기정 씨고,

다른 한 명은 16시 40분에 출입하여 17시 10분에 103동을 나간 대진아파트 담당 택배기사 45세 고한석 씨입니다. 따라서 화재사건 용의자는 폐쇄회로 카메라에 찍힌 두 사람을 포함 화재 발생 이후 대피한 103동 주민 모두를 용의자로 볼 수 있습니다. 우선 앞서 나간 두 사람과 피해자 주변 이웃을 상대로 조사하고 싶습니다."

영섭의 말을 듣던 재만 경감이 말했다.

"화재 신고가 18시 4분인데 무려 1시간 전에 아파트를 나간 피해자의 남자친구까지 용의선상에 놓는 건 무리 아닌가?"

"앞서 말씀드렸지만 현장에서 촛농자국이 발견됐습니다. 화재 발생 시간을 특정할 수 없는 만큼 초를 이용해 알리바이를 성립했을 가능성이 있다고 생각합니다."

승종 경감이 말했다.

"범인이 화재 이후 몸을 숨기고 있다 대피하는 사람들에 섞여 나갔을 수도 있잖은가?"

"우선 두 명의 유력 용의자를 조사 후 차례대로 조사할 생각입니다."

그때 성완 경사가 손을 들고 말했다.

"대피자 조사는 제가 백업하겠습니다."

영섭이 성완 경사에게 눈짓했다. 뒤이어 서류들을 정리하며 말했다.

"그럼 이상 회의를 마치겠습니다. 팀장님 한말씀하시죠."

팀장이 팀원들을 둘러보며 말했다.

"좋아. 일말의 가능성이라도 있다면 철저하게 조사하고 밝혀내는 게 우리가 할 일이다. 피해자를 위해서라도 진실을 밝혀내도록. 이상!"

5

첫 화재 신고가 이뤄진 18시 4분부터 16시까지 폐쇄회로에 찍힌 사람은 두 명이었다. 한 명은 16시 52분에 103동을 나간 죽은 김은경의 SNS를 통해 밝혀낸 남자친구 33세 조기정이었고, 다른 한 명은 16시 40분에 출입하여 17시 10분에 103동을 나간 대진아파트 담당 택배기사 45세 고한석이었다. 영섭은 기정의 직업이 대진아파트에서 15분 거리의 케이블방송 설치기사라는 것을 알아냈다. 김은경의 SNS를 조사하다보니 시간은 어느덧 12시를 넘기고 있었다. 회사원인 조기정은 점심시간이리라. 영섭은 조기정의 회사로 가기에 앞서 510호의 이웃들을 탐문하기로 마음먹었다. 영섭은 책상을 박차며 말했다.

"우성아 가자."

"네, 선배님."

수첩을 챙겨 든 우성이 영섭을 뒤따랐다.

영섭은 대진아파트 주차장에 차를 세웠다. 영섭이 살고 있는 113동과는 다른 느낌으로 다가오는 103동에 서늘한 기분이 들었다.

"하아, 살고 있는 아파트에서 사람이 죽다니. 애들 정서에 안 좋을 텐데."

"안 그래도 네 식구 살기엔 좁다고 다른 아파트로 이사 가신다고 하셨잖아요."

"마음만 그렇다는 얘기지. 휴, 이사도 돈이 있어야 가지."

영섭은 한숨 섞인 넋두리를 하며 최초 화재 신고자가 살고 있는 509호 문앞에 섰다. 화재가 난 510호 바로 옆집이었다. 우성이 문 우측에 달린 초인종을 길게 눌렀다. 문안으로 익숙한 클래식 선율이 흘렀다. 잠시 후 굵은 목소리가 들렸다.

"누구세요?"

20년이 넘은 낡은 아파트에 화상인터폰 따윈 없었다. 그저 목소리로 문밖의 상대를 가늠할 수밖에 없었다. 이를 잘 아는 영섭이 소리 높여 말했다.

"안녕하세요, 동남경찰서 오영섭 형사입니다. 어제 오후 화재사건으로 몇 가지 조사할 게 있어 방문드렸습니다. 잠시 이야기 나눌 수 있을까요?"

문 사이로 잠깐의 정적이 흘렀다. 잠시 후 덜그럭 소리와 함께 보조키 걸쇠가 풀리고 디지털 도어록이 요란한 전자음을 냈다. 살짝 열린 문틈으로 중년 남성이 얼굴을 빼꼼히 내밀었다. 유독 조심스러운 모습이 낯선 사람에 대한 경계가 심한 듯 보였다. 문틈으로 보이는 통통한 얼굴로도 비만 체질인 것을 알 수 있었다.

"네, 물어보세요."

남성은 살짝 긴장한 듯 굳은 얼굴로 말했다.

"먼저 성함과 나이, 직업을 말씀해주세요."

우성이 수첩에 필기 준비를 했다.

"김종주, 39세입니다. 직장을 그만두고 잠시 집에서 쉬고 있습니다."

"결혼은 하셨나요?"

"아뇨, 아직 미혼입니다. 혼자 살고 있어요."

키는 약 171센티미터, 뚱뚱한 체격, 아둔한 인상의 남자였다. 얼굴은 기름기로 번들거렸고 떡진 머리칼 사이로 이마의 여드름이 보였다. 검정색 긴소매 폴로셔츠의 목 단추는 터질 듯한 살에 모두 풀려 있었다.

"어제 18시 4분에 화재 신고를 하셨는데요, 상황을 말씀해주십시오."

어제 상황을 떠올리듯 눈을 위로 치켜뜬 남자가 말했다.

"어제저녁엔 집에서 혼자 티브이를 보고 있었어요. 콜록. 제가 해외 축구 광팬인데 주말엔 밀린 리그를 몰아서 보거든요. 한창 축구를 시청하는데 옆집 510호에서 깨지고 터지는 소리가 났습니다. 18시쯤이었을 거예요. 그래서 확인을 해보니 탄내도 나는 것 같고 해서 서둘러 집을 나왔죠. 아닌 게 아니라 510호 현관문 아래로 검은 연기가 새어나오더군요. 그길로 5층 화재비상벨을 누르고 1층으로 대피했습니다. 물론 119와 112에도 신고했죠. 콜록. 아, 죄송합니다. 제가 알레르기 비염인데 가을만 되면 증상이 도져서 기침이 나오네요."

연필 든 손을 쉴 새 없이 움직이며 우성이 말했다.

"괜찮습니다. 옆집에 살던 김은경 씨 평소 생활은 어땠나요?"

"오다가다 인사하는 정도였는데 썩 좋은 이웃은 아니었습니다."

영섭이 눈빛을 빛내며 말했다.

"왜죠?"

"저희 아파트가 방음이 잘 안 돼요. 근데 옆집 여자가 주말마다 남자친구와 큰소리로 싸웠거든요. 콜록."

"남자친구와 사이가 좋지 않았나요?"

"네. 금요일 저녁이나 토요일 아침부터 남자랑 주말 내내 붙어 있다 일요일만 되면 어김없이 싸우더군요. 고성방가에 여자는 죽어버리겠다고 소리를 질러대고 울고불고……. 옆집에 살면서 듣고 싶지 않은 사연을 들어야 하니 정말 미치겠더군요."

"김은경 씨가 평소 자살과 관련된 얘길 하셨다고요?"

우성이 미간에 힘을 주며 말했다.

"네, 그렇습니다."

남자는 긴장한 탓인지 이마에 땀방울이 맺혔다. 남자가 왼손을 들어 입고 있던 셔츠로 땀을 닦아냈다. 영섭은 남자의 왼쪽 소맷자락에 단추가 떨어져 실밥이 나와 있는 것을 보았다. 소매 단추를 채울 생각 자체가 없는 듯 했다. 영섭은 남자가 게으르고 덜렁대는 성격일 것이라 생각했다.

"감사합니다. 추가로 생각나는 것 있으시면 연락주십시오."

영섭이 땀을 줄줄 흘리는 김종주에게 명함을 건넸다.

"평소에도 홧김에 자살을 이야기했군요."

계단을 내려가며 우성이 말했다.

"죽겠다고 말하는 사람은 많아. 그걸 진짜로 실행하는 건 다른 문제지."

"이제 4층으로 가보자."

"네."

벨을 누른 410호에서 중년의 주부가 나왔다. 화재가 난 510호 바로 아랫집이었다.

"나이와 이름, 직업을 말씀해주세요."

"44세, 이미소, 전업주부입니다."

약 175센티미터, 전체적으로 마른 체격에 날카로운 인상이었다. 나오기 전까지 청소를 하고 있었는지 앞치마에 물기가 묻어 있었다. 단정하게 빗어 올린 머리, 청소 중에도 흐트러짐 없는 차림, 목까지 채운 감색 셔츠의 단추가 꼼꼼한 성격임을 말해주는 듯했다.

"어제저녁 화재 시간대 상황을 말씀해주세요."

그녀는 바로 대답했다.

"어제저녁엔 모처럼 혼자 집에서 드라마를 보고 있었어요. 남편과 아이는 낚시를 가서 혼자 있는데, 마침 케이블 채널에서 드라마를 한꺼번에 몰아서 틀어주더군요. 그래서 계속 드라마만 봤어요. 그런데 갑자기 화재벨소리가 울리는 거예요. 전 누가 장난친 줄 알고 다시 드라마를 보려고 했는데, 바로 이어서 아파트관리사무소에서 대피방송이 나오데요. 그때부터는 정신없이 집을 나와 1층으로 내려갔어요."

여자의 말을 들은 우성이 날카롭게 되물었다.

"바로 윗집에서 화재가 났는데 아무 소리도 듣지 못하신 건가요?"

그녀가 당황하며 말했다.

"아…… 제가 드라마를 헤드폰을 쓰고 봤거든요. 집중하면서 보는 걸 좋아해서 헤드폰을 쓰고 있다보니 소리를 듣지 못했어요. 화재벨소리야 워낙 커서 헤드폰을 끼고도 들었습니다."

"윗집 김은경 씨에 대해 아시는 대로 말씀해주세요."

"타지에서 혼자 직장 다니고 힘들게 살다가 그렇게 가버린 게 참 딱하긴 한데……. 사실 이웃들과는 좀 트러블이 있었어요. 담배를 피워 물고 아파트 복도를 돌아다니는데, 뭐라 그러죠? 길빵? 그거요. 애들 키우는 입장에서 담배 냄새 풍기면서 아파트 돌아다니는 거 보기에도 안 좋고 건강에도 안 좋잖아요. 간접흡연이 얼마나 안 좋아요. 그것 때문에 애기 엄마들이 안 좋아했어요."

510호 집안에 널려 있던 꽁초들을 떠올린 영섭이 쓴웃음을 지으며 말했다.

"주부님도 510호 김은경 씨와 담배 문제로 다투신 적 있으세요?"

영섭의 질문에 화들짝 놀란 여자가 소심한 목소리로 말했다.

"아뇨. 속으론 엄청 욕했는데, 내가 막상 사람 앞에 두고는 말하는 성격이 아니라서요. 근데 509호 남자랑은 종종 다투는 걸 본 적이 있어요."

"그랬군요. 509호와 다퉜다고요. 그럼 김은경 씨 남자관계는 어땠는지 아시나요?"

"주말마다 만나는 남자가 있었어요. 키 크고 얼굴도 잘생겼는데 그 남자도 510호 처자처럼 만날 담배를 피워댔어요. 아파트 공원에 앉아서 같이 담배 피는 걸 오며가며 많이 봤어요. 남자나 여자나 백해무익한 담배를 왜 그리 피워대나 몰라요. 사람들이 지나다니는 아파트 벤치에서 그렇게 담배를 피워대면 애들이 뭘 보고 배우겠어요."

"네, 협조해주셔서 감사합니다. 또 생각나시는 것 있으시면 연락 부탁드립니다."

4층 층계를 오르며 우성이 말했다.

"509호 김종주 씨와 다툰 건 소음 때문이었을까요? 담배 때문이었을까요?"

"본인이 소음 때문이라고 말했으니까. 주부가 오해한 것일 수도 있지."

507호와 508호는 부재중이었다. 510호 반대편 끝집 506호에는 사람이 있었다.

키 175센티미터에 평범한 체격의 주부, 28세 권새라는 앞선 이웃들과 비슷한 진술을 했다. 다만 한 가지 중요한 목격 단서를 이야기했다.

"화재사고 전에 택배기사가 문앞에 놓고 간 상자를 갖고 집에 들어왔거든요. 그런데 그때 510호에 남자가 들어가는 걸 봤어요."

"혹시 몇 시쯤이었나요? 인상착의를 보셨나요?"

"한 16시 50분에서 17시 사이였던 것 같아요. 50분쯤에 택배기사가 벨을 누르고 문앞에 택배를 두고 갔거든요. 순간적으로 본 거라 자세히는 못 봤고요. 어두운 남색 계열 상의였어요. 키는 저랑 비슷했던 것 같아요."

영섭은 506호 여자에게 명함을 주고 돌아섰다. 영섭과 우성은 610호에 가기 위해 506호 옆의 외부계단을 올라갔다. 탐문을 돌며 말을 많이 해서인지 입안이 텁텁한 영섭은 담배 생각이 간절했다. 담배 한 대를 피우려고 영섭은 외부계단 쪽으로 발길을 돌렸다.

"먼저 610호 앞에 가 있어. 한 대 태우고 갈게."

비흡연자인 우성을 보내고 영섭은 6층 외부계단에 서서 담배를 빼물었다. 맛깔나게 담배를 피우고 복도로 들어왔다. 중앙 엘리베이터 근처까지 온 영섭의 눈에 우성 외에 낯선 사람이 띄었다. 낯선 사람은 얇은 비닐에 싸인 옷을 들고 610호 벨을 눌렀다.

안에서 남성의 얇은 목소리가 들렸다.

"누구세요?"

"네, 대진세탁소예요. 맡기신 옷 가져왔습니다."

뒤이어 문이 반쯤 열리고 손이 쑥 나와 옷을 가져갔다.

"감사합니다."

세탁소 남성은 세탁물을 건네고 영섭을 지나 엘리베이터로 갔다.

"누구시죠?"

610호 남자가 문앞을 빤히 보며 서 있던 우성에게 하는 말인 것 같았다.

"안녕하세요. 동남경찰서 김우성 형사입니다. 어제 화재사건 관련해 몇 가지 여쭤보려고요."

영섭은 오른편으로 열린 현관문에 가로막혀 우성과 610호 남자의 모습이 보이지 않았다. 아마 그쪽도 마찬가지일 것이다. 영섭은 우성이 혼자서 어떻게 탐문하는지 지켜보기로 했다.

"네, 말씀하세요."

"우선 성함과 나이, 직업을 말씀해주세요."

"이름은 이진성, 34세이고 집에서 프리랜서 그래픽디자이너로 일하고 있습니다."

종이에 무언가를 쓰는 소리가 희미하게 들렸다. 형사들 대부분 태블릿을 들고 다니는 요즘에도 아날로그식 수첩을 고집하는 우성이었다.

"어제 화재 시간대 하셨던 일을 자세히 말씀해주십시오."

"새로 론칭할 게임 캐릭터 프로젝트 때문에 토요일부터 어제 아침까지 밤을 샜습니다. 낮잠을 자고 깨니 15시더군요. 늦은 점심을 먹고 리프레시도 할 겸 베그를 했습니다. PC게임이요. 헤드폰을 끼고 한창 집중하는데, 갑자기 화재벨소리가 울리더군요. 헤드폰을 벗고 거실로 나오니 정말 거실 바닥이 뜨거웠어요. 겁이 나 당장 옷을 챙겨 입고 밖으로 나왔죠. 마침 화재벨소리를 듣고 다른 집에서도 사람들이 뛰쳐나왔습니다."

"510호 김은경 씨에 대해 아시는 대로 말씀해주세요."

"윗집에 살지만 아는 건 별로 없습니다. 그저 주말마다 남자친구가 오고 자주 싸운다는 정도밖에는."

"아랫집 커플이 자주 싸웠나요? 혹시 남자친구가 폭력을 휘두르는 걸 보신 적은 있습니까?"

"그러고보니 그 커플들 집밖에서도 싸웠던 것 같습니다. 아파트 단지 내에서도 큰소리로 언쟁을 벌이는 걸 보기도 했고요. 뭐, 직접 몸싸움을 벌이는 건 본 적 없지만요."

필요한 질문을 하고 있다고 판단한 영섭은 가로막은 현관문을 피해 복도 쪽에 붙어서 지나갔다. 현관문 너머 이진성은 왼손에 세탁물을 들고 우성과 이야기하고 있었다. 세탁물은 투명비닐에 싸인 감청색 셔츠였고, 셔츠의 가슴팍엔 구찌 시그니처가 박음질돼 있었다. 이진성은 170센티미터의 평범한 체격, 단정한 5 대 5 가르마에 먼지 하나 없는 회색 지방시 폴로셔츠와 진청색 청바지를 입고 있는 깔끔한 댄디 스타일이었다.

우성의 탐문에 영섭이 끼어들었다.

"안녕하세요, 같은 동남서 오영섭 형사입니다. 혹시 커플이 무슨 일로 다투는지 들으셨나요?"

이진성은 영섭에게 말했다.

"아뇨. 콜록. 커플이 싸우는 데 머 이유가 있겠습니까? 그냥 길거리에서 싸워도 모르는 척하고 지나가는 거죠. 콜록. 아! 그러고보니 어제 불이 나기 전 두 커플이 아주 크게 싸우는 소리를 들었습니다."

"괜찮으신가요?"

"아, 괜찮습니다. 제가 기관지가 좀 예민해서요."

"혹시 싸우는 소리를 들은 시각이 몇 시였나요?"

"아마 리그전 끝나고 간 화장실에서 들었으니 16시 40분이었을 겁니다. 죽어버리겠다는 아랫집 여자의 비명소리가, 콜록, 우리집 화장실을 타고 들렸던 것 같아요."

"화재 직전에 싸웠다."

우성이 조용히 읊조렸다.

영섭의 눈에 열린 문틈 사이로 가지런히 정리된 굽 높은 신발들이 보였다. 신발장 위엔 아크릴 케이스 속에 담긴 다양한 게임 캐릭터 피규어와 기하학적 모형이 열 맞춰 진열돼 있었다. 게임 디자이너에 걸맞은 덕후스러운 장식이었고, 굉장히 깔끔하고 꼼꼼한 성격임을 나타내주었다. 집안에서는 은은한 레몬 향이 배어나왔다. 그러나 방향제로도 희미한 탄내를 지울 순 없었다.

"감사합니다. 아랫집에 대해 더 떠오르는 것이 있으면 연락주세요."

영섭이 이진성에게 명함을 건네며 말했다.

시간은 어느덧 17시가 되었다. 영섭과 우성은 김은경의 남자친구 조기정의 회사로 가서 퇴근하는 조기정을 기다리기로 했다. 영섭이 차의 시동을 걸자 우성이 말했다.

"죽은 김은경 씨의 남자친구가 좀 수상한데요. 평소에도 자주 다퉜고, 화재가 있기 전 16시 40분에도 크게 싸웠어요. 불과 12분 후 103동을 나간 뒤 화재가 난 것도 수상하고요."

핸들을 붙잡고 전방을 주시하는 영섭이 말했다.

"506호 주부 권새라 씨가 진술한 16시 50분에서 17시 사이에 화재가 난 510호에 출입한 남자가 조기정 씨인지도 확인해봐야겠지."

차는 쌍용대로에서 케이블방송 사무실이 있는 불당대로 건널목에 멈춰 섰다. 신호를 받아 기다리던 영섭이 뭔가 생각난 듯 우성에게 말했다.

"택배기사 고한석 씨한테 전화해봐. 스피커폰으로."

영섭은 업무 특성상 쉴 새 없이 움직이는 택배기사라면 직접 찾아가 만나는 것보다는 전화 통화가 더 효율적이라 생각했다. 휴대폰 스피커로 택배회사 안내멘트가 흘러나왔다. 신호가 녹색불로 바뀌는 순간 상대편 기사가 전화를 받았다.

"안녕하세요, 제일택배 산영동 담당기사 고한석입니다. 주소와 동호수를 말씀해주세요."

조건 반사처럼 택배기사 멘트가 튀어나왔다.

"안녕하세요, 동남경찰서 강력반 오영섭 형사입니다. 다름이 아니라 어제저녁 화재사건 때문에 전화드렸는데, 잠시 통화 괜찮으십니까?"

"아, 네. 말씀하시죠."

이내 서비스용 말투에서 벗어나 담담한 말투로 기사가 대답했다. 다시 신호를 받아 정차한 영섭이 물었다.

"어제저녁 대진아파트에 택배 배달을 하셨던데요. 기사님이 배달하신 대진아파트에 화재가 난 사실은 알고 계신가요?"

"네, 아무래도 담당지역이다보니 그런 소식은 빨리 듣게 됩니다. 제가 배달을 마치고 나간 직후에 불이 났다더군요."

배달 중 핸즈프리로 전화를 받는지 계단을 내려가는 발소리가 스피커폰 너머로 들렸다.

"네, 맞습니다. 17시 10분에 103동을 나가셨더군요. 그래서 말인데요, 혹시 어제 510호에도 배달을 하셨나요?"

잠시 정적이 흐른 후 기사가 말했다.

"흠, 잠시만요. 송장을 확인해보겠습니다."

종이 스치는 소리가 들린 뒤 기사가 말했다.

"네, 어제 배달 목록에 510호 김은경 씨도 있군요."

"혹시 택배 물건이 뭐였는지 알 수 있을까요?"

영섭의 물음에 난감한 목소리로 기사가 말했다.

"아니요. 저희야 물건을 전달만 하지 그 안에 뭐가 들었는지는 모르죠. 아, 다만 어디에서 보냈는지는 확인 가능합니다."

"그러시면 발송지 주소를 이 번호로 문자 주세요."

"네, 그렇게 하겠습니다."

흔쾌히 대답하는 기사에게 영섭이 한 번 더 물었다.

"혹시 5층에 배달하시면서 뭔가 목격하신 것 없나요? 사소한 것도 상관없습니다."

"흠…… 특별한 건 없었던 것 같아요."

"마지막으로 한 가지 더 여쭤보겠습니다. 103동을 끝으로 대진아파트 단지를 나가셨나요? 아니면 단지 내 다른 동을 배달하셨나요?"

"103동 뒤에도 105동, 106동, 107동을 돌고 18시쯤 단지를 나갔던 것으로 기억합니다."

"네, 시간 내주셔서 감사합니다."

우성이 전화를 끊고 말했다.

"화재를 내고 다른 동 택배를 돌리는 건 범인으로서 어울리지 않는 것 같습니다. 게다가 화재 시간으로 미루어 봐도 택배기사의 동선은 범인으로 보기 어렵겠어요."

"나도 동감이야. 죽기 전 마지막으로 김은경 씨가 받은 택배는 뭐였을까?"

6

　이제 만나볼 사람은 김은경의 애인 조기정뿐이었다. 증언이나 정황
증거로 봤을 때 조기정에 대한 의심이 증폭됐다. 차는 17시 20분에 조
기정의 사무실에 도착했다. 영섭은 케이블방송 사무실이 있는 3층 상가
건물 주차장에 차를 세웠다.

　"할일도 없고 시간은 남고 담배나 한 대 태워야겠다."

　영섭은 담배를 피우지 않는 우성을 차에 두고 밖에 나왔다. 안주머니
에서 꺼낸 담배 한 개비를 입에 물고 불을 붙였다. 담배를 피우며 휴대
폰을 꺼내 사진첩을 열었다. 가족과 함께한 사진들이 화면에 떠올랐다.
딸아이들과 동해바다 해변을 거닐던 순간, 서울애니메이션페스티벌에
서 즐거웠던 한때. 사진 가득 행복한 아이들의 미소에 잠시나마 혼란한
마음이 평온해졌다. 순간 사진을 넘기던 영섭의 손이 멈칫했다. 한 달
전 천안과학대제전에서 찍은 사진이었다. 영섭의 뇌리에 뭔가가 스쳐
갔다. 하지만 문득 떠오른 생각을 정리하기 힘들었다. 분명 사건과 연
관된 기억인 것 같았지만 뭐라 설명하기는 힘들었다. 곰곰이 생각에 잠
긴 영섭의 담뱃불이 필터에 닿을 즈음, 멀리서 케이블방송 로고가 큼직
하게 박힌 경차가 주차장으로 들어섰다. 퇴근시간이 다가와 외근을 마
치고 사무실로 돌아온 차 같았다. 차문이 열리고 훤칠한 청년이 내렸

다. 영섭은 청년을 바로 알아봤다. 김은경의 SNS에서 봤던 조기정이었다. 영섭은 서둘러 담배를 비벼 끄고 조기정에게 다가갔다.

키 174센티미터, 평범한 체격, 단정하게 빗어 넘긴 머리와 볼록한 이마. 오밀조밀한 이목구비가 신뢰감을 주는 얼굴이었다. 선한 눈매가 전체적으로 착한 인상을 풍겼다. 오래 입어 빛이 바랜 감색 작업복 왼쪽 가슴에는 케이블방송 로고가 박음질돼 있었다. 그 아래 단추가 떨어져 나간 포켓에는 두툼한 종이뭉치가 꽂혀 있었다. 퇴근시간이 가까워서인지 피로한 얼굴이었다.

"안녕하세요, 동남경찰서 강력반 오영섭 형사입니다. 몇 가지 여쭤볼게 있어 직장까지 찾아왔습니다."

영섭은 경찰이라는 말에 순간 얼굴이 굳는 조기정을 포착했다. 조기정의 얼굴을 주시하며 말했다.

"김은경 씨 남자친구 되시죠? 어제 대진아파트에서 화재사고가 발생했던 건 알고 계신지요?"

"네. 아파트에서 화재가 났다는 소식은 오늘 출근하고 동료를 통해 알게 됐습니다. 케이블 설치하는 일을 하다보니 아무래도 지역에서 벌어진 일은 다른 사람들보다 빨리 접하게 됩니다. 안 그래도 헤어진 여자친구가 사는 아파트라 걱정돼 전화를 걸고 톡을 남겼는데, 일방적인 이별 통보 때문이었는지 전부 무시하더군요."

조기정의 대답에 놀란 영섭이 재차 되물었다.

"헤어졌다고요? 김은경 씨와요?"

조기정은 쓸쓸한 표정으로 담담하게 이야기했다.

"네, 어제 헤어지자 말하고 그녀 집에서 나왔습니다. 형사님께 이런 얘기 해도 될지 모르겠네요."

"괜찮습니다. 말씀하시죠."

"1년 동안 은경이와 사귀면서 많은 부분을 참았습니다. 그런데 더 이상은 신물이 나 견딜 수가 없더군요. 그런데 절 찾아와 은경이에 대해 여쭤보시는 이유가 뭡니까? 혹시 은경이에게 무슨 일이 생긴 건가요?"

"이런 말씀 드리기 죄송합니다만……."

조기정의 얼굴을 슬쩍 살피며 영섭이 말했다.

"사실 어제 화재가 났던 곳이 김은경 씨가 사는 510호였습니다. 김은경 씨는 사망하셨습니다. 이런 소식을 전하는 것을 유감스럽게 생각합니다."

조기정은 갑작스러운 충격에 눈을 부릅뜨고 몸을 떨었다. 꽤 큰 충격을 받은 듯 보였다. 영섭은 조기정의 반응이 진심인지 연기인지 날카롭게 살폈다.

"그, 그렇게 죽을 줄 알았으면 헤어지자는 말은 하지 않는 거였는데……. 그렇게 타지에 와서 고생만 하다 허망하게 죽다니. 이렇게 자살할 줄 알았으면 내가…… 내가 더 노력할걸……. 흑흑……."

영섭은 아스팔트에 무릎을 꿇고 주저앉아 오열하는 조기정을 바라봤다. 그때 조기정의 왼쪽 귓바퀴에 뭔가 날카로운 것에 긁힌 흉터가 보였다. 영섭은 두 귀를 막은 김은경의 사체가 떠올랐다. 정신이 번쩍 들었다. 영섭은 조기정을 일으켜 주차장 한편에 마련된 흡연 장소로 데려갔다. 흡연 구역 벤치에 조기정을 앉히고 담뱃갑을 건넸다. 떨리는 손으로 담뱃갑에서 담배 한 개비를 집어든 조기정을 따라 영섭도 한 개비를 꺼내 입에 물었다. 주머니에서 라이터를 꺼내 조기정의 담배에 불을 붙인 뒤 영섭도 불을 붙였다. 벌게진 눈으로 말없이 담배를 빨던 조기정은 스스로 자신의 이야기를 시작했다.

"은경이를 처음 만난 건 1년 전에 다닌 물류회사였습니다. 그때 전 물류창고 관리 계약직이었고, 은경이는 사무실 경리였죠. 돈을 벌기 위해 고향을 떠나 타지로 왔다는 공통점이 있었고, 쉬는 시간마다 건물 뒤편에서 담배를 태우며 사는 얘기, 상사 흉을 봤더니 자연스레 가까워졌습니다. 그렇게 사귀게 되었죠. 몇 달 뒤 전 창고를 그만두고 케이블 설치기사로 이직했습니다. 쥐꼬리만 한 월급에 물류창고 중노동은 도저히 못 견디겠더군요. 회사를 옮겼지만 은경이와의 관계는 계속됐습니다. 서로 직장도 다르고 평일엔 늦게까지 야근을 해서 만나지 못하지만 주말이 되면 제가 은경이네 집에 가서 일요일까지 죽치고 있었습니다. 돈벌이는 시원찮고 삶은 팍팍하고……. 그러니 어쩌겠습니까, 그냥 집에서 애인과 함께 시간을 보내는 수밖에요. 제 집은 단칸방 고시원인데 은경인 그래도 아파트 월세라 대부분 은경이네 집으로 제가 찾아갔습니다. 처음엔 함께 티브이 보고, 음식도 만들어 먹으며 꽤 행복한 시간을 보냈습니다. 그런데 시간이 지나고부터 조금씩 삐걱거리기 시작했지요."

"이유가 뭐였죠?"

"그녀의 생활습관 때문이었습니다."

담배 한 모금을 깊이 빤 뒤 한숨처럼 길게 연기를 내뿜는 기정은 이야기를 이어갔다.

"딱히 게으른 건 아닌데 그녀에게 정리란 단어는 없는 것처럼 사는 게 거슬렸습니다. 함께 담배를 태우고 꽁초를 쓰레기통에 버리라고 그렇게 이야기를 해도 기어코 산처럼 쌓아놓는 일이 다반사였습니다. 처음엔 제가 가져다 버렸지만 시간이 지날수록 저도 오기가 생기더군요. 언제까지 안 치우나 두고 보려고 방치했더니 정말로 온 집안이 담배꽁초로 뒤덮일 때까지 치우지 않았습니다. 택배로 받은 박스들을 버리지 않고 처박아두는 것도 그렇고, 이런저런 행동들을 참을 수 없게 된 저는 은경이에게 이별을 통보했습니다. 그런데 막상 이별을 통보하니 그 전에는 제 말을 귓등으로도 듣지 않던 그녀가 세상이 끝난 양 울고불고 매달리는 겁니다. 다시는 그러지 않겠다면서요. 처음엔 마음이 약해져 용서하고 만남을 이어갔지만 바뀐 모습은 단 일주일도 지속되지 않았습니다. 이후엔 다시 처음 그대로 돌아갔습니다. 결국 얼마 전 단단히 마음먹고 헤어지자 말하고 전화기를 꺼냈습니다. 그랬더니 은경이가 제가 사는 고시원까지 찾아와 식칼로 손목을 그어 자살하겠다고 난동을 부리더군요. 정말 미치는 줄 알았습니다. 그때 그녀의 눈빛은 장난이 아니었으니까요……."

기정의 말을 듣던 영섭이 다 피운 담배를 발로 짓이기며 말했다.

"그럼 어제도 그렇게 이별을 통보하셨던 거군요."

조기정 역시 다 피운 담배꽁초를 손가락으로 튕기며 말했다.

"네, 어제도 전과 마찬가지였습니다. 거실 식탁 재떨이에 담배가 넘치게 쌓여 있고, 베란다뿐만 아니라 심지어 방안에도 담배꽁초 더미가 즐비했으니까요. 더구나 월급 모은 돈으로 산 한정판 지포라이터가 배송된다고 자랑을 하더군요. 돈에 쪼들려 힘들게 살면서 그런 쓸데없는 것에 돈을 쓴다는 게 이해가 안 됐습니다. 정이 뚝 떨어지더군요. 결국 홧김에 헤어지자고 말하고 집을 뛰쳐나왔습니다. 혹시라도 집안에서 또 자살소동을 벌일까봐서요."

기정의 말로 김은경이 죽기 전 받은 택배를 짐작할 수 있었다.

"혹시 김은경 씨 집을 나가셨다가 다시 돌아가진 않으셨나요?"

고개를 저으며 기정이 말했다.

"아뇨, 또 험한 꼴을 볼 것 같아 뒤도 안 돌아보고 아파트를 나왔습니다. 아! 은경이 집을 나와 엘리베이터를 탈 때 택배기사님이 내리더군요. 아마도 은경이가 산 지포라이터를 배달하려 했나봅니다. 새로 산 지포라이터에 넣겠다고 라이터 전용 오일도 사놨었는데……. 그렇게 죽을 줄 알았다면 그까짓 지포라이터 그냥 눈감아줄걸 그랬습니다. 제가 이해했다면 은경인 죽지 않았겠죠?"

기정은 다시 어깨를 들썩이며 눈시울이 붉어졌다. 영섭은 기정에게 위로의 말과 함께 자신의 명함을 건네고 자리를 떠났다.

어느덧 저녁해가 긴 주황빛 꼬리를 물고 서산을 향해 넘어갔다. 영섭은 주차된 차로 돌아왔다. 차창 안으로 우성이 조수석에서 세상모르고 졸고 있었다. 딱한 마음에 조금 더 두고 싶었지만 서에 가서 진술들을 정리해야 했다. 운전석 문을 열고 영섭이 차에 타자 우성이 깜짝 놀라 문손잡이를 잡고 말했다.

"와! 왔습니까?"

"누가."

"조, 조기정이요."

"응, 왔다갔어."

"네?"

"서로 간다."

영섭의 소나타는 동남경찰서로 출발했다. 멍한 표정의 우성 옆에서 운전대를 잡은 영섭의 머릿속은 복잡했다. 조기정의 진술과 표정, 눈물은 진실돼 보였다. 하지만 얼마든지 거짓으로 꾸며낼 수도 있었다. 관계를 끝내려는 조기정을 끈질기게 붙잡는 김은경이 거추장스러워 죽음으로 떼어냈을지도 모른다. 화재 신고 약 1시간 전 아파트를 출입한 알리바이는 촛불을 이용한다면 충분히 깨트릴 수 있다. 왼쪽 귓바퀴의 흉터도 석연치 않다. 하지만 결정적 한 방이 부족했고, 조기정이 흘린 눈물이 마음에 걸렸다. 정리가 필요했다. 피해자 김은경의 사법해부 결과를 확인해야 했다.

18시 20분. 외근을 마치고 책상에 앉은 영섭은 하루 동안의 일들을 차근차근 복기했다. 506호, 509호, 410호, 610호, 택배기사와 조기정까지……. 그들의 진술들, 목격 정보, 피해자에 대한 이야기를 종합해 봤지만 자살을 뒤집기에는 역부족이었다. 하지만 10년 차 형사 영섭의 감은 여전히 살인 쪽으로 기울어 있었다.

거실 밀실 트릭, 냉장고 속의 사체, 살인동기. 닿을 듯 닿지 않는 수수께끼에 영섭은 혼란스러웠다. 그때 영섭의 옆자리에서 진술을 정리하던 우성이 모니터에서 눈을 떼고 말했다.

"선배님, 사법해부 결과 왔어요. 바로 프린트할게요."

영섭의 눈이 번쩍 뜨였다. 곧이어 복합기가 요란한 소리를 내며 종이를 토해냈다. 영섭은 종이를 낚아채듯 가져가 눈으로 빠르게 스캔했다. 잠시 후 굳어 있던 영섭의 얼굴엔 회심의 미소가 떠올랐다. 안개 속에 가려져 있던 의문들이 하나씩 맞물려지는 것을 느꼈다. 마침내 모든 수수께끼가 풀렸다.

'피규어, 담배, 기침…….'

"내용이 뭐기에 그렇게 뚫어지게 보고 계세요?"

우성이 영섭의 옆으로 다가와 손에 든 서류를 봤다.

"그리고 단추……."

"단추요?"

커다랗게 확대된 단추 사진이 A4용지 한가득 차 있었다.

7

"큭큭큭……."

오늘 다녀간 얼뜨기 형사를 보니 마음이 놓였다. 그년이 죽지 않고 깨어났던 건 예상 밖이지만 어찌됐건 결국엔 죽었으니 원하던 바대로 된 것이다.

괜히 분위기나 잡으면서 꼴값하는 꼬락서니라니. 잠시나마 긴장한

게 병신 같았다.

어차피 경찰은 자살로 결론 내릴 것이다. 어디 그년 주변이나 죽어라 파보라지. 진실은 영원히 묻혀버릴 테니…….

'지이이잉. 지이이잉.'

"어?"

처음 보는 번호로 전화가 왔다. 이 시간에 누구지?

"여, 여보세요?"

8

9월 17일 화요일. 아침부터 동남경찰서로 소환된 이진성은 조사실에 무표정으로 미동 없이 앉아 있었다. 어제와 마찬가지로 깔끔하고 단정한 차림이었다. 오염된 곳 하나 없는 흰색 챙모자에 감청색 구찌 셔츠와 청바지, 굽 높은 운동화를 신고 있었다. 영섭과 우성은 조사실 문을 열고 들어가 이진성의 맞은편 의자에 앉았다. 우성은 노트북을 켜고 속기할 준비를 했다. 영섭은 이진성의 얼굴을 슬며시 살폈다. 자신의 소환에 기분이 무척 상한 듯 보였다. 책상을 마주하고 앉은 두 사람 사이에 팽팽한 긴장감이 감돌았다. 힘겨루기와 같은 침묵이 이어졌다. 기나긴 침묵 끝에 영섭이 먼저 입을 열었다.

"소환에 협조해주셔서 감사합니다, 이진성 씨. 아무래도 화재사건으로 좀더 여쭤볼 게 있어서 말이죠."

이진성이 영섭을 노려보며 말했다.

"어제 분명하게 말씀드린 것 같은데요. 재택근무지만 지금 새로 맡은 프로젝트가 얼마나 중요한지 알고 계십니까? 여기 와 있는 시간으로 제가 겪게 될 금전적 손해는 경찰서에서 내주실 건가요? 분명하게 말씀드리는데, 소송을 걸어서라도 어떻게든 클레임 제기할 겁니다. 각오하십시오."

독설에 가까운 말을 내뱉는 이진성의 태도에 흔들리지 않고 영섭이 말했다.

"어제 이진성 씨 찾아뵌 후에 직접 확인해볼 게 있어 실례를 무릅쓰고 방문을 요청드렸습니다."

이진성이 눈을 치켜뜨고 노기 어린 목소리로 말했다.

"대체 뭘 확인하려고 사람을 오라가라 하는 겁니까?"

영섭 역시 이진성의 눈을 쏘아보며 말했다.

"단도직입적으로 말씀드리죠. 9월 15일 일요일 화재사건이 있던 그날을 이야기하려고 모셨습니다. 시작하기에 앞서 어젠 몸이 안 좋아 보이시던데 오늘은 괜찮으신지요?"

"네, 오늘은 괜찮습니다. 기침이 워낙 발작적이라서요. 주변 환경에 따라 들쑥날쑥합니다."

"이건 어디까지나 제가 조사한 바를 토대로 한 9월 15일 일요일 이진성 씨의 행적입니다. 아파트 CCTV 확인 결과 이진성 씨 말대로 토요일과 일요일 화재 발생 전까지 103동 밖으로 외출하지 않으셨더군요."

"네, 그렇습니다."

"일요일 16시 50분에서 17시 사이 택배기사가 김은경 씨가 있는 510호에 이어 506호로 택배를 배달합니다. 506호에 있는 권새라 씨는 문 앞에 놓인 상자를 찾으면서 510호로 175센티미터의 남자가 들어가는 것을 목격하죠. 키가 175센티미터인 권새라 씨가 말씀하신 175센티미터는 비교적 정확할 것이라 생각합니다. 전 그때 510호에 들어간 남성이 이진성 씨라고 생각합니다. 170센티미터인 이진성 씨가 5센티미터 굽의 키높이 신발을 신으면 175센티미터가 되니 권새라 씨의 목격증언과 일치한다고 볼 수 있죠."

"무슨 말도 안 되는 말씀입니까? 510호 김은경 씨가 왜 제게 문을 열어주겠습니까?"

이진성의 반박에 영섭이 날카롭게 말했다.

"얼굴을 식별할 수 없는 대진아파트의 특성상 택배 배달 직후 택배기사를 사칭했거나 가스검침원 혹은 아파트관리실 직원 등 마음만 먹으면 얼마든지 문을 열게 할 수 있겠죠. 그런 이진성 씨에게 속아 김은경 씨는 문을 엽니다. 문이 열리자마자 이진성 씨는 집안으로 침입합니다. 남자친구와 헤어진 직후 정신적 충격을 받은 김은경 씨에게 이진성 씨의 침입은 또 다른 충격이었을 겁니다. 사실 일반적인 여성들은 그런 상황에서 비명소리조차 지를 수 없는 쇼크에 빠지죠.

아마 이진성 씨는 김은경 씨에게 폭력을 행사해 정신을 잃게 만들었을 겁니다. 당황한 이진성 씨는 김은경 씨가 죽었다고 생각했을지도 모르겠군요. 아니면 정신을 잃은 김은경 씨를 보고 죽여야겠다고 생각했을지도 모르고요. 어쨌든 당황한 이진성 씨는 목격합니다. 거실 탁자에 놓인 새 지포라이터와 라이터 오일을요. 이진성 씨는 생각하죠. 의식을 잃은 혹은 죽은 김은경 씨를 자살로 위장하기로……. 아이러니하게도 새로 산 지포라이터에 오일을 채워 넣는 사람이 이진성 씨일 줄은, 그 라이터로 목숨을 잃게 될 줄은 김은경 씨는 전혀 상상도 못했을 겁니다. 이진성 씨는 재빨리 지포라이터를 분리해 라이터 오일을 채워 넣습니다. 그리고 화장실 문과 방문의 잠금 버튼을 누르고 문을 닫아 안으로 들어갈 수 없도록 잠가버립니다. 이어서 거실 창틀과 문틈, 현관문 틈에 꼼꼼히 테이프를 바르죠. 이제 집안에 들어온 흔적을 깨끗이 지운 뒤 출입문을 포함한 사면에 라이터 오일을 뿌립니다. 그 뒤 지포라이터로 불을 붙이고 집을 빠져나옵니다. 이후엔 댁에서 상황을 지켜보다 대피하는 사람들 틈에 섞여 아파트 밖으로 빠져나오는 거죠. 어떤가요? 제 말이 맞습니까?"

"큭큭큭……. 끅끅끅……."

이진성은 어깨를 흔들며 웃었다. 하지만 눈빛은 무섭도록 차갑게 빛났다.

"형사님 망상이 너무 지나치시군요. 형사님이 말씀하신 대로면 510호는 그야말로 밀실이란 말인데 제가 어떻게 밀실에 불을 지르고 빠져나왔다는 말인가요? 형사님 정신이 나간 것 아닙니까?"

비웃는 이진성에 개의치 않고 영섭이 말했다.

"엄밀히 말해 510호는 밀실이었죠. 하지만 이진성 씨에겐 아니었습니다. 우선 연기를 막기 위해 문틈에 붙인 테이프부터 말씀드리죠. 언뜻 김은경 씨가 자살을 위해 직접 창문과 방문 틈에 테이프를 붙였다고 생각할 수도 있습니다. 하지만 밖으로 나가야 했던 이진성 씨는 절대로 테이프를 붙일 수 없는 곳이 한 곳 있었죠. 바로 현관문의 바닥입니다. 거실과 화장실, 방문의 모든 틈에 테이프를 붙였지만 밖으로 열리는 현관문은 문을 살짝 연 채로 윗면과 측면에 미리 테이프를 붙인다 해도 바닥에는 절대 붙일 수 없었습니다. 밖으로 열리는 현관문 바닥에는 테이프를 붙일 수 없으니까요. 그래서 509호 김종주 씨가 바닥으로 새어 나오는 연기를 목격했던 겁니다. 김은경 씨가 놓친 게 아니었던 거죠.

잠겨 있던 현관문도 같은 맥락입니다. 어제저녁 이진성 씨를 찾아갔을 때 신발장 위에 장식해둔 다양한 피규어들을 봤습니다. 그런데 찾아보니 시중에서 판매하는 기성품이 아니더군요. 게다가 제작하지 않고는 있을 수 없는 기하학적인 장식품도 있었어요. 당시엔 몰랐지만, 얼마 전 과학박람회에서 간단한 스캔으로 실제 모양을 본떴던 3D 프린터 체험이 떠올랐습니다. 신발장 위에 전시해놓은 피규어들은 전부 3D 프린터로 제작한 피규어들이죠? 이진성 씨는 밀실 트릭을 위해 3D 프린트를 떠올렸습니다. 이진성 씨는 510호 거실에서 현관 열쇠를 발견합니다. 재빨리 열쇠를 가져다 댁에 있는 3D 스캐너로 렌더링한 뒤 3D 프린팅을 합니다. 열쇠 크기도 작을뿐더러 전문가용 장비이니 몇 분 만에 열쇠 복제를 끝낼 수 있었죠. 그렇게 510호 열쇠를 손에 넣습니다. 그다음 가져간 열쇠를 제자리에 놓고 510호에 불을 지른 뒤 플라스틱 열쇠로 문을 잠가 마무리하는 거죠. 내구성 낮은 플라스틱이지만 단 1회만 사용했다면 충분히 가능했을 겁니다. 개인적으로 좀더 조사해보니 열쇠를 찍은 사진만으로도 3D 복제가 가능하더군요. 다만 사진만으론 제작시간이 오래 걸리는 단점 때문에 이진성 씨는 실물 열쇠를 가져다 복제했으리라 추정합니다.

이진성 씨는 금일 소환에 응하면서 이미 범행에 쓰였던 플라스틱 열쇠를 처리했겠죠? 하지만 분명 컴퓨터에는 작업 내역이 남아 있을 겁니다. 데이터를 삭제했어도 문제없습니다. 저희 경찰청 사이버수사대의 디지털포렌식 기술은 세계에서도 손꼽히는 수준이니까요. 이진성 씨의 하드디스크에서 분명 제작 데이터를 찾아낼 거라 자신합니다. 결국 모든 정황들이 이진성 씨가 510호에 출입했다는 사실을 말하고 있죠."

"디지털포렌식? 전 형사님이 무슨 말씀을 하시는지 전혀 모르겠습니다. 네, 저희 집에 3D 프린터가 있는 건 사실입니다. 형사님 말씀대로 제가 진열한 대부분의 피규어도 직접 3D 프린터로 제작했습니다. 하지만 분명히 말씀드리는데, 전 사건 당일 3D 프린터를 사용한 적이 없습니다. 안타깝지만 저희 집 PC 하드를 가져가셔도 나오는 건 없을 겁니다. 사건 다음날 하드가 고장나서 새 하드로 교체했거든요."

이진성은 입꼬리를 올려 비열한 웃음을 지었다. 영섭도 입가에 미소를 지으며 화답했다.

"물론 이진성 씨가 하드디스크를 처리했으리란 건 예상한 바입니다. 전 어젯밤 국과수에 긴급 추가조사 한 건을 의뢰했죠. 그게 뭔지 아십니까?"

이진성은 미소를 거두고 신경질적으로 대꾸했다.

"그걸 내가 어떻게 알겠습니까?!"

"510호 현관문에 설치된 문고리 시건장치와 보조 잠금장치 뭉치입니다. 사실 반신반의했습니다. 시간도 얼마 없었고요. 그런데 국과수에서 도어록 부속 하나하나 전부 분해하고서야 마침내 발견했습니다. 보조 잠금장치 열쇠 구멍 속에 남아 있던 녹아내린 미세 플라스틱 조각을요. 저희가 발견한 조각이 이진성 씨 댁의 플라스틱과 같은 성분이라는 건 굳이 제가 말하지 않아도 이진성 씨가 잘 알고 계시겠죠?"

영섭의 말을 들은 이진성은 점차 표정이 일그러졌다. 불안한 듯 눈빛이 마구 흔들렸다.

"제가 510호 여자를 죽일 이유가 어디 있겠습니까? 저와 510호 여자는 아무런 관련이 없습니다! 형사님의 억지 주장일 뿐입니다."

"살인동기 말이죠. 잠시 쉬었다 할까요?"

말을 마친 영섭은 우성과 이진성을 자리에 두고 조사실을 나왔다. 영섭은 경찰서 옥상으로 발길을 돌렸다. 높고 푸르른 가을하늘 아래 영섭은 점퍼 안주머니에서 담배 한 개비를 꺼내 물었다. 천천히 그리고 깊이 필터를 빨아들였다. 손가락 사이에 끼운 담배가 시뻘건 불꽃에 모두 타들어갈 때쯤 구둣발로 담배를 비벼 끈 영섭이 말했다.

"이쯤이면 됐겠지."

영섭이 다시 조사실 문을 열자 이진성이 고개를 돌려 영섭을 바라봤다. 영섭은 이진성이 앉아 있는 탁자 맞은편 의자에 앉아 이진성을 향해 한숨을 쉬었다.

"콜록, 콜록, 콜록……."

이내 급작스러운 기침을 시작한 이진성은 당황했다.

"이게 이진성 씨가 김은경 씨를 죽인 살해동기입니다."

손으로 입을 막고 기침을 하는 이진성이 말했다.

"콜록, 콜록. 뭐, 뭐요?"

"이진성 씨는 담배 알레르기 환자입니다. 꽃가루, 먼지 알레르기처럼 담배 연기를 맡으면 발작적으로 기침을 지속하는 사람들이 있죠. 이진성 씨의 기관지는 담배 연기에 상당히 민감하게 반응한다는 걸 알았습니다. 어제 김 형사와 무리 없이 이야기하던 이진성 씨가 담배를 피운 제 앞에서는 계속 기침을 했죠. 그 당시에는 몰랐는데 지금 담배를 피우고 들어온 제 앞에서 기침을 하시는 걸로 보아 확실하군요. 더 확실히 말씀드리자면 어제저녁 이진성 씨에 대해 조사하면서 이진성 씨가 프리랜서가 되기 전 다녔던 직장에 전화를 걸었습니다."

"콜록. 회사요?"

"네, 퇴사하신 직장의 인사담당자가 말해주더군요. 이진성 씨가 회사를 퇴사한 이유가 흡연자들과 한 사무실에서 일을 할 수 없을 정도로 담배 연기를 괴로워했다고요. 그래서 어쩔 수 없이 퇴사했다고요. 자택에서 재택근무를 하는 건 그 이유 때문이겠죠."

"제가 담배 연기에, 콜록, 민감한 건 사실입니다. 그런데 그게 왜 510호 여자를 죽일 이유가 된다는 거죠?"

영섭이 우성을 보며 말했다.

"우성 씨, 이진성 씨에게 물 한 잔 주세요."

우성은 조사실 구석에 놓인 정수기에서 물 한 잔을 떠 이진성에게 건넸다.

"자, 우선 물 한 잔 드시죠. 이진성 씨가 김은경 씨를 죽이려 했던 동기는 충분합니다. 이유는 20년이나 된 대진아파트에 있죠."

이진성이 목을 축이는 것을 지켜보며 영섭이 말했다.

"아마 모르셨겠지만 저도 대진아파트에 살고 있습니다. 그런데 매년 여름만 되면 베란다 배수관으로 강아지가 싼 오줌 지린내가 올라옵니다. 저희 아랫집에서 조그만 애완견을 키우거든요. 근데 하필 강아지 화장실이 베란다인가봐요. 뜨거운 볕에 오줌이 말라서 그런지 가뜩이나 날도 더운데 온 집안을 가득 채운 지린내는 정말 환장하겠더군요. 배수관을 아무리 막고 청소해도 아랫집에서 올라오는 냄새는 막을 수 없었습니다. 오래된 아파트라 낡아서 그런지는 모르겠지만요. 뭐, 지금은 포기 상태입니다. 허허."

실없게 웃던 영섭이 눈을 번뜩이며 말했다.

"510호 현장을 찾아갔을 때 베란다에 산처럼 쌓여 있는 담배꽁초 더미를 발견했습니다. 그리고 어제 이진성 씨 댁에서 방향제에 섞인 탄내도 맡았죠. 510호에서 올라온 탄내를 방향제로도 지울 수 없었던 겁니다. 말할 것도 없이 610호에 사는 이진성 씨 댁은 김은경 씨가 매일 태우는 담배 냄새로 진동했겠죠. 그것도 매일매일 말입니다. 담배 냄새 때문에 직장을 그만두고 재택근무를 하는데 집안에 담배 연기가 가득 차 일을 할 수 없을 정도라면 분명 살의를 느낄 정도로 괴로우셨을 겁니다. 특히 담배 알러지가 있는 이진성 씨라면요. 그 정도면 살해동기는 충분하죠."

이진성은 영섭을 노려보며 크게 말했다.

"담배 알러지는 그렇다 쳐도 증거가 하나라도 있습니까? 콜록. 모두 형사님의 정황 증거뿐이지 않습니까! 증거를 내놓으십시오!"

영섭이 차분하게 대답했다.

"김은경 씨의 지포라이터입니다."

"라이터?"

"김은경 씨 집에 불을 붙인 라이터 말입니다. 국과수 현장감식에서 김은경 씨의 지포라이터는 발견되지 않았습니다. 이진성 씨, 김은경 씨의 라이터 갖고 계시죠? 이진성 씨는 범죄의 긴장감 때문에 라이터를 처리 못하고 댁으로 가져갔습니다. 이진성 씨 댁을 압수수색하면 없어진 지포라이터가 나올 겁니다."

"하하하. 쿨럭……. 하……."

이진성의 일그러진 입술 사이로 비웃음이 비어져나왔다.

"형사님, 전 그런 라이터는 갖고 있지 않습니다. 크게 오해하셨군요. 큭큭큭. 이런 말도 안 되는 주장이 증거란 말씀인가요? 어이가 없군요."

이진성의 웃음에 개의치 않고 영섭이 말했다.

"물론 이진성 씨는 화재 이후 플라스틱 열쇠나 하드디스크처럼 라이터를 처리하셨겠죠."

"그럼 더 이상 이야기를 계속 나눌 이유가 없군요. 전 혐의가 없으니 이만 가도 되겠습니까?"

탁자를 잡고 일어서려는 이진성의 셔츠에 매달린 소매 단추가 철제 탁자와 스치며 탁한 소리를 냈다.

"이진성 씨, 멈추십시오!"

엉거주춤 일어선 이진성을 영섭이 불러 세웠다.

"자, 이것이 이진성 씨가 화재로 김은경 씨를 죽였다는 결정적 증거입니다."

영섭은 결재판에 끼워진 A4용지 한 장을 이진성 쪽으로 밀었다.

"이게 뭡니까?"

영섭이 건넨 종이를 본 이진성은 눈을 크게 치떴다. 종이에는 확대된 단추 사진이 복사돼 있었다. 단추에는 음각으로 GUCCI라는 알파벳이 새겨져 있었다.

"어디서 많이 본 사진이죠?"

"이…… 이게 뭐 어쨌단 말입니까?"

발끈하는 이진성을 향해 영섭이 말했다.

"어제 이진성 씨가 들고 있던, 그리고 지금 입고 있는 그 명품셔츠요. 물론 저희가 103동 입구 폐쇄회로로 확인한 화재사건 당일 대피 시에 입고 있던 셔츠이기도 하죠. 이진성 씨도 알다시피 사진 속 단추는 이진성 씨가 입고 있는 셔츠의 단추입니다. 이미 이진성 씨에게 셔츠를 배달한 세탁소 주인에게 확인했습니다. 이진성 씨가 단추가 없어진 소매에 예비 단추를 달아달라고 수선을 맡겼던 것을요. 이진성 씨, 이제 거짓 연기는 그만하시죠. 지금부터 제가 드리는 말씀은 이진성 씨가 미처 몰랐던 일요일 저녁의 진실입니다."

충격을 받은 이진성을 보며 영섭이 계속 말했다.

"담배 연기 때문에 김은경 씨 집으로 들어간 이진성 씨는 김은경 씨

를 떠밀어 의식을 잃게 했습니다. 그리고 김은경 씨가 이진성 씨에 의
해 떠밀려 넘어지는 순간 뭐든 잡으려던 김은경 씨는 이진성 씨가 지
금 입고 있는 셔츠 소매에 달린 단추 한 개를 뜯어냈습니다. 단추를 움
켜쥔 김은경 씨가 정신을 잃고 쓰러진 사이 이진성 씨는 라이터 오일을
뿌려 불을 붙이고 도주합니다. 한참이 지나 뜨거운 열기에 정신을 차린
김은경 씨는 화재의 열기를 피해 냉장고 안으로 피신합니다. 하지만 냉
장고 안에서 공기가 희박해진 김은경 씨는 어쩔 수 없이 불꽃이 일렁이
는 부엌으로 냉장고 문을 열고 나옵니다. 다가오는 열기와 질식의 고통
에 희미해져가는 의식 속에서 김은경 씨는 목격합니다. 바닥에 떨어진
이진성 씨에게서 뜯어낸 단추를요."

　이진성의 어깨가 조금씩 떨렸다. 핏기 없는 회색빛 입술이 부들부들
떨렸다. 이진성의 눈빛에 천천히 절망감이 서렸다.

　"이 단추가 발견된 곳이 어디인지 압니까? 바로 김은경 씨의 귓속 고
막 부근입니다. 죽어가던 그 순간 이진성 씨가 잡히길 바라는 마음에
자신의 귓속에 단추를 쑤셔넣은 겁니다. 손가락으로 깊숙이 찔러 넣어
찢어진 고막 안쪽 중이에서 발견됐다더군요."

　영섭은 자신의 앞에 놓인 결재판에서 참혹하게 타버린 김은경의 시
신 사진을 꺼내 이진성에게 던졌다. 이진성은 자신 앞의 사진을 물끄러
미 바라보고 고개를 푹 숙였다. 영섭은 이진성을 손가락으로 가리키며
강하게 말했다.

　"두 손으로 귀를 감싸고 불에 타죽은 김은경 씨가 보입니까? 김은경
씨는 불길에 타들어가는 고통 속에서도 단추가 들어 있는 귀를 부여잡

고 바로 당신! 이진성 씨가 범인이라고 외치고 있었던 겁니다!"

영섭의 일갈에 이진성 내부의 무언가가 끊어진 듯 보였다. 절망 어린 눈빛에 다시금 살기가 타올랐다.

"당신은 아무것도 몰라! 이렇게 살아가야 하는 내 고통을. 아랫집 년은 저녁마다 담배를 피워대지, 주말마다 연놈이 쉴 새 없이 연기를 피워 올리는데 내가 안 미칠 수 있었겠어?!"

"그래서 살인밖에는 방법이 없었습니까?"

"나도 수십 번 찾아가서 사정하고 이야기했다고. 그년한테 사정하고 집으로 돌아오자마자 담배 냄새가 올라왔을 때의 기분을 당신이 알겠어?! 이사 온 지 얼마 되지도 않았고 계약기간은 한참 남았는데, 왜 내가 자비를 들여서 이사 가야 하지? 나쁜 건 그년이고 난 피해자라고!"

이진성의 악에 받친 목소리가 조사실 가득 울려 퍼졌다. 흥분한 이진성이 영섭을 향해 달려들자 우성이 가로막았다.

"다 죽여버릴 거야! 전부 죽여버릴 거야아아아!"

영섭은 절규하는 이진성을 뒤로하고 조사실을 나왔다. 씁쓸한 기분이 마음 한구석을 채웠다. 영섭은 답답한 마음에 바람이라도 쐬고 싶어 다시 옥상에 올라갔다. 깨끗하게 걷힌 가을하늘이 옥상에 선 영섭을 맞이했다. 구름을 내모는 청량한 바람이 기분 좋게 불어왔다. 한껏 숨을 들이마신 영섭은 자신도 모르게 입에 문 담배를 깨달았다. 대체 언제 꺼내 물었는지 전혀 기억나지 않았다. 어이가 없었다. 허탈한 웃음이 터져 나왔다.

"허, 참……."

한겨울 아내와 아이들 몰래 베란다에서 담배를 피웠던 기억이 스쳐 지나갔다.

'나 역시 누군가에겐 그저 몰지각한 흡연자였겠구나.'

영섭은 고개를 절레절레 흔들고 입에 문 담배를 도로 담뱃갑에 넣었다. 담뱃갑을 쥔 손에 힘을 주었다. '바스락.' 형체를 알아볼 수 없이 구겨진 담뱃갑이 영섭의 손에서 마지막 비명을 질렀다. 옥상 휴지통에 구겨진 담뱃갑을 던지며 영섭은 되뇌었다.

"이번엔 진짜로 금연 한번 해본다."

사회적 이슈를
본격 미스터리로 충실하게 풀어내

이번에도 많은 신작들이 들어와 기쁘다.

이번 호의 신인상 응모작 본심에 올라온 작품들 중에는 특이하게도 외국을 배경으로 한 단편들이 눈에 띄었다. 멕시코를 배경으로 한 〈아이샤〉와 제목에도 있듯 스페인을 배경으로 한 〈스페인 살인사건〉이다. 한국에 국한되지 않고 배경을 넓힌 작품이 그리 많지 않다는 점에서 눈에 띄기는 하지만, 두 작품 모두 분량에 비해 극중 사건의 비중이 크지 않고 여러모로 군더더기가 많다는 느낌이 들어 아쉬웠다.

〈신춘문예 증후군〉은 자신에게 글 쓰는 재능이 있다고 생각했지만 세상의 벽은 너무 높았던, 작가 지망생의 고뇌가 잘 나타나 있다. 거기다 결국 마지막 반전을 통해 나타나는 인생의 아이러니도 잘 표현되어 있었다. 하지만 이야기 전개 및 사건동기에 억지스러운 면이 있어서 아쉽게도 이번에는 뽑지 못하게 되었다. 더욱이 살인의 직접적인 동기가 된 계기는 왜 그렇게 되었는지에 대한 설명이 없었다.

〈백색살의〉는 이번 응모작들 가운데 가장 본격 미스터리에 가까운 작품이었다. 어느 아파트에서 화재사건이 일어나고 혼자 살던 여자가 죽는다. 형사인 영섭이 이 사건을 조사하게 된다. 그는 처음에는 자살이라 여기지만, 가장 고통스러운 방법인 분신자살을 택했다는 점을 수상히 여겨 수사를 하기 시작하고, 그 과정에서 그녀가 애인은 물론 이웃사람들과도 다툼이 많았고 여러 복잡한 갈등이 얽혀 있음을 알게 된다.

이 작품은 피해자의 다잉 메시지를 바탕으로 사건을 풀어낸다는 점에서 본격 미스터리에 가장 충실하고, 현실에서 종종 이슈가 되는 아파트 입주민 간의 갈등이라는 사회적인 문제를 담고 있다. 또한 군더더기 없는 깔끔한 전개와 마지막까지 용의자 한 명 한 명의 미심쩍은 점을 잘 표현하고 있으며, 제목 또한 이 작품의 동기와 딱 맞아떨어져 아주 잘 지었다고 생각한다. 다만 피해자가 왜 그런(스포일러라 밝힐 수 없지만) 행동을 했는지는 조금 아쉽게 생각된다.

여러모로 이번 응모작들 중에서 가장 완성도가 높은 작품인 〈백색살의〉를 신인상 수상작으로 선정하였다. 앞으로도 더 멋진 작품으로 한국 추리소설 발전에 공헌하기를 바란다.

계간 미스터리 신인상 심사위원 일동

장르덕후에서
내 이야기를 하는 작가로

15년 넘게 블로그를 운영해오며 SF와 추리 장르의 작품을 읽고 리뷰를 '써'왔습니다.

그렇게 수백 수천 권의 책을 읽어오면서 이상하게도 뭔가를 '써'보고 싶다는 생각은 전혀 해본 적이 없었습니다. 뭐랄까. 은연중 제 스스로 읽는 것에서 이야기를 짓는 것에 대한 경계심을 갖고 있었던 것 같습니다.

돌이켜 생각해보면, 그런 경계를 허물게 된 계기는 작년 여름에 진행됐던 '추리를 사랑하는 사람들' 오프라인 모임이었던 것 같습니다. 추리를 사랑하는 애독자들과 한국추리작가협회 작가님들과의 즐거웠던 시간 속에서 책을 읽을 때는 몰랐던 출판계 뒷이야기들과 얼마나 많이 그리고 교묘하게 죽이냐를 두고 열띤 토론을 벌이는 작가들의 세계가 너무나 신선했습니다. 그 순간 저도 이 그룹에 속해서 이분들과 함께하고 싶다는 열망을 처음으로 가졌던 것 같습니다.

그래서 시작했습니다. 내 이야기를 만들기로 말이죠. 물론 무수한 시행착오로 방황하기도 했습니다. 짧게나마 열정과 현실의 괴리가 얼마나 크고 깊은지를 뼈저리게 느끼는 시간이었습니다.

좌절의 수렁에 빠져 허우적댈 때쯤, 때마침 추리작가님들의 릴레이 작법 강연이 시작되었습니다. 전 매달 거의 빠짐없이 참석하며 작가님들이 꽁꽁 숨겨놓은 작법 노하우와 비기들을 전수받았습니다. 그런 시간들이 미숙한 제겐 정말 많은 도움이 됐습니다. 이 자리를 빌려 추리작법 강연을 진행해주신 한국추리작가협회 작가님들께 감사의 말씀을 전하고 싶습니다.

너무나 책을 싫어하면서도 제가 쓴 작품을 매번 읽어준 (또 앞으로도 쭉 읽어야 하는) 아내 김종주와 꼼꼼히 감상을 이야기해주는 처형 김종화, 작가에 도전하는 아빠에게 아낌없는 응원을 날려준 두 딸아이 홍은하와 홍우주에게 고맙다고 말하고 싶습니다.

이제 장르덕후에서 작가라는 새로운 분야로 처음 발을 내딛게 되었습니다. 아직 한없이 서툴고 모자라지만 진짜 작가라 불릴 수 있는 날이 오기까지 꾸준히 정진하고 노력하리라 각오를 다집니다.

마지막으로 제 작품을 뽑아주신 심사위원님들께 깊은 감사의 말씀을 드립니다.

에세이

추리문학, 그 철학적 단상

백휴

서강대 졸. 《낙원의 저쪽》으로 '한국추리문학상 신예상', 《사이버 킹》으로 '한국추리문학상 대상'을 수상했다. 추리소설 평론서 《김성종 읽기》와 〈추리소설은 무엇이었나?〉, 〈꿈 진성 최인훈 브라운 신부〉, 〈레이먼드 챈들러, 검은 미니멀리스트〉 등 다수의 추리 에세이를 발표했다.

✚ 해체의 역사

추리소설사는 추리소설의 해체사이다. 초월이 가능하다는 사태로부터 불가능하다는 사태로. 고전추리소설은 하드보일드 추리소설(아버지의 부재)을 거쳐 형이상학적 추리소설(작가의 부재)에 이른다. 아버지와 작가의 지위는 절대 초월로서의 신의 지위를 닮아 있다. 따라서 '신이 죽었다'는 언명으로부터 아버지와 작가의 권능 또한 맥없이 추락할 수밖에 없다. 한데, 적어도 고전추리소설만은 이 추락의 낭떠러지를 거슬러 오르고자 했다. 그렇기에, 애거사 크리스티 추리소설의 정신은 노스탤지어이다. 초월 신에의 향수!

✚ 느와르란?

탐정 필립 말로를 창조한 레이먼드 챈들러가 공허에 빠져드는 독특한 방식. 그는 과거(타락한 사회)와 미래(팜 파탈, 타락한 여자와의 성관계 거부)를 거부함으로써 현재마저 공허로 나락시킨다. 프랑스인들은 챈들러의 소설에서 프랑스적 실존, 느와르를 발견한다. 그의 하드보일드 추리소설은 삶과 분리되어 있지 않다는 것이다. 공허로서의 느와르, 즉 어둠. 삶이 어둠 속을 헤매는 공허라면⋯⋯.

✚ 탐정이란?

탐정은 시각 은유의 한 종류이다. 디텍티브(detective)는 '거짓 베일을 벗겨서 보기'라는 의미를 갖고 있다. 셜록 홈스는 자신이 보지(see) 않고 관찰하기(observe) 때문에 범인을 찾는 데 능숙하다고 말한다. 이때 관찰 대상은 범인의 통제력을 벗어난 사소한 것들이다. 예컨대 《배스커빌 가의 개》에서 개가 짖지 않았다는 사실. 아는 사람이 방문하면 개는 짖지 않는다. 범인인 개 주인이라고 하더라도 그것까지 통제—아는 사람에게 짖게 만드는 것—할 수는 없다. 셜록 홈스는 바로 그 점을 꿰뚫어 본 것이다.

부재(개가 짖지 않는다)를 특징짓는 그 어떤 물질성(짖지 않는 만큼 개의 목청은 쉬고 있다)으로서의 기호. 이 물질적 흔적으로서의 기호를 명철하게 파악한다는 점에서 탐정은 기호학자이기도 하다. 기호학자 움베르토 에코가 추리소설을 쓴 것은 우연의 일치만은 아닐 것이다.

✚ 밀실살인과 고전추리소설

'밀실 살인사건의 해결'이 말하는 것은 아직 '묘사로서의 소설'이 가능하다—소설에서 묘사가 핵심적 기능이다—고 말하는 것에 다름이 아니다. 모더니즘과 함께 소설은 형식에 대한 탐구가 되고 말았다. '무엇(what)'이 아니라 '어떻게(how)'에 대한 열정. 알랭 로브그리예의 누보로망과 사뮈엘 베케트까지.

묘사는 무엇에 대한 관심이다. 모더니스트에게 그 관심은 시대착오적이다. 반면, 고전추리소설은 묘사에 대한 불가능성(자살은 분명히 아닌데 밖에서 문을 따고 들어간 흔적은 없는 밀실)으로부터 해결책을 통해 사건의 진실을 묘사하기에 이른다. 이때, 추리소설은 최대한 적게 말함으로써 가능성만을 환기시키고 있는지 모른다. 즉 고전추리소설은 묘사가 가능하다 말하는 것—무엇(what)에 대해 묘사할 수 있다—이지, 그 어떤 무엇(a what)에 대한 언급이 아니다.

추리소설을 폄하했던 리얼리스트의 태도는 이 무지에서 생겨났다. 추리소설의 캐릭터가 입체적이 아니라는 점에서 인간의 사회적 실상을 반영하지 못해 실망스럽다는 것. 고전추리소설은 이 무지의 전도된 조건을 주장할 뿐이다. 캐릭터가 입체적이기 위해서는 그에 앞서 캐릭터에 대한 묘사가 가능해야 한다는 것.

✤ 추리소설 탄생의 비화

누군가가 말했다. 언어가 묘사와 은유의 기능을 잃게 되면 작가의 표현엔 감정이 메마르게 된다고. 낭만주의에 대한 사실주의의 승리. 은유에 대한 환유의 승리. 이것이 추리소설 탄생의 비화다.

✤ 철학자 비트겐슈타인

철학 잡지에는 한 톨의 지혜도 없는 게 확실해. 반면 탐정소설에는 꽤 많은 지혜의 알갱이들이 있지.

✤ 삶에 비밀이 있는가?─추리소설의 경우

프랑스 대중문학엔─특히 탐정 뤼팽이 등장하는 추리소설엔─직업이 도둑이자 수사관의 직함이 공존하는 인물로 인해 드러나는 어떤 변덕, 탈바꿈(변장술), 역전, '내용과 형식의 전도' 같은 날렵함이 있다.

'프랑스에 왜 회의주의자(대표적으로 푸코)가 많은가?'라는 물음에 변덕스러움의 정신상태 때문이라고 대답한다면, 우리는 도둑이었다가 나중에 수사관이 된 비도끄(Vidocq, 실존인물로 에드거 앨런 포의 〈모르그 가의 살인〉에서 언급된다)를 얘기하지 않을 수 없다.

이때 궁금한 점은 이 변덕 탈바꿈 역전 전도의 원리가 무엇이냐는 것이다. 기대와 달리 그런 원리 따위는 없다는 확고한 입장이 있다. 뿐만 아니라 이에 따른 추론의 결과로 문학에도 삶에도 비밀은 없다는 주장이 가능할 수 있다.

삶, 오로지 실험적인 삶만이 있을 뿐이다. 자신의 조국인 프랑스 문학을 비난하고 미국 문학을 찬양했던 질 들뢰즈의 생각이다. 출구(영생, 해탈)에 대한 환상이 없다면 삶은 미스터리일 수도 미로일 수도 없다는 것이다. 그냥…… 그래, 이런저런 형용사나 부사의 추가 없이 그냥 살다가 죽는다는 것! 그것이 기존 질서에 굴복해 복종의 형태를 띠느냐, 굴종을 거부하고 실험의 형태를 탐구하느냐는 유일한 기준만이 있을 뿐. 추리소설은 특히나 고전추리소설은 출구와 초월에 대한 환상을 갖고 있다는 점에서 삶의 은유로서의 미스터리를 생산한다.

✦ 고전추리소설의 반대말
철학자 니체, 망각, 모더니즘, 파편, 교배, 콜라주, 초월의 부재, 삶에는 미스터리가 없다는 것, 작곡가 스트라빈스키.

✦ 추리소설가들이 크게 놀랄 니체의 물음
너, 사람 죽이는 이야기를 겁도 없이 펑펑 써대는 추리작가라면서? '그런데 너 살인자가 될 만한 그릇이기는 한 거야?(Aber vermögst du das, Mörder zu sein?)'

✦ 철학을 하는 색다른 방법
1. 다빈치: 회화로 철학을 하다.
2. 발레리: 시로 철학을 하다.
3. 보르헤스: 추리소설로 철학을 하다.

✦ 변항(the variable) 감각과 추리소설
변항(變項) 감각이란 '무엇이라고 특화하거나(specify) 확정할(definite) 수 없는 한에서 그 무엇이라고 지칭할 수 있는 대상 x'에 대한 감각을 말한다. 우린 중고등학교 때 별생각 없이 이것을 배웠다.

$y=f(x)$. 이 수학적 기호는 y는 변항 x의 함수로 이해된다.

변항 감각은 '오스트리아─헝가리' 제국(제1차 세계대전을 전후하여 이 나라는 유럽의 정신적 해체의 실험장 역할을 했다) 해체기의 산물이다. 오스트리아인들이 가장 예민하게 변항 감각을 받아들였음은 물론이다.

오스트리아 작가인 로베르트 무질의 《특성 없는 남자》는 제목 그 자체가 변항 감각을 드러내고 있다. 유럽 비평가들에 의해 20세기 가장 위대한 소설―심지어 카프카의 소설들을 누르고―로 꼽히기도 했던 이 작품 속에서 무질은 '현실 감각'의 저열성을 고발하고 '가능 감각'의 우위를 주장한다. 작가가 이 작품을 미완성으로 남겨둔 것은 당연히 '소설의 결말을 그 무엇이라고 특화하거나 확정할 수 없는 태도'로서의 '가능 감각'을 보존하기 위함이다.

역시나 오스트리아 수학자인 추버도 무질과 유사한 고민을 했다. 그는 y와 'y=f(x)'의 y를 구분한다.

전자의 y는 특화되거나 확정된 y이다. 반면, 후자의 y는 'y=f(x)'라는 수식을 거친 후 특화되거나 확정될 수 없는 y가 된다는 것이다. 이제 후자 y는 변항 x의 함수로도 이해되지만 그 자체가 변항이라는 것이다.

독일인 고틀로프 프레게는 1904년에 쓴 〈함수란 무엇인가?〉라는 짧은 논문에서 전자 y와 후자 y의 구분을 비판한다. 이 구분은 논리적 엄격함이 결여된, '탈시간화'를 시키기 위한 꼼수라는 것이다.

그렇다면 문학과 수학을 가릴 것 없이 변항 감각(혹은 그 변형태로서의 가능 감각)은 결국 탈시간화와 관련이 있음을 알 수 있다.

모더니즘이란 무엇보다 '시간의 공간화'로 이해되는데, 시간이 그 자체로 존중받지 못하는 것에 가장 스트레스를 받은 민족은 독일인이다. 위대한 클래식 음악의 총집산지라 할 수 있는 독일에서는 시간예술인 음악의 근본적 특성―주제의 제시와 전개가 요구하는 시간의 흐름―을 저버릴 수가 없었던 것이다. 이렇게 말하면 과하다 싶긴 하지만, 독일인 프레게는 수학마저 독일적으로 수학을 한다. 음악의 탈시간화는, 후일, 러시아인 스트라빈스키에 의해 수행되었다.

서유럽의 경우, 추리소설의 발생과 성장은 전통문화 속에서 '탈시간화'가 스트레스를 주지 않았던 곳, 즉 회화가 발전하고 동시에 실증주의가 발달한 곳에서 이뤄졌다. 알다시피, 그 나라는 프랑스와 영국이다.

그림은 탈시간화로서의 이미지 아닌가. 위대한 화가들의 나라인 프랑스와의 경쟁에서 영국의 추리소설이 승리한 것은 영국이 훨씬 더 탐정의 활동영역으로서 경험의 본령에 충실해서일 것이다.

추리소설에서 '밀실'은 그 어떤 불가능한 장소이다. 그곳은 천재 탐정의 추론을 거치지 않는 한 특정화될 수 없는 장소다. 즉 밀실은 장소(place)가 아닌 공간(space)이다.

따라서, 탐정의 추리를 거친 후 공간은 다시 장소가 된다. 기호화하면, x→a. 이것은 수학자 추버가 수행했던 '특화되거나 확정된 y'로부터 '특화되거나 확정될 수 없는 y'로의 이행의 전도된 역이행이다. 변항을 말소함으로써 다시 특성을 묘사할 수 있고 궁극적으로는 역사의 시간 감각을 되찾는……. 장소란 언제나 시간이 누적된 곳, 즉 개인이든 집단이든 역사의 장소 아닌가.

1960년대에서 1980년대를 거치는 동안 우리 사회에서 역사소설이 크게 유행했던 사정은 추리소설을 몰이해할 수밖에 없는 조건이 되고 말았다. 기억의 늪을 헤매는 곳에서는 고전추리소설이 올바르게 이해될 여지가 없다. 그 의미와 시대적 역할이 역사의 시간이 부정당하는 곳에서 그것을 되살리는 것이었으므로.

영국이 '추리소설(detective novel)'이라는 표현을, 프랑스가 '경찰소설(roman policier)'이라는 표현을 획득한 반면, 독일은 끝내 자기 고유의 표현을 얻지 못했다. 뭐라고 번역해야 할까? 양념 반 프라이드 반도 아닌데, 반은 영국에서 반은 프랑스에서 따온 'detective roman'이라니! 우리 또한 독일의 사정보다 못했으면 못했지 나을 게 없다. 번역어마저 일본에서 빌려 오지 않았던가.

빌려다 쓰는 것은 한계가 있다. 자신의 역사와 전통의 발판을 딛고 고유한 표현을 획득하는 것만이 새로운 삶의 가능성, 즉 자유의 가능성을 열어놓을 수 있다. 표현에 대해 둔감한 자는 자유에 대해 둔감한 자이기도 하다. 추리소설은 우리 사회가 변항 감각을 얼마나 수용할 수 있는지 묻고 있다. 학생들이 함수를 그토록 열심히 공부하는데도 변항 감각이 평소 태도와 얼굴 표정에서, 삶의 실천에서 발산되는 것을 나는 본 적이 없다. 그렇기에 추리소설을 '장르'라는 틀에 가둬놓고 '쏘쏘(so so)'하다는 느낌을 가지는 것만으로도 충분히 알고 있다는 만족감을 가질 수 있는 것이다.

박광규

고려대학교 대학원(비교문화비교문학협동과정)에서 석사학위를 받았다. 《계간 미스터리》 편집장, 〈월간 판타스틱〉과 한국어판 〈엘러리 퀸즈 미스터리 매거진〉의 편집위원으로 활동했다. '블랙캣 시리즈' 등을 비롯한 다수 추리소설에 해설을 썼고, 〈주간경향〉과 〈스포츠투데이〉 등에 칼럼을 연재했다. 저서로는 《우리 시대의 대중 문화》, 《일본추리소설사전》(공저), 《미스터리는 풀렸다!》 등이 있고, 역서로는 《지킬 박사와 하이드 씨》, 《세계 추리소설 걸작선》(공역) 등이 있다.

탐정이
혼자
시간을
보내는
방법

2020년, 전 세계적인 전염병 확산 사태 발생으로 사람들은 지금껏 겪어 보지 못했던 상황을 맞이하고 있다. 아직 예방백신이나 뚜렷한 치료약이 없는 이상, 전염을 방지하기 위해서는 사회적 거리두기 등 최대한으로 대면 접촉을 피하고, 나아가서는 외출을 자제하며 시간을 보내는 수밖에 없다. 이런 상황을 맞이하다보니 탐정들은 혼자 있을 때 어떻게 시간을 보내는지 궁금한 생각이 들어, 개인적으로 좋아하는 유명한 탐정들의 여가시간을 한번 살펴보았다. 하드보일드 장르의 대표적 탐정 필립 말로, 정통파 영국 수사관 모스 경감, 그리고 현대 로스앤젤레스의 형사 해리 보슈 등 세 사람이다.

체스와 필립 말로

하드보일드 사설탐정이라 하면 대부분의 사람들은 거친 남성을 연상하게 마련이다. 어두운 범죄의 세계에 대항해야 하는 인물이라면 당연히 거친 면이 있어야겠지만, 그렇다고 일상생활까지 거칠어야 할 필요는 없을 것이다.

로스앤젤레스의 독신 사립탐정 필립 말로는 "외롭고 가난하며 위험하며 인정 있는 사나이"이다.

6피트(약 183cm), 190파운드(약 85kg)의 작지 않은 체격이지만 우람하다기보다는 오히려 약간 말라 보인다. 짙은 갈색 머리에 갈색 눈동자를 지닌, 외모만으로는 그다지 튀는 면이 없는 중년 사나이지만 여자들은 종종 그에게서 야수(野獸) 같은 분위기를 발견하기도 한다.

말로는 카후엔가 빌딩의 6층 뒤쪽에 작은 방 두 개를 빌려 사무실로 쓰고 있다. 그곳에는 세 개의 딱딱한 의자와 한 개의 회전의자가 있고, 유리판이 놓인 넓적한 책상과 녹색의 서류정리장이 다섯 개 있는데, 그중 세 개에는 아무것도 안 들어 있다. 그리고 벽에는 달력과 모자걸이, 면허증이 들어 있는 액자가 붙어 있다. 수입이 아주 없는 것은 아니지만, 비서도 없고 전화 자동응답기조차 두지 않고 있다.

집 역시 검소하다. 초기에는 벽에 접어 붙일 수 있는 침대가 딸린 아파트에서 살았는데, 말로 자신의 표현에 따르면 '책 몇 권과 그림들, 라디오, 체스 말, 오래된 편지와 기타 등등 하잘것없는 것들'만 있으나 '추억의 전부'이기도 하다. 훗날 〈빅 슬립〉 사건에서 만났던 조 브로디가 살던 아파트로 이사했는데, 아마도 살인사건이 있었던 곳이어서 싼값에 들어갔을 것으로 여겨진다.

그의 특징이라고 하면 신랄할 정도의 날카로운 독설(毒舌)과 유머감각이다. 코앞에 권총을 들이대더라도 하고 싶은 말은 다 하는, 그것도 상대의 심경이 뒤틀릴 정도로 말을 쏘아댈 정도의 배짱을 가지고 있다. "인생은 비정하지 않으면 살 수 없다. 하지만 비정함만으로는 살아 있을 가치가 없다"는 필립 말로가 남긴 가장 유명한 말이다.

흔히 상상하는 거친 탐정의 모습과는 달리 말로는 대단히 금욕적이다. 담배와 술을 즐기는 편으로 사무실 책상의 '깊숙한 서랍' 안에는 자신과 때로는 의뢰인에게 대접할 술병과 잔이 항상 들어 있다. 브라우닝, T. S. 엘리엇, 셰익스피어, 플로베르의 문구를 종종 인용할 정도로 고전문학을 즐겨 읽는다. 한가한 시간에는 위스키 잔을 한 손에 들고 체스의 묘수풀이를 즐긴다. 체스판은 사무실과 집 양쪽에 모두 있어서 마음만 내키면 언제라도 꺼낼 수 있다. 체스는 원래 두 사람의 게임이지만, 말로는 누군가와 대국을 하는 것보다 혼자서 책을 보며 생각하는 것을 좋아한다.

서양 장기로도 불리는 체스는 고대 인도에서 발상한 차투랑가(chatu-ranga)라는 게임이 유럽에 전해진 뒤 15세기 무렵 규칙이 확립된 게임이다. 가로세로 각각 8줄씩 격자로 된 체스판, 킹과 퀸 각 1개, 룩과 나이트와 비숍 각 2개, 그리고 폰 8개 등 총 16개의 말로 구성된다. 체스 말의 재질은 나무, 상아, 금속, 플라스틱 등 다양하며 금과 보석으로 만든 귀금속 제품도 있다. 체스 말의 색깔은 하얀색과 검정색이 가장 흔한데, 말로의 체스 말들은 빨간색과 하얀색의 상아 제품이다(물론 빨간색이 특별히 비싸거나 드물지는 않다).

말로는 생각이 필요하다 싶을 때 과거 체스 경기를 기록한 책을 펼쳐놓고 수를 짚어보거나 묘수풀이의 해법을 찾곤 한다. 어디서 구했는지는 알 수 없지만 라이프치히에서 출간된 체스 토너먼트 책을 즐겨본다. 혹시 기분이 아주 언짢아지면, 영국의 체스 명인 조셉 헨리 블랙번이 쓴 체스 묘수풀이 책의 '스핑크스'라는 문제를 펼쳐놓는다. 보통의 체스 문제는 네다섯 수 이내로 풀리지만, 스핑크스는 열한 수나 움직여야 하는 난문(難問)이다. 말로는 이 문제에 대해 "조용히 미치는 방법으로는 괜찮다. 비명을 지르지는 않지만, 끔찍하리만큼 그에 가까운 상태가 된다"라고 할 정도이다.

음반과 모스 경감

먼 미래의 일만 같던 '디지털 시대'가 어느덧 현실로 다가와 컴퓨터를 비롯해 전자책, 디지털 카메라, 스마트폰 등 첨단기술이 일상화되고 대중화되었다. 편리함이라는 면에서 과거 아날로그 시대와 비교할 수도 없을 정도가 되었지만, 때로는 과거를 회상하며 옛것을 찾는 경우도 있다. 필름 카메라가 그렇고, 음반(音盤) 또한 그렇다.

1980년대 후반, 음악 CD가 처음 나왔을 때 작은 크기에 뛰어난 음질, 그리고 뛰어난 편의성과 내구성 덕택에 흔히 레코드판, 혹은 LP라고 부르던 음반은 조만간 멸종될 것처럼 보였다. 최근에는 온라인 음원이 대중화되며 CD까지 하향세를 보이고 있지만, 아날로그의 부드러운 분위기를 찾는 사람들이 늘어나면서 '바이닐(vinyl)'이라는 새로운 호칭 아래 음반이 눈에 많이 띄게 되었다.

1970년대부터 1990년대 후반까지 수많은 사건을 해결했던 영국의 모스 경감도 지금 살아 있다면 음반을 찾아 듣지 않을까.

모스 경감은 옥스퍼드 템스밸리 경찰본부 CID(범죄수사과) 소속 수사관이다. 양친은 모두 작고했고 노섬벌랜드에 사는 숙모 이외에는 친척도 없으며, 결혼도 한 적이 없어 부양가족 없이 혼자 살고 있다.

퉁명스럽고 까다로운 데다가 우울하기까지 해서 영웅적인 모습이 보이기는커녕 도무지 가까이하고 싶은 마음이 쉽게 들지 않는 사람이다. 그러나 능력에서만큼은 인정을 받는 인물이다. 동료 수사관은 모스 경감을 다음과 같이 평한다.

"내가 아는 사람들 중에서 제일 똑똑한 친구지! 하지만 그 친구 말이 언제나 맞는 건 아니야. 절대 아니지! 그래도 대개의 경우 그 친구는 사물을 꿰뚫어 보는 능력이 있는 것 같기는 하네. 잘 모르겠지만 보통 사람보다 적어도 대여섯 걸음은 앞서 나가곤 하지."

과학수사를 무시하진 않지만 직관에 우선하는 그는 필요 이상으로 복잡하게 생각할 때가 잦지만 대체로 그의 생각이 맞아떨어지곤 한다. 병원에 입원했을 때는 소일거리로 19세기에 벌어졌던 살인사건의 진상을 자료에만 의거해 밝혀낼 정도로 탁월한 추리력을 발휘한다.

가족이 없는 탓인지 몸 관리를 별로 하지 않고, 술과 담배를 즐긴다. 주로 맥주와 위스키를 마시는데, 사건 수사 도중에도 마실 틈이 있다면 굳이 절제하지 않는다. 제법 많이 마시는 편이지만, 머리가 둔해지기보다 오히려 정신을 날카롭게 만들기도 한다. 담배는 하루 한두 갑 정도 피우며, 금연구역이 늘어나는 것에 분개하는 애연가이기도 하다. 뭔가에 몰두하며 정신을 집중할 때는 단 몇 시간 만에 한 갑을 비워버리기도 한다. 수사를 위해 돌아다니는 것을 꺼리지는 않지만 따로 운동을 하지 않아 배가 조금씩 나오는 모습이 보인다.

모스의 취미는 크로스워드 퍼즐풀이(십자말풀이)와 음악감상이다. 〈더

리스너〉의 퍼즐을 좋아해 잡지를 정기구독할 정도이며, 주위에 놓인 신문을 주워 퍼즐에 열중하기도 한다.

머리가 복잡할 때는 클래식 음악을 즐겨 듣는다. 특히 바그너의 오페라를 몹시 좋아해서 '니벨룽겐의 반지'는 전편이 모두 수록된 음반을 가지고 있다(이 음반은 1958년, 헝가리 출신 영국의 지휘자였던 게오르그 솔티가 빈 필하모닉 오케스트라를 지휘하며 녹음한 최초의 스튜디오 녹음 앨범으로 여겨진다). 모스는 때로 직접 오페라 공연을 찾아가는데, 공연이 실망스러울 때면 집으로 돌아와 같은 오페라 음반을 꺼내 들으며 위안을 삼는다. 솔티가 지휘한 바그너의 '지크프리트'를 들으며 지그문트와 지그린데가 기쁨의 노래를 부르는 대목에 넋을 잃고 빠져들기도 한다.

평생 홀로 살았던 탓인지 아름다운 여성을 보면 쉽사리 매혹되곤 한다. 묘하게도 상대 여성 또한 모스 경감의 매력에 빠지는 경우도 종종 있지만, 결혼에 이를 정도의 관계까지 도달하진 않는다.

모스는 바그너의 음악을 들으며 크로스워드 퍼즐을 풀 때 행복함을 느낀다. 그는 이렇게 생각한다. '이런 낙도 없다면 무슨 맛으로 살 것인가.'

재즈와 해리 보슈

할리우드 경찰국 소속의 형사, 해리 보슈. 그의 본명은 발음하는 방법을 설명해주어야 할 정도로 독특한 '히에로니무스 보슈'인데, 15세기 네덜란드의 화가 '히에로니무스 보슈'에서 따온 것으로 그의 어머니가 성인 보슈와 어울린다며 지어준 이름이다.

그가 열한 살이던 무렵, 어머니가 살해되는 아픔을 겪는다. 이후 청소년 보호소와 위탁가정을 전전하다가 자원입대해 월남전에 참전한다. 전장에 나선 그에게 주어진 임무는 '땅굴쥐', 즉 베트콩의 주 이동로인 땅굴에 폭탄을 설치하는 것. 미로처럼 길을 알 수 없는 암흑 같은 땅굴 침투는 마치 지옥으로 들어가는 것처럼 두려운 일이었으며, 생사의 갈림길과 늘 마주치곤 했다. 보슈는 이 경험으로 인해 베트남에서 귀국한 뒤 '외상후 스트레스장애' 치료를 받아야 했으며, 20년이 넘도록 그에게 악몽을 안겨주고 있다.

제대 후 로스앤젤레스 경찰에 들어간 그는 곧 형사로 승진하여 강력반에서 5년간 근무하면서 뛰어난 체포 실적을 거두었지만, 상관이나 동료의 눈에는 적절치 않아 보이는 수사방식 탓에 견제를 받는다. 무장하지 않은 상태의 연쇄살인 용의자를 사살하여 과잉대응이라는 지적을 받고 할리우드 경찰서로 좌천되었지만, 고집스러울 정도의 성격은 여전히 변함이 없다. 합동수사를 했던 FBI 요원은 보슈가 "언제나 자기가 원하는 것만 추구한다"고 하면서 독선적인 수사방식을 비난했을 정도이다. 그러나 그의 강력한 직감은 가끔 틀릴 때도 있지만 대부분은 그의 수사 경력에 도움을 주고 있다.

보슈는 미제사건으로 남아 있던 어머니의 비극적 죽음을 재수사한 끝에 결국 진범을 밝혀내고 과거의 악몽에서 벗어났다. 한때 경찰로서의 활동에 염증을 느끼고 퇴직해 사립탐정으로 활동하면서 과거 자신이 다루었던 미해결사건, 연쇄살인범의 추적에도 나서다가 3년 만에 다시 로스앤젤레스 경찰로 복귀한다.

제도권 내부의 일을 하면서도 언제나 아웃사이더와 같은 존재인 보슈는 강박적일 정도의 집착을 통해 사건의 겉모습만이 아닌 사건의 내면까지 바라보며 진실을 추구하고 있다.

그는 평범한 중년 남성들과 마찬가지로 술을 마시고 담배도 피우며 음악을 즐긴다. 로큰롤 시대를 살아온 세대이지만 월남전 땅굴 침투 때 지미 헨드릭스의 음악을 쾅쾅 틀어놓았던 탓에, 그 쿵쾅거리는 소리를 들으면 전쟁의 기억이 너무나 생생하게 떠올라 로큰롤을 멀리하게 되었다. 그가 즐겨 듣는 음악은 재즈와 블루스. 제법 많은 재즈 CD를 갖추고 있으며, 차 안의 라디오 주파수도 재즈 방송국에 늘 맞춰놓고 있다.

소니 롤린스(색소폰), 아트 페퍼(알토 색소폰, 클라리넷), 빌리 스트레이혼(피아노), 프랭크 모건알토(색소폰), 라이 쿠더(기타) 등이 보슈가 좋아하는 아티스트이며, 존 콜트레인(색소폰)의 '소울 아이즈'나 '송 오브 더 언더그라운드 레일로드' 등을 즐겨 듣는다.

특히 색소폰을 좋아해서 한밤중에 불을 다 끈 캄캄한 거실에 앉아 음반을 틀어놓기도 한다. 그렇게 시각을 막아버리고 집중해서 들어야만 색소폰 소리가 더 잘 들린다는 논리에서이다. 1989년 발매된 프랭크 모건의 〈무드 인디고〉 음반에서 '자장가'의 독주 부분을 들을 때면 세상 그 어떤 것도 색소폰보다 진실하지 않을 것이라고 생각한다. 그래서 급기야는 색소폰 교습을 받기까지 한다. 물론 그는 자신이 멋진 색소폰 연주자가 될 리 없다는 것을 잘 알고 있지만, 일주일에 두 번씩 노장 연주자와 만나 이야기를 나누면서 재즈에 대한 열정을 공유하기도 한다.

보슈의 레슨은 언제나 '자장가' 연주로 시작한다. 쉽게 연주할 수 있는 느린 발라드이지만 매우 아름다운 곡이다. 1분 30초 남짓으로 짧으면서도 그 안에 세상의 모든 고독이 다 담겨 있는 것처럼 느껴지는 곡이기도 하다. 보슈는 이 곡 하나만 잘 연주할 수 있어도 그동안 노력한 보람으로서 충분할 것이라고 생각하기도 한다.

애거사 크리스티 등단 100주년 기념 영상으로 보는 크리스티

조동신

2010년 단편 〈칼송곳〉으로 제12회 '여수 해양문학상' 소설 부문에서 대상을 수상하며 등단했다. 2018년 제4회 '사하모래톱 문학상'에서 최우수상, 2019년 '제주 신화콘텐츠 공모'에서 우수상, 2013년과 2019년에 '한국추리문학상 황금펜상'을 수상한 바 있다. 발표한 작품으로 장편 《까마귀 우는 밤에》, 《내시귀》, 《금화도감》, 《필론의 7》, 《세 개의 칼날》, 인문서 《초·중학생을 위한 동양화 읽는 법》, 《청소년을 위한 서양화 읽는 법》 외 다수의 단편을 발표하였다.

올해는 애거사 크리스티(Agatha Christie)의 데뷔작인 《스타일스 저택의 괴사건》이 나온 지 꼭 100년이 되는, 즉 크리스티 등단 100주년이 되는 해이다. 이를 기념하기 위해 세계 곳곳에서 여러 행사가 계획되어 있었지만, 코로나 19라는 악재를 만나서 대부분 무산되었으니 아쉬움을 금할 수 없다.

애거사 크리스티는 '추리소설의 여왕'이라는 별명이 절대 부끄럽지 않은 작가이다. 그녀는 추리소설에서 매우 중요한 탐정 캐릭터를 한 명도 아니고 여러 명을 창조했다. 작품의 양적인 면에서도 질적인 면에서도 전 세계적인 인정을 받았으며, 작가 생전부터 오늘날까지 절판된 작품은 단 한 권도 없다. 그녀의 작품은 모든 추리소설의 클리셰가 되었고, 그녀의 영향을 받지 않은 추리작가는 없다고 해도 과언이 아니다.

내가 처음으로 크리스티의 작품을 접한 계기는 소설이 아니라 영화였다. 정확히 기억나지는 않지만 어렸을 때, 토요명화로 〈오리엔트 특급살인〉을 볼 기회가 있었다. 1974년에 앨버트 피니가 주연한 이 영화의 유명한 점은 '별들의 전쟁'이라 불릴 정도로 사소한 역할에도 톱스타를 출연시켰다는 점이다. 잉그리드 버그만, 숀 코네리, 안소니 홉킨스 등이 이 영화에 출연했다.

나는 이 작품의 결말을 친구에게서 우연히 들었는데, 그 말에 놀라서(물론 여기서 밝힐 수는 없다) 어떤 식으로 표현했는지 흥미가 갔고, 영화 또한 재미있게 봤다. 무슨 특집이었는지는 모르지만 TV에서 〈나일 강의 죽음〉, 〈거울 살인사건〉(원작 《깨어진 거울》) 등을 연달아 방영했고, 그 뒤로 나는 영화뿐 아니라 책에도 관심을 갖게 되면서 점점 그 작품과 작가에 빠져들었다.

영화 〈오리엔트 특급살인〉
(1974년)

영화 〈오리엔트 특급살인〉
(2017년)

　　2017년에 다시 이 작품이 영화로 만들어졌을 때, 나는 개봉 첫날 영화관으로 달려갔다. 역시 이 작품도 케네스 브래너가 포와로 역으로 나왔으며, 조니 뎁과 주디 덴치, 페넬로페 크루즈 등 호화 캐스팅이 영화를 빛냈다.

　　크리스티의 작품 중 가장 먼저 영화화된 것은, 뜻밖에 '포와로' 시리즈나 '마플' 시리즈가 아니라 '할리퀸' 시리즈 중 첫 번째 단편인 〈퀸의 방문〉이다. 할리퀸이 등장하는 작품이 단행본으로 출판된 것이 1930년인데, 이 영화는 1928년에 개봉했으니 책보다 영화가 먼저 나온 셈이다. 이 영화는 나도 보지 못했기 때문에 여기서 설명할 수는 없지만, 사건이 일어났을 때 갑자기 나타나서 사건의 힌트만 던져주듯 말하고는 사라지는 할리퀸의 캐릭터를 영화에서 어떻게 구현했을지 궁금하다.

　　다시 포와로 시리즈 이야기로 돌아와서, 크리스티의 작품에서 가장 많이 등장하는 탐정인 만큼 이 시리즈는 여러 편의 영화 및 드라마로 만들어졌다. 포와로를 연기한 배우로는 BBC 드라마 〈포와로〉의 주연인 데이비드 서쳇, 앞서 언급한 앨버트 피니, 영화 〈스파이더맨 2〉에서 닥터 옥토퍼스 역을 맡았던 알프리드 몰리나 등이 있다. 최근 만들어진 BBC 드라마 〈ABC 살인사건〉에서는 존 말코비치가 포와로를 연기하기도 했다.

〈오리엔트 특급살인〉 이후로 크리스티 원작의 영화에는 조연들까지도 톱스타에게 맡기는 관례(?)가 생겼는지, 1978년의 영화 〈나일강의 죽음〉에서도 피터 유스티노프가 포와로 역을 맡았고, 데이비드 니븐, 올리비아 핫세, 미아 패로, 제인 버킨 등이 출연했다. 나일강 유람선에서 일어난 살인사건을 해결하는 포와로의 활약이 돋보인다.

피터 유스티노프의 대표작 중 하나는 〈쿼바디스〉인데, 이 작품에서 네로 황제 역으로 열연을 펼쳤다. 그는 키가 180센티미터인데도 극중에서 164센티미터 내외의 단신인 포와로 역을 맡았다 하여 약간 논란이 있었지만, 〈백주의 악마〉, 〈3막의 비극〉, 〈죽음과의 약속〉, 〈죽은 자의 어리석음〉, 〈13인의 만찬〉(원작 《에지웨어 경의 죽음》) 등에 꾸준히 출연하며 좋은 연기를 보여주었다.

'마플' 시리즈 역시 영화 및 드라마로 여러 편 나왔고, 조안 힉슨, 마거릿 러더퍼드 등이 마플 역을 맡았다. 또한 미국 드라마 〈Murder, She Wrote〉(우리나라에서는 〈제시카의 추리극장〉이라는 제목으로 1990년대 초반 방영)로 유명한 안젤라 랜즈베리 여사도 영화 〈거울 살인사건〉에서 마플 역을 맡았다. 이 영화에는 엘리자베스 테일러가 톱 여배우 역으로 나오기도 했다. 또한 안젤라 랜즈베리는 앞서 언급한 〈나일강의 죽음〉에는 소설가 오터번 여사 역으로 출연하기도 했으니 크리스티와 인연이 깊은 것 같다.

제랄딘 매큐언은 영국 드라마 〈미스 마플〉에서 시즌 1~3까지 출연했으나 건강 문제로 그만뒀고, 시즌 4~6에는 줄리아 맥켄지가 출연했다. 이 드라마의 특징 중 하나는 크리스티의 몇몇 비(非)시리즈 작품을 '마플'을 등장시키는 에피소드로 각색했다는 점이다. 《창백한 말》, 《왜 에번스를 부르지 않았지?》, 《누명》, 《시태퍼드 미스터리》 등이다. 특히 《살인은 쉽다》를 각색한 에피소드에서는 남자주인공 루크 역을 드라마 〈셜록〉의 주연인 베네딕트 컴버배치가 맡아 연기하기도 했다.

한국에서도 SBS에서 〈미스 마: 복수의 여신〉이라는 제목으로 '마플' 시리즈를 현대판으로 재구성하여 방영하기도 했다. '미스 마' 역은 마플 이미지와 생각하면 어울리지 않지만, 김윤진이 맡았다. 비록 평가는 좋지 못했지만, 우리나라에서 크리스티 작품을 원작으로 한 드라마는 극히 드물기 때문에 언급한다.

크리스티의 다른 캐릭터인 부부 탐정(Partners in crime, 원래는 '공범자'란 뜻), 토미와 터펜스 커플 이야기 또한 여러 차례 영화로 만들어졌다. 이 부부 탐정 시리즈의 첫 작품이자 크리스티의 두 번째 장편인 《비밀 결사》는 우리나라에서 〈경성특사〉라는 제목의 뮤지컬로 만들어졌다.

이 작품의 원작은 제1차 세계대전이 막바지로 가는 도중이었던 1917년, 미국에서 영국으로 가던 배인 루시타니아호가 독일 잠수함에 격침된 사건을 모티브로 하였다. 거기에 타고 있던 여자 한 명이 우연히 극비 문서를 얻은 채 구출되고, 그것을 찾으려는 국제 스파이단과 그녀의 뒤를 쫓는 영국 정보부 요원들의 싸움을 그리고 있다.

BBC 드라마에서는 이 설정을 상당수 바꿨고 배경도 1950년대로 바꿨다. 에피소드 중 하나인 〈비밀결사〉와 〈N인가 M인가〉를 각각 3부씩 방영했다. 드라마에서 토미와 터펜스라는 부부 탐정의 활약을 흥미진진하게 잘 보여주고 있다는 평이 있다.

크리스티 원작의 영화 중 가장 유명한 것은 역시 〈그리고 아무도 없었다〉일 것이다. 원작에서 배경은 무인도지만, 영화는 알프스의 산장, 이란 사막 한가운데의 호텔 등으로 무대를 바꾸기도 했다(크리스티는 그 말을 듣고 불만을 토로했다고 한다). 한국에서도 1987년 KBS 일요추리드라마에서 3부작으로 방영된 적이 있다(섬 이름인 '제웅도'가 제목으로 알려져 있기도 하다).

이 작품이 영화 및 연극으로 재구성된 예는 일일이 열거할 수 없을 만큼 많은데, 최근 나온 작품 중에는 2015년에 BBC에서 방영한 특집드라마가 있다.

영화 〈그리고 아무도 없었다〉
(1945, 미국)

드라마 〈그리고 아무도 없었다〉
(2015, 영국)

영국뿐 아니라 추리소설 팬이 많은 일본에서도 크리스티의 작품 상당수가 드라마로 제작되었다. 일본에서도 2017년에 나카마 유키에 주연으로 2부작 드라마로 방영되었다.

이외에도 크리스티 원작의 드라마와 영화는 상당히 많으며, 일본에서도 활발히 만들어졌다. 2004년에 나왔던 애니메이션인 〈아가사 크리스티의 명탐정 포와로와 마플〉을 비롯하여, 배경을 일본으로 바꾼 〈그리고 아무도 없었다〉, 〈오리엔트 특급살인〉, 〈쿠로이도 살인사건〉(원작 《애크로이드 살인사건》), 〈패딩턴발 4시 50분〉, 〈대여배우 살인사건〉(원작 《깨어진 거울》), 〈예고 살인〉 등도 볼 만하다.

크리스티 원작 중 최근에 영화화된 것은 〈비뚤어진 집〉(2017)이다. 우리나라에서는 몇몇 소수의 극장에서만 개봉했지만, 원작에 아주 충실하게 만들어졌다. 내용은 크리스티의 다른 작품과 그리 다르지 않다. 어느 재벌 집안에서 일어나는 살인사건과 그 과정에서 밝혀지는 가족들이나 친척들 간의 알력 다툼과 감정 등을 다루고 있다.

영화 〈그리고 아무도 없었다〉   드라마 〈그리고 아무도 없었다〉
(1976, 일본)   (2017, 일본)

　　　대부호 레오니디스의 장손녀인 소피아는 자신의 옛 연인이자 탐정인 찰
스에게 할아버지의 죽음에 의문점이 있다며 조사를 부탁한다. 하지만 그 와중에
살인은 이어지고, 집안의 문제가 하나씩 드러난다. 하지만 이 작품의 가장 큰 특
징 중 하나는 의외의 범인이다. 개인적으로 보았을 때 같은 해에 개봉한 〈오리엔
트 특급살인〉은 위대한 고전을 현대적으로 잘 재구성한 작품이라고 할 수 있지
만, 그리 좋은 평가를 줄 수는 없다. 여러모로 전개가 느리고, 마지막에 범인이
밝혀지자마자 그대로 끝나버렸기 때문이다.

　　　2015년부터 BBC에서는 〈그리고 아무도 없었다〉를 비롯해 〈ABC 살인
사건〉, 〈누명〉, 〈창백한 말〉, 〈검찰측의 증인〉 등을 방영하고 있다. 그 외에 다른
작품들도 방영 예정이라고 하니 많이 기대가 된다. 또한 2021년에는 영화 〈나일
강의 죽음〉이 리메이크되어 개봉한다고 하니 반갑기 그지없는 일이다. 역시 이
번 영화도 갤 가돗, 아미 해머, 아네트 베닝 등 화려한 출연진을 자랑한다.

　　　이외에도 크리스티 원작 혹은 그 영향으로 만들어진 영화 및 드라마는

2019년 한국에서 개봉한 영화 〈비뚤어진 집〉

이루 다 헤아리기 어려울 정도로 많다. 이는 애거사 크리스티 여사가 문화 각 분야에 끼친 영향이 그만큼 크다는 점을 말해주는 것이기도 하다. 이제 더 이상 크리스티의 신작을 볼 수 없다는 점은 아쉽지만, 크리스티의 작품을 원작으로 하는 영상물을 보며 '추리소설의 여왕'의 위대함을 다시 느껴보는 것도 좋을 것이다.

2020년,
직업 탐정의 탄생

염건령 · 가톨릭대학교 행정대학원 탐정학과 교수

한국에도 셜록 홈스가 탄생할 수 있을까?

추리소설의 꽃은 '탐정'이다. 미스터리 마니아들 중에는 한 번쯤 자신이 셜록 홈스 같은 유능한 탐정이 되어보는 것을 꿈꿔보기도 했을 것이다. 하지만 얼마 전까지만 해도 한국에서는 '탐정'이라는 용어 자체를 사용할 수 없었다. '민간조사원'이라는 이름으로 서비스를 제공하는 사람들이 있었지만, 그들을 '탐정'이라고 부를 순 없었던 것이다.

그런데 2020년 올해부터 한국에서도 '탐정'이 하나의 전문직업으로 인정받을 수 있게 되었다. 신용정보법의 탐정업 금지 조항(제40조 4항, 5항)이 2020년 2월 4일 금융감독위원회에서 개정(2020. 8. 5일 시행)됨에 따라 '탐정업'이 자유업으로 분류된 것이다. 이에 따라 여타 법률에서 규제하지 않는 범위 내에서의 탐정업무가 가능해졌고 탐정이라는 직업에 대한 관심도 날로 높아지고 있다.

탐정산업과 관련해 우리나라는 한발 늦은 편이다. 한국을 제외한 모든 OECD 가입 국가에서는 이미 탐정제도를 운영하고 있으며, 이웃한 일본의 경우는 탐정들의 활동이 매우 왕성한 국가들 가운데 하나이다. 일본의 탐정산업이 발전하게 된 데에는 민사재판 중심의 법률제도도 한몫했다고 본다. 우리나라는 빌려준 돈을 받지 못하거나 투자한 돈을 회수하지 못하는 등의 금전거래상의 문제가 발생할 경우 무조건 경찰서에 가서 사기죄로 고소하는 경향이 있다. 일본은 개인 간의 돈거래에 대해서는 웬만한 사건 아니고서는 사기로 인정하지 않고 있으며, 전부 민사재판을 통해 원금과 피해금을 받아내도록 하고 있다.

이는 일본의 상황만은 아니며, 상당수 국가들이 경제적 금전관계에 대해서는 가급적 민사적인 접근을 권장하고 있다. 우리나라의 인구 대비 고소사건 건수는 일본의 45배 수준이다. 이는 형사고소 만능주의를 부추긴 정부의 탓도 있거니와, 빌려주거나 투자한 돈을 받지 못하면 무조건 사기죄가 성립될 수 있다는 잘못된 법률관이 만들어낸 문제이기도 하다. 앞으로는 정확한 분석과 판단을 통해 사기로 판단되는 범죄에 대해서는 엄벌을 하되, 일반적인 금전거래상의 문제로 판단되는 사안에 대해서는 민사재판으로 유도하는 방향으로 나아가야 할 것이다.

주요 국가들의 탐정활동은 대부분 경제적인 소송과 관련된다. 특히 투자나 금전적 대여, 상속 분쟁, 이혼에 따른 재산분할 문제, 특허 및 상표권 침해, 초상권과 인격권 침해, 기술유출 산업스파이 등등 실로 다양한 경제 영역에서 발생한 문제에 탐정이 개입한다. 손해배상이나 원금 반환, 이자 반환, 투자금 반환 소송 등은 모두 전문 법률가인 변호사의 조력을 받지만, 소송 제기 이전에 관련 피해 사실을 정확하게 조사하고 이를 정리하는 작업은 탐정이 담당한다.

우리나라의 서비스 인력 및 시장의 경쟁력은 매우 우수하다. 이를 적극적으로 활용하면 아시아 지역은 물론이고 유럽이나 중동지역의 탐정시장에 우리 탐정업자와 탐정법인이 많이 진출할 수 있을 것으로 예상된다. 물론 단순한 서비스업의 해외진출에만 집중해서는 안 될 것이다. 하나의 산업 영역으로 크게 발전할 수 있는 이론적 토대와 바탕을 만들어야 하며, 여기에 탐정학 연구가 큰 도움이 되리라 본다.

현재 사회 전반적으로 탐정에 대한 인식이 제고되고 있는 만큼 전문탐정으로 활동할 사람들이 많아질 것이다. 그렇게 되면 탐정학에 대한 학문적 수요와 직업교육으로서의 중요성 역시 더욱 높아질 것이다.

대학의 관련 학과에서 공부하는 것도 전문적인 탐정이 되기 위한 전문지식 습득에 도움이 되겠지만, 다른 영역의 지식이나 기술을 익히는 것도 탐정업무를 수행하거나 탐정기업을 운영하는 데에 많은 보탬이 될 수 있다. 가령 심리학이나 상담학, 행동과학 등을 전공한 탐정들은 의뢰인이나 조사대상자의 심리적 기제를 적극적으로 분석하여 그에 맞는 전문적인 접근이 가능하다는 장점이 있다. 법학이나 행정학을 전공한 탐정들은 법률적인 지식과 형식적 프로세스에 관련한 전문지식이 많기 때문에 소송으로 전개되거나 행정적인 분쟁으로 비화되는 사건에 있어서 어느 정도의 강점을 가질 수 있을 것이다.

체육학이나 경호학, 군사학 등을 전공한 탐정은 다른 여타의 전공자에 비해서 상대적으로 위험한 사건이나 기동성을 발휘해야 하는 사건에서 재능을 표출할 수 있을 것이다. 경영학이나 마케팅, 금융학 등을 전공한 탐정들이라면 기업의 보안유출 사건이나 감사업무 등에서 탁월한 능력을 발휘할 수 있다. 유럽에서는 음악이나 미술, 무용 등의 예술 분야를 전공한 탐정들도 다수 활동하고 있다. 이들은 남다른 감수성과 창의성 덕분에 다른 탐정들보다 빠른 판단력과 추리력을 발휘할 수 있다. 더욱이 미술 분야 전공자들은 미술품 도난사건이 잦은 미국이나 캐나다, 유럽 등에서 도난 미술품의 추적과 회수를 담당하는 전문탐정이나 전문탐정기업 경영자로 성장하고 있는 실정이다.

여러 가지 분야들 가운데 탐정학과 가장 유사한 전공으로 인정받는 학과는 경찰학과와 경찰행정학과이다. 그 성격상 조사업무를 근간으로 하고 있고, 둘 다 사회공익적·사회보호적·사회보안적 성격을 강하게 가지고 있기 때문이다. 더욱이 서구 역사를 보면 탐정과 경찰이 거의 한 뿌리에서 탄생했다는 점을 알 수 있다. 우리나라의 경찰학과와 경찰행정학과는 이미 100개 이상의 대학에 설립되어 있으며, 이들 대학 과정을 이수한 많은 우수자원들이 향후 탐정 분야로 들어와 일을 할 것으로 전망된다. 이는 경찰학, 경찰행정학이 탐정 분야와 함께 가야 한다는 의미도 될 수 있다.

한국에서도 일부 직업전문학교와 비수도권 대학을 중심으로 하여 탐정학과가 설립되기 시작했다. 2030년대에 접어들면 과거 1990년대 경찰학과 경찰행정학과가 그랬던 것처럼 우후죽순으로 탐정학과들이 생겨날 것으로 예상된다. 하지만 중요한 것은 학위가 아니라 어떠한 내용을 체계적으로 공부하고 익힐 것인가에 있다는 점을 잊지 말아야 하겠다. 가톨릭대학교 행정대학원의 탐정학과를 예를 들면, 직업 탐정이 되기 위해 탐정학개론, 탐정윤리론, 탐정조사실무, 범죄심리학, 탐정법, 탐정정책론, 비교탐정제도론, 공익(사회안전)탐정론, 산업기술보안론, 탐정경영방법론, 보험부동산탐정실무론, 탐정과학조사론, 민간정보학, 탐정소송절차론 등을 배우게 된다.

우리나라 탐정학 교육의 현황과 미래는?

우리나라의 대학기관 탐정교육은 PIA(한국특수직능재단)가 가장 먼저 시작하였다. 경기대학교, 동국대학교, 광운대학교, 대구수성대학교, 부산동의대학교 등에서 산학협동과정으로 전문자격교육과정을 시작했으며, 학위과정이 아닌 비학위과정으로 프로그램을 진행하고 있다. 주로 사회교육원이나 평생교육원과 같이 자격과정을 운영하는 대학 내 산하기관을 통해 교육이 진행되었으며, 이러한 프로그램 진행이 대학교육으로 진입하는 초기모델로 평가받고 있다.

국내에서 탐정학이 학과단위로 운영된 최초의 사례는 서남대학교였다. 서남대학교 아산캠퍼스에 경호탐정학과를 신설하여 운영하기 시작하였으며, 독립된 탐정학과의 형태는 비록 아니라 하더라도 4년제 학사학위과정으로서 정식대학교에 최초로 신설되었다는 점에서 그 의의를 찾을 수 있다. 당시 경호탐정학과는 영문 명칭으로 'Department of Security Service & Private Investigation'을 사용함으로써 최초의 탐정학 학사과정임을 명확하게 표현하였다. 다만 안타까운 점은 모교 재단의 비리로 인해서 2019년 초에 학교가 폐교됨으로 인해 우리나라에 최초로 설립된 4년제 탐정학과도 문을 닫아야 하는 외풍을 맞게 된 점이다.

전문학사과정으로 설립된 탐정학과는 평생교육기관으로 지정된 직업전문학교 및 실용학교 등에 많이 설립되고 있는 추세이다. 단순한 직업교육이 아닌 전문학사학위 및 학사학위를 받을 수 있는 과정이라는 측면에서 탐정학의 고등교육기관 진입의 긍정적 신호라고 볼 수 있겠다. 우리나라의 전문학사 이상의 학위교육은 주로 직업전문학교, 전문학교, 실용학교 등에서 진행되고 있는 실정이다. 남서울실용전문학교, 호서예술전문학교, 서강전문학교 등이 탐정학과를 일부 계열로 운영하고 있으며, 경찰학 전문학사나 경호학 전문학사 학위를 부여하면서 동시에 탐정교육과정을 수행하고 있다. 현재 가톨릭대학교 행정대학원 및 동국대 법무대학원에서 우수한 교수자원을 많이 양성하고 있기 때문에 향후 이들이 각 대학 탐정학과의 교수요원으로 진출하면 기존의 교과과정에 학문적 내용들이 더해져서 더 큰 발전이 진행될 것이다.

대학원 교육과정의 경우 두 가지 방향으로 발전을 진행하고 있다. 가장 먼저 탐정학 관련 석사과정을 만든 동국대학교 법무대학원에서는 탐정법학 석사과정을 만들어 운영하고 있으며, 법학에 특화된 탐정학 석사학위과정을 진행하고 있다. 반면에 가톨릭대학교 행정대학원은 탐정학 전공으로 석사과정을 신설하여 탐정학이라는 영역을 발전시키는 데 매진하고 있다. 법학적 관점에서의 연구가 동국대학교 법무대학원에서 활성화됨과 동시에 탐정학을 가톨릭대학교 행정대학원에서 연구하는 것은 탐정 분야의 학문적 발전을 위해서도 매우 바람직한 현상이라고 볼 수 있겠다.

향후 전문학사 및 학사과정이 활성화되기 위해서는 다음의 내용에 대해서 각 대학이나 학과들이 주의해야 한다. 첫째로, 기존의 학과 정원이 채워지지 않는 문제를 해결할 목적으로 하는 임기응변식의 학과 설립은 결코 탐정학 분야의 발전에 도움이 되지 못한다는 점이다. 특히 기존의 경찰학이나 법학 교수들만을 전환 배치하고 탐정학을 연구한 전임교수를 충원하지 않을 경우 경찰학과의 변신 수준에만 그칠 수 있다는 점에서 교육의 내실화에 큰 지장을 초래할 수 있다. 따라서 장기적인 안목을 갖고 탐정학과를 설립 또는 기존의 학과를 변화시킬 수 있는 연구와 고민이 필요하다.

둘째로, 탐정학이 갖는 가치를 이해하고 학과를 설립, 운영해야만 한다. 손쉽게 자영업자를 양성하는 학과가 아니며, 국민의 재산과 안전, 권리를 보호하는 민간 분야의 전문가를 양성하는 일이기에 기존의 '칠판 백묵' 학과를 양산하는 문제를 또다시 불러와서는 안 될 것이다. 2000년대 초반에 교육용 기자재로 칠판만 있으면 설립이 가능한 학과를 '칠판 백묵' 학과라고 부른 적이 있었다. 대학도 분명히 치열한 생존경쟁과 시장논리 안에 있는 것은 충분히 이해가 가능하지만 그렇다고 해서 탐정학을 '직업인 양성소'

수준으로 만드는 것은 위험한 행위임을 명심해야 한다.

　　학문은 지속가능성과 발전가능성이 없으면 쉽게 도태되는 상황을 맞이할 수밖에 없다. 반대로 사회적 변화에 적응하고 여기에 발전적인 요소를 대입할 수 있는 학문은 오랫동안 지속될 수 있기에 탐정학은 후자의 형태를 가져야만 한다. 최근 들어 탐정학과 설립과 관련한 많은 질문과 자료 요청을 받고 있다. 이런 상황이 기쁘면서도 한편으론 우려를 하게 된다. 부디 교육자들이 탐정학 교육을 상업적인 관점에서만 바라보지 않기를 바랄 뿐이다.

사이버 / 범죄 / 소설

한새마

2019년 단편소설 〈엄마, 시체를 부탁해〉로 한국추리작가협회 '계간 미스터리 신인상'을 수상하
며 등단했다. 2019년 단편소설 〈죽은 엄마〉로 제3회 '엘릭시르 미스터리 대상' 단편부문을 수상
했다. 채팅형 웹소설 플랫폼에 〈비도덕 살인마〉를 연재했다.

현실과 소설은 서로를 비추는 거울과도 같다. 하지만 때론 현실에서의 범죄가 소설 속에서의 범죄를 능가할 때도 있다.

'갓갓'이 체포되었다.

텔레그램에 성(性)착취물 방을 개설한 뒤 성착취물을 제작, 유포한 운영자인 '갓갓'이 체포되었다. 텔레그램이란 해외 모바일 메신저 서비스로 파일, 사진, 동영상 들을 공유할 수 있고, 200명까지 그룹 채팅이 가능하며 메시지가 암호화되어 서버에 저장되지 않기 때문에 보안성이 매우 뛰어나다. 바로 이러한 보안성 때문에 소라넷 등의 성착취물 카르텔이 텔레그램으로 옮겨간 것이다.

'n번방'의 탄생

'갓갓'은 일간베스트 사이트에 자신의 야한 사진이나 동영상을 올리는 일명 '일탈계' 여성들에게 해킹 링크를 건 문자를 보냈다. 사이버수사대인 척하고 아이디와 비밀번호가 유출됐으니 확인해보라며 링크를 클릭하도록 유도했다. 그렇게 여성들의 스마트폰을 해킹한 '갓갓'은 신상정보를 가지고 협박했고 여성들에게 강제로 성착취물을 찍게 했다. 그러고는 그 영상들을 '1번방'부터 '8번방'까지 여덟 개의 채팅방으로 나누어 수위별로 올렸던 것이다. 그래서 이걸 'n번방'이라고 부르게 되었다.

'박사방'으로의 이행

'갓갓'이 고등학생인 척 대입시험 준비를 핑계로 'n번방' 운영권을 '켈리'에게 넘겼다. '켈리'는 다시 '박사'에게 넘겼고, '박사'는 '박사방'이란 걸 만들었다. 맛보기용 짧은 동영상들을 돌리고 입장료에 따라 여러 등급의 방을 만들었는데, 하드방(스너프) 25만 원, 고액 후원자방 60만 원, 최상급 등급방(실시간 노예방) 150만 원이었다. 이 가운데 실시간 노예방에서는 인분을 먹게 하는 등 인간으로서 도저히 하기 어려운 짓들을 시켰는데, 이게 바로 '박사방'이다. 피해자가 총 74명이고, 그중 아동과 미성년이 16명이나 된다.

텔레그램 성착취물방 3대 운영자인 '갓갓', '켈리', '박사' 3명 모두 검거되었다. 그리고 이들을 모방한 성착취물방 운영자들 2명, '박사' 공범자들 3명, '박사방' 운영 조력자들과 유료회원들까지 2018년부터 대략 63명 정도가 검거되었다.

어지간한 조폭보다 인원이 많고 훨씬 폭력적으로 운영될 수 있었던 건 사이버라는 공간의 특성상 익명성이 보장되고, 여러 명이서 같이 범죄를 저지르게 되니 죄의식이 옅어졌기 때문이다. 여성을 상품화하면서 인간이 아닌 존재로 생각했으며, 피해 여성들에게 자업자득이란 식으로 책임을 전가해 양심의 무게를 덜어냈다.

피해자들 중에는 아동이나 미성년도 있다.

1인 1스마트폰 시대에 스마트폰 첫 사용 연령이 점점 낮아지고 있는 상황에서 사이버 성범죄의 수법은 갈수록 교묘해지고 있다.

온라인 그루밍(grooming) 성범죄만 해도 피해 연령이 많이 낮아진 추세다. 그루밍 성범죄란 가해자가 피해자에게 호감을 얻거나 돈독한 관계를 만드는 등 심리적으로 지배한 뒤 성폭력을 가하는 범죄를 말한다.

보통 어린이나 청소년 등 미성년자를 정신적으로 길들인 뒤 이뤄지는데, 그루밍 성범죄 피해자들은 피해 당시에는 자신이 성범죄의 대상이라는 것조차 인식하지 못하는 경우가 많다. 온라인상으로 접근해 친분을 쌓은 뒤 말 못할 비밀이나 은밀한 사진들을 공유받고 그걸 빌미로 협박하고 성폭력을 가한다.

사이버 불링의 형태로 나타나는 사이버 범죄의 심각성

사이버상에서 특정인을 집요하게 괴롭히는 행동 또는 그러한 현상을 사이버 불링(cyber bullying)이라고 부르는데, 이것 또한 심각한 범죄행위이다. 단체 채팅방 등에 피해 대상을 초대한 후 단체로 욕설을 퍼붓는 '떼카', 피해 대상을 대화방으로 끊임없이 초대하는 '카톡 감옥', 단체방에 피해 대상을 초대한 뒤 한꺼번에 나가 혼자만 남겨두는 '방폭'도 여기에 해당된다. 그래서 그동안은 십대 청소년들 사이에서만 일어나는 일이라고 생각했는데, 이번 'n번방' 사태에서도 사이버 불링의 형태를 발견할 수 있다.

사이버 불링 행위가 심해지면 인터넷 게시판에 피해 상대에 대한 허위사실을 유포하거나 성매매 사이트 등 불법 음란 사이트에 피해 상대의 신상정보를 노출시키기도 한다. '갓갓'이 대구 여고생의 신상을 공개해 성폭력을 지시한 것이나, '강간 판타지'를 꿈꾸는 여성이라며 신상을 공개해 성폭력을 유도한 사건 등등 성폭력 범죄로까지 이어지고 있어 상당히 심각한 행위이다.

> 사이버 공간에서 더욱 취약할 수밖에 없는 아동과 청소년들에게 'n번방 사건' 같은 일들이 두 번 다시는 일어나지 않았으면 좋겠다.

현실적인 사이버 범죄를 다룬 소설들을 소개합니다.

스마트폰을 떨어뜨렸을 뿐인데
시가 아키라 저 | 김성미 역 | 북플라자 | 2017. 12. 08.

아사미의 남자친구가 택시 안에 스마트폰을 두고 내린다. 그것을 주운 남자는 주인에게 스마트폰을 돌려주지만 아사미를 마음에 두고 그녀를 스토킹하기 시작한다. 페이스북으로 친구맺기를 하고 아사미의 행동반경을 알아내고 신상정보까지 모두 빼내어 그녀를 함정에 빠트린다. 마음먹은 사람의 신상을 터는 이 남자의 사이버 스토킹 수법이 일반인들은 할 수 없는 IT 전문기술이 아니라 누구나 실행할 수 있는 수법이란 점에서 더욱 놀라울 따름이다.

이는 명백한 사이버 스토킹으로 1년 이하의 징역 또는 천만 원 이하의 벌금에 처하도록 되어 있는 범죄행위이다. 또 전기통신사업법에서는 이와 관련해 정보통신부 장관의 명령을 위반한 자는 2년 이하의 징역 또는 1억 원 이하의 벌금에 처하도록 되어 있다. 그러나 피해자가 명시한 의사에 반할 경우에는 처벌을 행사할 수 없는 반의사불론죄이다. 이 소설을 읽고 생전 처음으로 사진 설정에 들어가 날짜 위치 정보를 잠금 표시한 이도 분명히 있을 것이다. 스마트폰 안에 온갖 정보를 다 가지고 다니는 자로서 등골이 오싹해질 수밖에 없었다.

망내인

찬호께이 저 | 한스미디어 | 2017. 12 .26.

홍콩의 22층 아파트에서 14세 소녀인 샤오원이 투신자살을 하는 장면으로 이 이야기는 시작한다. 샤오원은 얼마 전 지하철 성추행 사건에 휘말려 신상이 공개되었고 그 일로 사이버 불링을 당한다. 사이버 불링은 언뜻 보면 가벼워 보일 수 있으나 피해자에겐 엄청난 고통을 주는 범죄행위이다. 예전에는 십대들만의 문제행동으로 여겨졌는데, 요즘에는 SNS에서 공개적으로 이루어져 피해자들이 목숨을 끊는 사례가 이어지고 있다. 이상하게도 성폭력 피해자들에게 2차 폭력으로 사이버 불링이 가해지기도 하는데, 그 때문에 일각에선 '젠더'의 문제로 이해해야 한다는 문제 제기도 있다.

하용가

정미경 저 | 이프북스 | 2018. 10. 11.

자신의 집에 침입한 불법촬영 가해자를 찾는 구희준, 영상 유포 가해자에게 복수하려는 기화영, 소라넷 집단강간 '초대자'를 쫓는 동지수. 사이버 성범죄의 카르텔 소라넷을 폐쇄시키기까지의 과정을 한 편의 영화처럼 재현한 다큐 소설이다.

'골뱅이녀', '코알라녀' 따위로 여성을 비인격화하여 온라인상으로 강간을 모의하고 성착취물을 촬영해 서로 교환하는 등 온라인상에서 결코 무너지지 않을 것 같았던 성폭력 공화국의 패망을 다루고 있다. 아무도 쓰지 않아서 〈이프〉 편집장인 정미경 작가가 직접 쓰게 됐다고 한다. 이 소설을 읽고 나서 리벤지 포르노라는 말에 대해 다시 한 번 생각하게 되었다. '포르노'와 '포르노그래피'라는 말 속엔 합의가 포함되어 있다. 하지만 '리벤지'는 복수를 위해 합의하지 않고 촬영물을 유포하는 것을 말한다. 이는 엄연한 성착취물 유포이며, 피해자에게 평생 지워지지 않는 상처를 주고 영혼을 파괴하는 범법행위이다.

리스크: 사라진 소녀들

플러 페리스 저 | 김지선 역 | 블랙홀 | 2020. 03. 20.

테일러는 살해당한 시에라를 추모하기 위해 웹사이트 '리스크'를 개설한다. 시에라가 온라인 랜덤 채팅으로 알게 된 남자를 만나러 나갔다가 주검으로 발견되면서, 테일러는 시에라의 행적을 뒤쫓기 시작한다.

이 소녀들은 십대이다. 십대는 사이버 그루밍에 취약할 수밖에 없다. 대한민국에서도 13세의 여자아이가 '친구 구함' 표시를 달고 스마트폰 채팅 앱에 접속하면 얼마나 많은 성인 남성들이 접근하는지 셀 수도 없을 지경이다. 심지어 십대 행세를 하는 성인 남성들도 있다. 이들은 그 누구보다 소녀들의 마음을 알아주고 친근하게 다가온다. 그러고는 소녀들만의 비밀들을 공유하고 세상에 둘도 없는 친구 관계를 맺는다. 나중에는 성폭력을 가하고 그것으로도 모자라 마약밀매나 성매매까지 알선하는 등 심각한 범죄에 빠트린다. 사이버 그루밍, 온라인 그루밍은 명백한 성폭력이며, 특히 미성년인 십대 소녀와 아동을 대상으로 하는 심각한 범죄행위이다.

작가라서
더 좋은 독자가 될 수 있었다

박하익

2008년 '계간 미스터리 신인상'에 당선되며 등단했다. 2015년 '한국추리문학상 대상'을 수상했고, 2018년 창비 '좋은 어린이 책'을 수상했다. 《종료되었습니다》, 《선 암여고 탐정단》 시리즈와 동화 《도깨비폰을 개통하시겠습니까?》를 출간했다.

작업실

현재 내 서재 겸 작업실은 베란다이다. 둘째아이 방을 만들어주면서 여러 책들과 함께 내쫓기는 신세가 되고 말았다.

여름에는 덥고 겨울에 추우며 안에서 잠글 수 없다는 단점을 가지고 있지만, 명창정궤(明窓淨几)라는 말이 어울리는 좋은 작업실이다. 가로 150센티미터 세로 70센티미터 크기의 원목 좌식 책상에 앉아 노트북으로 작업을 한다. 총 네 개의 책장이 있는데, 오른쪽 책장에는 추리고전들, 그리고 법과 수사법 관련 책들을 두었다. 왼쪽 책장에는 역사책들과 거실에 다 꽂지 못한 비소설 책들이 꽂혀 있다. 빛이 좋으면 둥둥 떠오르는 마리모 세 구체와 산세베리아, 가끔 물 주는 걸 까먹어 미안한 크립톤이 함께한다.

작가 경력

햇수로 치자면 어느덧 12년 가까이 작가 생활을 했다. 그쯤 되었으면 작품 수는 여럿 되어야 마땅하건만, 출간한 책은 동화를 포함해 겨우 4권이다.

첫 등단은 2008년 《계간 미스터리》를 통해서 했다. "신인상 결정 났나요?" 하고 편집부에 전화했다가 당선 사실을 알았다. 맹세코 그런 짓을 한 건 그때 한 번뿐이었는데, 그때가 '그때'일 줄은 추호도 몰랐다. 등단부터 시작된 망신살을 만회하기 위해서라도 진중히 글을 써야 할 텐데 어쩐 일인지 해가 지나면 지날수록 더 헤매는 느낌이다.

동화는 우연히 쓰게 되었다. 처음에는 추리작가니까 추리동화를 써야 하지 않을까 하는 부담감이 있었다. 하지만 얼마 전 완결된 허교범

역사책들
거실에 다 꽂지 못한
비소설 책들

작가의 《스무고개 탐정》 시리즈를 비롯해 질 높은 작품들이 다수 나오
는 추세라서, 동화작가로서는 조금 색깔을 달리해봐도 좋겠다고 생각
했다.

집필시간과 일과

보통 정오 전후로 2시간씩 한다. 아이들이 학교와 유치원에 잡혀 있는

추리 고전들
법과 수사법
관련 책들

사이 최대한 집중해서 쓰려고 노력한다. 밤에는 되도록 작업을 하지 않으며 일주일에 하루는 쉰다. 규칙적인 작업 패턴과 휴식을 유지하는 게 장기적으로 유익한 것 같다. 올해 전반기에는 코로나 사태로 집필시간이 완전히 줄어 아쉬웠다.

이후에는 부산히 집안일을 하다가 8시, 늦어도 9시쯤에는 아이들과 책 읽는 시간을 갖는다. 주로 호흡이 긴 문장의 동화나 고전을 낭독해주는데, 어둑한 조명 아래서 차분히 즐기는 고요함은 불필요한 잡념도 없애주고 마음도 맑게 해준다. 방정환 선생님의 탐정소설처럼 몰입도가 높고 재미난 작품들을 읽을 때는 아이들 재우는 데 애를 먹기도 한다.

아이들을 재운 후에는 내 방으로 와서 내게 필요한 책들을 읽는다. 미스터리 작품을 읽을 때는 서평 노트에 한 줄이라도 트릭과 특성을 정리해놓으려고 노력한다.

작업 스타일

원고를 쓸 때 대체로 작가들은 계획을 잡고 집필하는가? 아니면 한 번에 쓰고 고치는가? 둘 중에 하나로 나뉘는 모양이다. 내 경우에는 일단 떠오르면 쭉 쓰지만 안 되는 부분은 그냥 비워놓는다. 처음 쓰는 건 계획표라고 하기에도 뭐하고 초고라고 하기도 힘든 어중간한 형태를 띤다. 이후 취재와 조사로 부족한 부분을 메워 정돈하며 일단 구조가 완성된 뒤에 문장을 본다.

어느 해의 12월 김재희 작가님의 창작 강의를 들은 적이 있는데, 작업 과정이 비슷해서 상당히 놀랐다.

퇴고할 때 가장 중요한 기준으로 잡는 건 가독성이다. 중요하지 않거나 늘어지는 부분은 가차없이 잘라냈다. 그것이 정답인 줄 알았다. 요즘은 특유의 분위기를 살리며 여유 있고 편안하게 저술한 작품들에 더 큰 감동을 받는다. 내가 그렇게 써도 좋은 결과를 얻을 수 있을지 솔직히 자신은 없다.

아쉬움

작가가 된다는 일의 의미를 손톱만큼도 이해하지 못하고 이 길에 들어섰다. 소설 출간 때마다 출산이 겹쳐 독자들을 만나지도 못했다. 동화를 쓰게 된 이후에야 강연을 다니면서 어린 독자들과 만났고, 내 책을 읽는 독자들이 정말로 존재한다는 걸 알았다. 독자님들과 악수를 하고 사진도 찍을 때는 얼떨떨하다.

막연한 이미지 때문에 작가란 직업을 동경했다. 골방에서 문장을 쓰고 이야기를 엮어내며 신비로운 삶을 살 거라고. 막상 겪어보니 작가는 더 많은 사람을 만나 이야기를 듣고, 그걸 바탕으로 고독한 스탠딩 연기를 펼치는 예능인에 가까웠다. 뒤늦게 깨달은 섬뜩한 반전이다. 쓴 작품이 영상화되어 제목이 실검에 오를 때는 글을 쓰던 작업실 커튼이 걷히고 수많은 사람들이 쳐다보는 것 같아서 위장장애와 두통과 비현실감에 시달렸다. 제대로 된 작가라면 그런 기세에 올라타 독자들이 만족할 만한 작품을 써댔겠지만, 소심한 천성에 겁을 집어먹고 작품 활동을 쉬었다. 사기꾼증후군(Imposter Syndrome)에 빠져 있었던 것 같다.

작가가 되어서 좋은 점

직업 작가가 된 후 좀더 좋은 독자가 될 수 있었던 것 같다. 개인적으로는 제일 큰 보상이었다. 작가가 된 후에는 창작자의 관점에서 작품을 바라볼 수 있었고, 내 취향이 아닌 작품까지 다양하게 섭렵하게 되어 시야가 넓어졌다. 리 차일드의 '잭 리처' 시리즈나 제임스 케인의 작품들 경우에는 내 성향과는 대척점에 위치한 작품들이라 작가가 되지 않았다면 결코 집어 들지 않았을 작품들이었다. 배우는 마음으로 읽었다가 새로운 재미와 감동을 받았다. 등단 전에는 계보 없고 줏대 없는 독서를 해서 여러 작품이 머릿속에 곤죽처럼 섞여 있었다면, 등단 후에는 이론서들과 병행해서 읽고 줄기를 잡아야 했다. 창작은 많은 위험성을 내포하는 작업이라서 내가 어찌할 수 없는 부분이 많지만, 읽고 공부하는 일은 확실한 기쁨을 준다. 이런 재수강 같은 독서는 동화작가가 된 후에도 이어져서 다른 분야 다른 명작을 발견하는 즐거움과 복을 한껏 누렸다.

동화와 미스터리

처음에는 두 가지 분야가 굉장히 상반된 분야라고 생각했다. 잔혹한 범죄에 관련된 책들을 읽다가 순수하고 티 없는 아이들의 마음이 담긴 동화를 읽으니 새로웠다. 하지만 읽으면 읽을수록 두 분야에 존재하는 묘한 공통점을 느낄 수 있었다. 줄리언 시먼스가 《블러디 머더》에서 말했듯, 추리소설에는 일종의 동화와 같은 면이 있었다. 정의가 승리하고, 범죄가 밝혀지고, 슈퍼히어로와 같은 탐정이 있고, 한정된 용의자들 속에서 독자와 약속이라도 한 듯 예측할 수 있는 규칙으로 사건이 일어난다. 고전추리만의 이야기는 아니다. 좋은 추리소설에는 일단 어른들의 동심을 자극하는 요소가 있는 것 같다. 레이먼드 챈들러가 《심플 아트 오브 머더》의 결론부에서 말하고자 했던 것도 비슷한 의미가 아닐까. (북스피어에서 나온 《에스프레소 노벨라》 시리즈 2권으로 읽었는데, 챈들러의 에세이명을 굳이 번역하지 않고 출간했기에 여기서도 제목을 그대로 썼다.)

반대로 동화들을 읽다가 하드보일드 탐정처럼 예상치 못한 훅을 맞기도 한다. 아이들의 시선이라서 약자의 비애를 표현할 때의 충격과 아픔이 큰 것 같다. 어른들이 읽었으면 좋을 동화들이 참 많다.

바람

2018년 2월 청비 '좋은 어린이 책' 수상자로 결정되었다는 소식을 받고 시상식에 갔을 때였다. 식사 자리에서 《지우개 똥 쪼물이》의 조규영 작가님 지인들을 만날 수 있었다. 지망생일 때부터 정기적으로 만나서 아동문학에 관해 공부하고, 등단하고 나서도 계속 모임에 나오며 함께 연구하는 모임이었다. 아동문학에는 이런 지망생, 작가들을 위한 모임 외에도 부모와 초등학교 교사들을 주축으로 전국에 지부를 둔 '어린이도서연구회'라는 단체가 있다. 이런 활발한 연구와 토론이 부럽다. 요즘은 특색 있는 독서회가 도서관을 중심으로 많이 생기는 추세이니 청주에도 미스터리연구회 모임을 만들고 싶다. 코로나 사태가 마무리되면 한번 시도해볼 예정이다. 나를 포함해 두 명만 나올지라도 모임은 모임이니까.

코로나 사태로 글을 쓰는 게 많이 어려워졌지만 언젠가는 추리소설로 돌아오고 싶다.

캐릭터
만들기

미스터리 쓰는 법

김재희

《경성 탐정 이상》 시리즈 1~4권, 《훈민정음 암살사건》, 《섬, 짓하다》, 《봄날의 바다》 등 여러 편의 추리소설을 발표하였다. 2020년 시인 이상 관련 에세이와 《경성 탐정 이상》 5권이 나올 예정이다. 최근에 발레핏 운동을 하면서 새로운 작품 구상 중.

안녕하세요, 저는《경성 탐정 이상》시리즈를 집필한 김재희 추리소설가입니다. 저의 집필 경험을 토대로 캐릭터 만드는 실전 비법을 여러분과 공유하고자 합니다.

장르소설, 특히 추리소설을 쓸 때는 먼저 탐정 캐릭터를 만드는 데에 많은 에너지를 쏟게 됩니다. 탐정 캐릭터만 잘 잡아도 추리소설은 다 쓴 것이나 마찬가지라 해도 과언이 아닐 정도이지요. 그만큼 추리소설 작가들은 필사의 노력으로 탐정 캐릭터를 창조하는데, 한편으론 "잘 키운 캐릭터 하나로 3대가 먹고살 수도 있다"는 말을 하기도 합니다. 애거사 크리스트가 창조한 탐정 캐릭터인 셜록 홈스나 포와로 탐정, 힐러리퀸을 생각해보면 충분히 수긍이 가는 말이지요.

제 경우를 보더라도 실제 시인 이상과 소설가 박태원을 콤비 탐정으로 만들어《경성 탐정 이상》시리즈를 쓰고 있는데, 어느새 곧 5권이 나올 예정입니다. 해외 판권이나 영상 판권 문의가 꾸준히 들어오고, 언젠가는 영상으로 넷플릭스 등에 올라갈 날도 기대해봅니다.

시인 이상과 소설가 구보 박태원 탐정이 탄생한 계기는 1936년 이상이 죽기 1년 전에 찍은 사진에서 비롯됩니다. 그 사진은, 제가 그동안 강연 다니면서 누누이 말했는데 이상이 창문사 다니던 시절 찍은 사진입니다.

이상은 구불거리는 머리에 서스펜더를 차고 팔짱을 끼고, 구보는 뱅머리에 뿔테안경에 셔츠를 입고 묘한 표정인 채 이상에게 기댑니다. 이 사진을 보자마자 '아, 셜록 홈즈와 왓슨이 1930년대 경성에 나타난다면 바로 이런 모습이지 않을까?' 하는 생각이 들었고, 바로 이상과 구보의 탐정사무소를 생각해낸 것입니다.

사진 외에도 그들의 작품을 독파하고 나서 캐릭터를 좀더 구체화할 수 있었습니다. 미스터리한 시구와 신문물을 좋아하고 공상에 곧잘 빠지는 이상의 괴짜 모습을 빌려오고, 소심하고 객관적이며 암기에 천재적인 박태원의 실제 모습을 참조해 이렇게 써봤습니다.

이상
본명 김해경. 곱슬머리, 백구두, 나비넥타이, 줄무늬 바지를 휘날리며 경성거리를 누비는 포스트모더니즘의 기수. 냉철한 이성과 지성으로 희대의 사건을 수사해 풀어나간다. 지팡이를 휘둘러 범인을 제압하고 시니컬한 독설가에다 여성 편력도 어마어마하다. 암호의 천재로서 범인이 놓고 간 단서를 풀어내는 데에 천재적인 추리력을 발휘한다. 날카로운 눈빛과 공허한 눈빛이 교차하는 우울과 광기의 천재 시인. 그가 경성의 무시무시한 살인범과 맞선다.

구보
본명 박태원. 일자로 자른 뱅머리에 대모갑테 안경, 어눌한 말투, 구겨진 바지. 구인회에 들어가려는 목적으로 이상과 얽혀 살인사건을 수사하게 된다. 말투는 어눌하고 몸짓도 느리나, 암기력이나 복기력 등의 기억력에서 천재성을 발휘한다. 이상이 지나쳐버린 사소한 일들을 기억해내 그의 추리에 도움을 준다. 사건을 객관적으로 바라본다. 여성 앞에서 움츠러드는 수줍은 성격.

시리즈를 쓰면서 인물들은 점차 성장했고, 이제 곧 출간될 5권 장편 스릴러에서 두각을 발휘할 예정입니다.

5권에서 이상은 위기를 맞이합니다. 이상의 시 '오감도 제15호'나 '거울'에서 볼 수 있듯이, 이상이 자아분리 정체성의 위기를 맞는 걸 작품에서도 그의 실제 성격으로 재현해 보입니다. 이처럼 역사 인물이 탐정이 될 때는 그들의 작품이나 평전을 읽고 실제 성격에 탐정으로서의 괴팍하고 특이하고 뛰어난 면모를 집어넣습니다. 이는 뒤에서 따로 설명하겠습니다.

이밖에도 실제 인물을 접하고 그를 모델로 탐정 캐릭터를 잡아나가는 경우가 있습니다.

《청년은 탐정도 불안하다》는 실제 청년 탐정들을 만나고 취재해서 인물로 만들었습니다.《이웃이 같은 사람들》을 구상할 때 자문을 얻기 위해 해부학교실 조교를 만났는데, 그에게서 특이한 성격을 캐치하기도 했습니다. 집안 마당에 별채를 만들어 최고 사양 컴퓨터를 세대 들여놓고, 추리 퀴즈를 즐기고, 법의학에 심취한 청년. 그는 미제 사건과 법의학, 프로파일링에 관심을 두고 연구를 합니다. 그리고 포털사이트의 추리 관련 카페의 스태프를 하면서 추리에 지대한 관심을 둡니다. 실제 이런 특이한 성격의 인물을 만나서 그를 주인공 청년 탐정의 한 축에 놓았습니다.

그리고 그의 파트너 콤비 탐정으로는 독서회에서 만난 가락시장 청년 사장님을 넣었습니다. 독립서점 독서회에서 만난 야채가게 사장님은 무라카미 하루키의 작품 속 인물들과 본인을 동일시하면서 과거의 여자를 잊지 못하는 순정남입니다. 한편으로 클럽과 축구를 좋아하고 빈티지 옷들과 이지부스터 등의 한정판 운동화 마니아입니다. 그는 잘생긴 얼굴에 우수와 감성을 담아서 하루키 작품을 탐독합니다. 저는 그 사람을 보자마자 파트너 탐정으로 삼았습니다.

그리고 어느 날은 실제 베테랑 탐정으로 활약하고 있는 분이 부른 회식자리에 가보니 탐정들 30명이 나와 있었습니다. 조상 땅 찾기, 불륜 조사, 사람 찾기, 떼인 돈 찾아주기 등등 다양한 방면의 탐정들 중에 저는 사무소를 막 차리려는 신참 새내기 청년탐정들을 주목하고 그들을 취재했습니다.

온라인쇼핑몰에서 구입한 이만오천 원짜리 녹음 기능 시계, 그리고 가벼운 점퍼와 기능성 바지에 운동화 차림의 그들은 열정과 활기가 넘쳤습니다. 그들을 모두 조사하고 취재 후에 만든 인물들은 다음과 같습니다.

김주승(남, 26세)

해부학도. 대학병원에서 해부학교실에서 조교 생활을 하고 있다.

스무 살부터 경찰서에 들락날락하면서 잔심부름하다가 현장에도 나가보는 등 경찰에 관련된 일에 관심이 많았다. 꿈은 법의. 현재는 왓슨추리연맹의 임원으로 경찰이나 프로파일링에 관심 많은 학생들이나 추리퀴즈에 관심 많은 회원들에게 답을 달아주는 등 지식인 역할도 하고 있다.

특정 미제사건에서 감건호와 격돌하게 되면서 그와 묘한 신경전이 벌어지고 급기야 모두들 사건이 벌어진 고한읍으로 달려가게 된다.

특이한 성격. 게임 덕후이면서 해부학 지식인인 데다가 아버지도 유품정리회사를 운영하는 등 집안 자체가 죽음 그리고 미스터리에 밀접한 관련이 있다. '할아버지의 이름을 걸고'라는 명대사로 유명한 《소년탐정 김전일》등 코난 만화와 셜록 홈스 시리즈에 경도돼 있다. 좋아하는 작가는 히가시노 게이고. 외국 사이트에서 지문감식키트와 혈흔감식키트를 사서 연구하고 강연도 하고 다닌다.

임민수(남, 26세)

가락시장의 자칭 탐정이자 민간인 프로파일러. 가락시장에서 아버지를 도와 야채를 팔지만, 마음만은 프로파일러다. 힙합풍의 고급 브랜드 옷에 투자하고 신발도 이지부스터 등의 비싼 빈티지 브랜드를 신는다. 타고난 긍정적 성격으로 주승과 발맞춰 고한미제사건에 도전한다. 나이스하고 도전적 성격이지만 지난 여친에 대한 그리움으로 연애는 폐업 중.

공 팀장(남, 26세)

청년탐정, 탐정 법제화를 꿈꾸며 청년탐정 사무소를 열기 위해 준비하고 있다. 현재는 정탐정 일을 돕고 있다. 짧게 친 머리에 적당한 키, 너른 어깨에 제법 잡힌 근육이 돋보이고 눈빛이 날카롭다. 하지만 눈매가 둥글고 입술이 도톰해서 스물여덟 치고는 앳되어 보인다. 그는 슈프림 티셔츠, 아이더 아웃도어 슬랙스에 반스 신발까지, 스물여덟 나이에 어울리는 복장을 하고 있지만, 성격은 매우 진지하다.

어릴 적부터 신용정보업체를 운영하는 아버지를 따라다녔다. 차 안에서 사진 속 인물(대상자)이 나오는지 건물 입구를 지켜보다 결과를 문자로 알렸다. 중학교 때부터 탐정 일을 한 셈. 체대를 졸업하고 탐정자격증 PIA(민간조사원)을 획득했다. 언젠가 청년탐정 법인을 설립하고, 10년 후에는 대한민국 최고의 적법한 탐정사무소로 꽃길을 걸을 것이라 확신한다.

정탐정(남, 40세)

탐정업에 목숨 걸고 탐정 법제화를 꿈꾼다. 관록의 베테랑 탐정이다. 각종 탐정기술에 능하다. 고한의 실종미제사건을 공익을 위해 무보수로 조사 중이다.

이처럼 인물은 역사와 실제 생활에서 만들어나갈 수 있습니다.

스티븐 킹은《유혹하는 글쓰기》에서 실제 캐릭터들이 스스로 움직이기를 바라면서 자기 방식대로 그들이 살아 움직일 때, 오히려 작가가 예상한 결과가 나온다고 합니다. 이는 스티븐 킹이 주인공들의 약점과 콤플렉스, 트라우마를 다 꿰고 있기에 가능한 전개입니다.

이처럼 작가는 캐릭터들의 성, 나이, 가족관계, 이름, 키, 몸무게, 학력, 스펙, 성격 그리고 인간관계나 습관, 도벽이나 음주, 혹은 성적 취향이나 취미를 알고 있어야 하며, 아울러 과거의 아픔과 상처 등을 알고 있어야 장편소설에서 위기와 절정을 이끌어낼 수 있습니다.

스티븐 킹은 소설《미저리》에서 유명 소설가를 납치해 고문하는 주인공 '애니'라는 캐릭터를 창조했는데, 이는 대대적으로 영화화되고 세계적 돌풍을 일으켰습니다. 과거 극악한 사건에 연루되었던 애니는 소설 속의 주인공들을 불행한 상황에 빠트림으로써 대리만족을 얻기 위해 소설가를 고문해서 새로운 이야기를 쓰게 만듭니다.

이는 이 소설의 큰 모티프로 이로 인해 둘의 사투를 벌이는 대결이 시작되죠. 즉 주인공의 강박적이고, 편집증적인 그리고 과거에 발목 잡혀 외롭게 사는 일상이 소설 속 주인공에게 투영되면서 애니는 최악의 여자 캐릭터로서 자리매김하는 겁니다.

처음 시놉시스에서는 캐릭터들의 선하고 긍정적인 매력만 잡게 되지만, 점차 주인공들이 전체 스토리에서 생생하게 살아 움직이도록 하기 위해 트라우마, 악한 모습, 혹은 생각지도 못한 소심함이나 불성실한 태도 혹은 소시오패스적인 면모 등의 부정적인 모습도 그려나가게 됩니다.

이처럼 인물은 명암을 골고루 지니되, 평소에는 선한 면이 드러나다 그림자가 드러나면 그 인물을 더욱 입체적으로 만들어줄 수 있는 장치들을 여럿 지녀야 합니다.

미국추리작가협회가 지은《미스터리를 쓰는 방법》에서는 이를 이렇게 묘사하고 있습니다.

"한때는 추리소설에서 인물을 효과적으로 묘사하는 문제를 케이크를 꾸미는 장식처럼 여겼던 적도 있었다. 유감스럽지만 이제는 효과적인 인물 묘사가 핵심이고 복잡한 플롯이 장식처럼 여겨진다. 인물 묘사는 엄청나게 힘든 작업이지만, 그만큼 커다란 보상이 따른다. 결국 추리소설이란 사물이 아니라 사람에 대해 쓰는 예술이다."

다시 한 번 강조하자면, 추리소설은 탐정의 캐릭터가 이끌어가는 소설입니다.

자살인가, 타살인가?

황세연

새벽 3시, 서울 서대문구 북한산 초입의 6층짜리 추리아파트 6층에 사는 주근녀가 발코니에서 추락해 사망했다.

주근녀의 사체를 처음 발견한 추리아파트 경비원은 경비실에 앉아 졸고 있는데 밖에서 쿵 소리가 나 아파트 뒤로 달려가 보니 주근녀가 피를 흘리며 쓰러져 있었고 머리맡에 나무문짝과 망가진 휴대전화가 떨어져 있었다고 증언했다.

주근녀의 부검결과 사망원인은 추락으로 인한 뇌손상 등 다발성 신체손상이었다.

주근녀의 혈액에서 알코올과 수면제 성분이 검출되었다. 술과 수면제를 먹고 몇 시간 뒤 발코니에서 추락한 것이다.

경찰이 문을 닫으면 자동으로 잠기는 주근녀 아파트의 현관문 잠금장치를 부수고 집안으로 들어갔을 때 모든 조명이 꺼진 실내에 찬기가 감돌았다. 난간 쪽을 향해 슬리퍼 한 켤레가 가지런히 놓여 있는 발코니의 문이 활짝 열려 있어 찬 공기가 유입되고 있었다.

시체 옆에 놓여 있던 나무문짝은 주근녀 아파트 현관의 붙박이장 문짝이었다. 드라이버로 나사를 풀어서 떼어낸 그 나무문짝에도 높은 곳에서 추락한 흔적이 있었다. 현장에 떨어져 있던 그 나무문짝과 휴대전화에서는 주근녀 외에 다른 사람의 지문이 검출되지 않았다.

수사를 시작한 황은조 탐정은 추리아파트 입구, 엘리베이터, 복도와 계단 등에 설치되어 있는 CCTV와 현장 주변에 세워져 있던 자동차의 블랙박스 영상을 꼼꼼히 확인했다.

주근녀의 집에 마지막으로 드나든 사람은 주근녀보다 한 살 많은 회사 동료 나용자였다. 나용자는 밤 10시 33분에 막걸리 몇 병을 사 들고 주근녀의 집을 방문했고, 새벽 1시 10분에 주근녀의 집에서 나왔다.

나용자는 새벽 2시부터 주근녀가 죽던 시각인 3시까지 주근녀에게 여러 차례 전화를 걸었지만 받지 않았다. 나용자가 전화를 건 장소는 추리아파트 인근이었다.

황은조 탐정이 나용자를 심문했다.

"며칠 전에 회사에서 죽은 주근녀 씨와 심하게 다퉜다고요? 팀장에게 두 사람 다 사표 내라는 소리까지 들었다고요?"

"그랬죠. 사적인 일이라 자세히 말씀드리긴 그렇지만, 주근녀가 단톡방에서 제가 몸이 헤픈 바람둥이라는 글을 올려서 공개적으로 저를 모욕했어요. 그래서 제가 주근녀의 얼굴에 주먹을 날렸고, 서로 치고받고 싸웠죠. 어젯밤에 찾아간 것은 화해하기 위해서였어요. 누군가가 회사를 그만두지 않는 이상 매일 마주 보고 일해야 하는데, 계속 그렇게 지낼 수는 없잖아요."

"그래서 화해하셨습니까?"

"네. 처음에는 어색했지만, 막걸리 몇 병 마시고 화해했어요."

"주근녀 씨의 집에서 나온 뒤 주근녀 씨가 죽던 새벽 3시까지 주근녀 씨에게 여러 차례 전화를 거셨던데, 왜 거셨죠?"

"화해하고 나서 술김에 이런저런 이야기를 나눴는데, 주근녀는 자신이 조울증으로 감정기복이 너무 심해 제게 그런 실수를 한 거라고 사과하더군요. 요즘 수면제를 먹지 않으면 잠도 못 잔다, 하루에도 죽고 싶은 생각이 수십 번 든다, 그런 말을 계속했어요. 그 이야기를 듣고 나니, 괜히 술을 권해 취하게 만든 건 아닌가 싶더라고요. 조울증이 심한데 술을 마시면 그 증상이 더 심해질 거 아니에요. 주근녀의 집을 나온 뒤에도 계속 그게 걱정되어 집으로 돌아가지 못하고 추리아파트 주변을 맴돌며 주근녀에게 몇 차례 전화를 걸었는데 받지 않았어요. 저도 술에 취해 정신이 없었지만 주근녀가 걱정되어 계속 전화를 걸었던 건데……. 결국 제가 걱정했던 일이…….."

"그렇게 추리아파트 주변을 계속 맴돌 거면 다시 집에 가보시지 그랬습니까?"

"너무 늦은 시간이라 다시 찾아가면 귀찮아할 것 같아서…….."

"주근녀 씨가 추락사한 새벽 3시에 건 전화가 마지막으로 건 전화던데, 그 이후에는 왜 전화를 안 거셨죠? 주근녀 씨의 전화기가 망가졌다거나 주근녀 씨가 죽은 것을 아셨나요?"

"네? 아, 네에. 구급차가 오고 시끄러워서 무슨 일인지 살펴보러 갔더니 주근녀가 발코니에서 투신자살했더군요."

"음……. 자살이 아니고 타살이죠."

"예?"

"범인은 나용자 씨고요. 왜 죽였죠?"

"네에? 제가 주근녀를 죽였다고요? 주근녀 아파트 CCTV 확인 안 하셨어요? 저는 그 시간에 추리아파트 인근에 있기는 했지만 주근녀 집에는 결코 들어가지 않았는데요."

"맞습니다. 주근녀 씨가 추락해 사망할 때 집안에는 주근녀 씨 이외에는 아무도 없었습니다. 그래도 범인은 나용자 씨입니다."

"뭐라고요? 내가 집 주변에서 주근녀에게 소리쳐 발코니에서 뛰어내리라고 협박이라도 했다는 건가요, 뭔가요?"

황은조 탐정이 노트북으로 동영상을 재생해 나용자에게 보여줬다.

"이건 인근에 주차되어 있던 자동차 블랙박스에 찍힌 추락 장면입니다. 영상이 선명하지는 않습니다만, 주근녀 씨와 나무문짝, 휴대폰이 동시에 아스팔트 위로 떨어져 내리는 것이 찍혀 있습니다. 또 요란한 구급차 소리에 뒤늦게 현장에 갔다는 나용자 씨의 말과 달리, 구급차가 오기 전 경비원 다음으로 현장에 나타난 나용자 씨는 경비원이 구급차를 부르는 사이 발로 나무문짝을 슬쩍슬쩍 밀어서 치우다가 창밖으로 내다보는 사람들의 이목이 신경쓰이고 경비원이 수상하다는 듯이 쳐다보자 그만두는 장면이 찍혀 있습니다. 왜 그랬죠?"

"그야, 구급차가 와서 주근녀를 실어가야 하는데 옆에 떨어져 있는 나무문짝이 거치적거릴 것 같아 치우려고……."

"아니죠! 그 나무문짝이 살인의 결정적인 증거이기 때문에 치워 없애려고 했던 겁니다. 나무문짝을 없애기 어렵다면, 경찰이 오기 전에 사체로부터 조금이라도 더 멀리 떨어뜨려 놓으려고 했던 거 아닙니까!"

문제: 나용자는 주근녀를 어떻게 죽인 것일까?

답과 설명:

나용자는 주근녀의 술에 수면제를 타 주근녀를 깊이 잠들게 하고 드라이버로 신발

장 문짝을 떼어내 발코니 난간 위에 걸쳐놓았다. 나용자는 발코니 난간 위의 신발장

문짝 위에 깊이 잠든 주근녀를 뉘어놓고 주근녀가 몸을 조금이라도 뒤척이거나 잠

에서 깨 몸을 일으키면 난간 아래로 추락하도록 문짝과 주근녀의 위치를 섬세하게

조정했다. 주근녀의 휴대전화를 주근녀의 얼굴과 나무문짝 사이에 끼워놓고 난 후

에 나용자는 집안의 불을 모두 끄고 밖으로 나왔다. 나용자는 주근녀의 아파트 발코

니가 보이는 곳에서 난간 위에 누워 있는 주근녀를 지켜보며 시간이 흐르면 누군가

가 발코니 난간에 누워 있는 주근녀를 발견할지도 모른다는 불안감에 주근녀가 잠

에서 빨리 깨도록 반복해 전화를 걸어 주근녀의 휴대전화가 요란하게 진동하도록

했다. 새벽 3시, 나용자가 건 마지막 전화 진동에 잠을 깬 주근녀는 나무문짝과 함

께 난간 아래로 떨어져 사망했다.

한국추리작가협회

'한국추리작가협회'의 전신은 1960년대 말부터 추리소설 작가와 번역가, 독자가 함께하는 대화의 무대였던 '한국미스터리클럽'입니다. 1980년대에 활발한 활동을 벌이던 이가형, 유명우 교수, 이상우, 현재훈, 김성종, 노원 작가 등이 '한국미스터리클럽'의 활동을 확대하고, 참신한 신인 작가들을 발굴 육성하자는 취지로 1983년 2월 8일 창립총회를 열고 '한국추리작가협회'를 발족하였습니다.

한국추리작가협회는 1985년부터 '한국추리문학상'을 제정하고 '신예상'과 '대상'을 엄선하여 지금까지 시상해오고 있습니다. 대표 수상작가와 작품으로는 1980년대를 대표하는 베스트셀러인 현재훈의 《절벽》, 김성종의 《비련의 화인》, 이상우의 《악녀 두 번 살다》 등이 있으며, 2000년대에 들어서는 서미애의 《인형의 정원》, 최혁곤의 《B파일》, 황세연의 《내가 죽인 남자가 돌아왔다》 등의 작품이 대상의 영예를 안았습니다.

2007년부터는 최우수 단편상에 해당하는 '황금펜상'을 신설하여, 지금 한국 추리문학계를 지탱하고 있는 많은 작가들을 배출하였습니다.

그 외에도 '김내성 추리문학상', '한길 추리문학상' 등을 제정하여 시상하였으며, 2017년도에는 그 영역을 아동문학까지 넓혀, '제1회 황금열쇠

한국추리문학상 황금펜상 역대 수상자 및 작품

연도	회차	작가	작품
2007년	제1회	김유철	국선변호인, 그해 여름
2008년	제2회	수상작 없음	
2009년	제3회	수상작 없음	
2010년	제4회	박하익	무는 남자
2011년	제5회	황세연	스탠리 밀그램의 법칙
2012년	제6회	송시우	아이의 뼈
2013년	제7회	조동신	보화도
2014년	제8회	홍성호	각인
2015년	제9회	공민철	낯선 아들
2016년	제10회	공민철	유일한 범인
2017년	제11회	한이	귀양다리
2018년	제12회	정가일	소나기
2019년	제13회	조동신	일각수의 뿔

어린이추리문학상'을 제정하여 시상하였습니다.

또한 우수한 신인을 발굴하고 정예 단편을 독자에게 소개하기 위해, 무크지《미스터리》와《추리소설》을 펴내기도 했고, 김성종 작가의 주도로《계간 추리문학》을 발간하기도 했습니다. 현재는 2020년 봄여름 합본호로 통권 67호에 이르는 《계간 미스터리》를 꾸준히 발간하고 있습니다. 1984년부터 매해 여름 당해의 우수한 추리 단편을 모아 단편집을 출간하고 있으며, 《한국우수추리소설 단편모음집》, 《올해의 베스트 추리소설》, 《오늘의 추리소설》, 《올해의 추리소설》 등의 제목으로 출간되었습니다. 올해부터는 황금펜상 수상작과 본선 진출작들로 우수 단편집이 꾸며질 예정입니다.

한국추리작가협회는 국내 유일의 추리문학 전문 작가들의 협의체로서 작가의 권익을 대변하고, 독자와의 간극을 좁히기 위해 노력하고 있습니다. 또한 빠르게 변화하는 시대의 욕구에 대응하여 미스터리 콘텐츠의 다각화와 더불어 한국 추리소설의 우수성을 세계에 알리는 일에 최선을 다할 것입니다. Ⓜ